Richard Scrimger

Mit Charlys Augen

Richard Scrimger

Mit Charlys Augen

Deutsch von Michael Stehle

Urachhaus

Die kanadische Originalausgabe erschien 2005 unter dem Titel
From Charlie's Point of View im Verlag Tundra Books, Toronto/Kanada.

Le Conseil des Arts du Canada | The Canada Council for the Arts

Die Übersetzung wurde durch den Canada Council for the Arts und das Department of Foreign Affairs and International Trade, Ottawa, finanziell gefördert.

ISBN 978-3-8251-7745-4

Erschienen 2010 im Verlag Urachhaus
www.urachhaus.com

Umschlagillustration: Regina Kehn, Hamburg
Gesamtherstellung: CPI – Clausen & Bosse, Leck

everyone walks the same
expecting me to step
the narrow path they've laid
they claim to
walk unafraid
I'll be clumsy instead
hold my love me or leave me
high

Michael Stipe

Und siehe, der Herr ging vorüber. Da kam ein Wind, groß und stark, der die Berge zerriss und die Felsen zerschmetterte vor dem Herrn her; der Herr aber war nicht in dem Wind. Und nach dem Wind ein Erdbeben; der Herr aber war nicht in dem Erdbeben. Und nach dem Erdbeben ein Feuer, der Herr aber war nicht in dem Feuer. Und nach dem Feuer der Ton eines leisen Wehens.

1. Könige 19, 11–12

Inhalt

1. Kapitel

2. Kapitel

Szene 1: Bernadette

Bernadette Lyall erwacht in ihrem roten Pyjama und streckt den dünnen Arm aus, um den Wecker zum Schweigen zu bringen. In diesem Moment ist es offiziell: Das neue Schuljahr hat begonnen. Als sie einschlief, war es noch Sommer, aber jetzt ist es plötzlich sieben Uhr morgens und das neue Schuljahr klopft an die Tür. Nein, es *klopft* nicht. Es schnappt zu und zerrt sie hinter sich her wie ein ungeduldiger Hund.

Und wohin? In eine neue Schule: Colfax Middle School. Neue Lehrer, neue Mitschüler. Sie werden mit dem Bus fahren müssen, sechs Haltestellen. Und die Schule ist so groß, dass alle Schüler ihrer Grundschule in einen einzigen Gang passen würden. Bernadette hofft, dass sie es schafft, sie beide von einer Klasse zur anderen zu bringen, ohne sich zu verlaufen.

Sie beide. Bernadette Lyall und Charly Fairmile. Bernie und Charly, seit dem Kindergarten unzertrennlich. Kein Wunder, ohne sie wäre Charly hoffnungslos verloren, aber ihr geht es genauso: Sie könnte sich die Schule ohne ihn auch nicht vorstellen.

Bernadette setzt sich auf und streicht sich die Haare aus dem Gesicht. Sie hat eine Menge davon wegzustreichen. Bei ihren Haaren muss sie oft an diesen Gospel-Song denken: *»So high you can't get over it, so wide, you can't get around it.« Zu hoch, um* *darüberzusteigen, zu breit, um drumherum zu gehen.* So dunkel wie die Nacht und beinahe so beängstigend. Sie steht auf und streicht ihre Bettdecke glatt. Ihre Sachen hat sie schon gestern Abend bereitgelegt: schwarzes Oberteil, schwarze Hose, schwarze Socken. Ihre Kleidung ist ausnahmslos schwarz, abgesehen von der Unterwäsche. Die ist weiß. Ihre Mutter hält nichts davon, dass Mädchen in ihrem Alter schwarze Unterwäsche tragen.

»Damit würdest du wie ein Mädchen von der Straße aussehen«, sagte sie letzten Monat, als sie zusammen einkaufen waren. Natürlich waren sie wieder nur in diesem kleinen Geschäft, das früher mal ein Kino war, ein paar Straßen von ihrem Haus entfernt. Bernadette verabscheut diesen Laden. Überall hängt der Mief von dreißig Jahren Kaugummi und verkleckerter Cola. Fette Mütter mit Plastiktüten schieben sich durch die Gänge und keifen ihre Kinder an, die das Geschnatter einfach ignorieren. Überall riecht es nach Desinfektionsmittel, mit dem man versucht, den alten Gestank von Popcorn und Zigaretten vergessen zu machen. Seit sie sich erinnern kann, schleift ihre Mutter sie dorthin.

»Ähm, Mama? Meine Unterwäsche sieht doch sowieso niemand.«

»Das sagst *du*.«

»Und warum trägst *du* dann schwarze Unterwäsche?«

»Ach ja?«

Bernadette betrachtet sich in dem gesprungenen Badezimmerspiegel: Haut und Knochen, Sommersprossen, eine Stupsnase und dazu Haare, die sich einfach nicht bürsten lassen. Ach, was soll's.

Komischerweise ist ihre Mutter schon wach und – ausnahmsweise – sogar gut gelaunt. In ihrem regenbogenfarbigen Morgenmantel steht sie in der Küche und lehnt sich gegen den Schrank.

Neben ihr eine Tasse Kaffee, im Mund eine Zigarette, die Augen noch ziemlich verschlafen.
»Guten Morgen, Kleine. Na, wie geht's? Mach dir doch ein Müsli, ich hab vor kurzem neues gekauft. Warte, ich mach dir Platz, setz dich. Und, wie hast du geschlafen?« Wenn Chantal Lyall den Mund aufmacht, wippt ihre Zigarette lebendig von einem Mundwinkel zum anderen. Bernadette versucht, sich möglichst weit von dem brennenden Ende fernzuhalten, was in einer Küche mit den Maßen eines VW-Käfers gar nicht so einfach ist.
»Ähm, ganz gut.«
»Na supi«, kichert Chantal. »Wirklich, das ist toll. Komm jetzt, mach dir ein Müsli.«
»'Tschuldige Mama, aber wie viele von deinen Pillen hast du heute Morgen genommen?«
Das Lachen ihrer Mutter geht in einen Hustenanfall über. Bernadette mischt sich ihr Müsli, ihre Mama hört auf zu husten und spuckt in die Spüle.
»Du sollst mich doch nicht zum Lachen bringen, wenn ich rauche.«
»Tut mir leid.«
»Gar keine Tabletten habe ich genommen, mein Äffchen. Ich habe herrlich geschlafen und es geht mir einfach gut. Und du? Hast du auch so gut geschlafen? Wie geht's dir denn? Ach ja, hast du mir ja schon gesagt. Supi. Na egal, mir geht's wirklich klasse. Als ich aufgewacht bin, habe ich fast einen Lachkrampf gehabt. Und weißt du auch, warum? Ich hatte einen echt tollen Traum.«
Bernadette hat ein paar Mal mitbekommen, wie ihre Mutter Freundinnen von ihren Träumen erzählt hat, und dabei fielen immer wieder Namen von irgendwelchen Schauspielern. »Mama, du musst mir nicht …«

»Ich habe von deinem Vater geträumt«, sagt Chantal mit einem breiten Grinsen, als würde sie alles noch einmal vor sich sehen. »Ich habe ihn umgebracht, diese miese kleine Ratte, und zwar mit meinen bloßen Händen.«

Die Wohnungstür. Vor vier Jahren. An einem Nachmittag. Die Sonne zeichnete ein diamantenes Muster auf die Dielen. Ein drahtiger kleiner Mann mit fettigem Haar und angespannten Fäusten, die die Knöchel weiß hervortreten ließen.
»Also … ich geh dann mal«, sagte er.
»Tschüss, Papa …«
»Wir sehen uns.«
»Hmhmm.«
»Mach, dass du rauskommst, Gary. Hau ab, du Schmarotzer!«, brüllte Mama aus dem Wohnzimmer. Trotzdem, zur Scheidung kam es nie. Bernadettes Eltern sind immer noch verheiratet. Es vergeht kein Tag, an dem Bernadette nicht daran denkt.

Die Sonne befindet sich auf der anderen Seite des Hauses, das Küchenfenster zeigt Richtung Westen. Bevor Bernadette die Milch in die Schüssel gießt, checkt sie das Ablaufdatum auf der Packung, was ihrer Mutter nicht entgeht.
»Mein Gott, Schatz, du bist immer so pingelig. Du benimmst dich ja wie die Tochter von dieser furchtbaren Wie-heißt-sie-noch? Du weißt schon, die Kassiererin im Money-Markt. Die hat eine Tochter, die ist auch dreizehn, genau wie du, und diese … ach ja, Edna heißt sie. Nein, nicht die Tochter, die Kassiererin. Ihre Tochter heißt Anastasia, und die überprüft sogar das Ablaufdatum von Hustensaft! Kannst du dir das vorstellen? Und von Paracetamol. Wir haben uns kaputtgelacht.«

Bernadette schiebt sich einen Löffel Müsli in den Mund. Ihre Mutter drückt die Zigarette aus und gießt sich noch einen Kaffee ein.
»Also der Traum war wirklich großartig! Da kauerte er auf seinen Knien, Gary Lyall, mein mir gesetzlich angetrauter Ehemann hat den Kopf nach hinten gebeugt und meine Hände um seinen Hals. Kennst du das? Dass du in einem Traum alles machen kannst, was du willst? Sogar fliegen? Na ja, jedenfalls konnte ich ihn da unten halten, stand über ihm, die Hände um seinen Hals gelegt, quetschte ihm seine miese, kleine Seele aus dem Leib und –«
»Mama, bitte!«
»Was hast du denn, mein Schatz? War doch nur ein Traum. Du musst dir keine Sorgen machen, dass ich wirklich jemanden umbringen würde, dafür bin ich ein viel zu friedfertiger Mensch. Ich schätze das Leben. Hab ich im Fernsehen gehört. ›Ich schätze das Leben‹, hat eine Frau gesagt und den Blick zum Himmel gewandt. Eine Gospelsängerin war das, fett wie ein Wal, aber eine Stimme wie ein Engel. Mir geht es genauso, ich schätze das Leben. Ich könnte niemanden umbringen.« Sie schlürft einen Schluck Kaffee. »Aber *wenn* ich jemanden töten würde, dann wäre es dein Vater. Seine Augen wurden immer größer und größer und waren kurz davor, ihm aus dem Kopf zu fallen, und dann –«
»Mama, bitte! Ich esse gerade.«
Apropos Essen. Irgendetwas stimmt mit dem Müsli nicht. Die Flocken in der Milch müssten jetzt eigentlich schon matschig geworden sein, aber trotzdem ist da irgendetwas Knuspriges in Bernadettes Mund. Sie öffnet die Packung noch einmal und schaut hinein.
»Oh nein, Mama! Guck mal. Da drin ist was mit Beinen … und in meiner Schale auch.«

»Aha, wie viele sind es?«
»Keine Ahnung, sehr viele. Uaahh!« Sie fährt sich mit der Zunge tastend durch den Mund.
»Nein, Schätzchen, ich meine, wie viele Beine? Sechs Beine, acht Beine … tausend Beine?«
Ihr Mund fühlt sich okay an. Bernadette rührt mit dem Löffel in der Schale herum. Flatternde schwarze Viecher. Warum hat sie die nicht vorher bemerkt? »Es sind Insekten, Mama, also wohl sechs Beine. Eins, zwei, drei, vier … ich sehe nur vier Beine.« Sie schluckt. »Bäh! Ob ich wohl schon …«
Ihre Mutter schaut aus dem Fenster, immer noch mit diesem verträumten Blick in den Augen, während der Rauch ihrer Zigarette spiralförmig zur Decke steigt. Sie zeigt keinerlei Interesse an dem, was sich in der Küche abspielt.
»Vier Beine, hmm … Rehe haben vier Beine. Die leben doch in Herden zusammen, oder? Ich habe vor kurzem eine Sendung über Rehe in Städten gesehen. In manchen Städten leben sie in öffentlichen Grünanlagen, und manchmal laufen die einfach auf die Straße. Das ist ganz schön gefährlich für die Autofahrer.«
Bernadette schaut ihre Mutter mit gerunzelter Stirn an. Was soll man machen? Sie stellt sich den Kopf ihrer Mutter vor wie ein Haus mit vielen Zimmern, in denen sie ab und zu die Orientierung verliert. Als Mädchen war sie sehr schön. Auf der Kommode in ihrem Schlafzimmer steht ein gerahmtes Bild, auf dem sie achtzehn oder neunzehn ist. Sie trägt ein T-Shirt mit großen Punkten drauf, dazu eine Jeans. Und sie lacht. Manchmal fragt sich Bernadette, was aus dem strahlenden Mädchen auf dem Bild geworden ist.
Jetzt seufzt ihre Mutter. Sie streckt sich und ihr Regenbogen-Bademantel aus Polyacryl knistert.

»Aber hier … komisch, oder? Ich hätte gedacht, hier mitten in der Stadt kommen keine Rehe vor.«
Bernadette schiebt ihre Müslischüssel zur Seite.
»Ich putz mir dann mal die Zähne und hol Charly ab.«

Szene 2: **Charly**

Charlys Küche befindet sich nur ein paar Meter entfernt von Bernadettes. Aber im Unterschied zu ihrer ist es dort gemütlich und einladend. Und – soweit Charly es einschätzen kann – ziemlich sauber. Die Flächen, über die er mit den Händen fährt, sind sauber und glatt und der Fußboden ist frisch poliert, sodass er auf den Socken gut darüber rutschen kann. Es riecht nach Toast, Butter, Kaffee und Zitrone – Letzteres vom Spülmittel. Zu hören ist, abgesehen von seiner Gabel, wenn sie am Tellerrand entlangfährt, und abgesehen vom Atmen seiner Mutter ein Streichquartett aus dem Radio. Charlys Teller ist fast leer, dafür ist sein Magen gefüllt mit nahrhaftem Rührei, frisch gepresstem Orangensaft, Toast und einer fruchtig schmeckenden Lutschtablette, die ihm noch ein paar Extravitamine, Eisen und Folsäure beschert.
Kurz gesagt: Die Küche duftet nach Liebe und Sorgfalt.
Charlys Mutter steht hinter ihm. Gladys Fairmile ist eine zarte, feingliedrige Frau. Eine liebevolle Mutter, engagierte Sozialarbeiterin und gefühlvolle Ehefrau – alles in allem eine zwar dünne, aber dennoch stattliche, vor Freundlichkeit und Anteilnahme überquellende Persönlichkeit. Wenn man von ihrer Hilfsbereit-

schaft absieht, gibt es bei ihr keinen Überfluss. Kein Gramm Fett zu viel auf den Knochen, keinen freien Platz in ihrem Terminkalender. Charly liebt sie und er weiß, dass er sie braucht. Aber manchmal wünscht er sich trotzdem, es wäre ein bisschen einfacher, mit ihr klarzukommen.

Er spürt ihren warmen Atem in seinem Nacken, genauso, wie er ihren sanften, hingebungsvollen und intensiven Blick spürt. Obwohl er diesen Blick nicht mag, hält er es aus, er hat sich daran gewöhnt. Nur gut, dass sein Vater da ist, um ihr das Leben leichter zu machen. Der Gedanke schwirrt ihm durch den Kopf, wie das Leben wohl aussähe, wenn sein Vater nicht mehr da wäre. Es läuft ihm kalt den Rücken runter.

Seine Mutter bemerkt es, natürlich.

»Ist dir kalt, Charly?«, fragt sie und legt ihm die Hände auf die Schulter.

»Hm? Ach so, nein. Ich hab nur … nur kurz über etwas nachgedacht.«

»Willst du einen Pullover?«

»Nein, ist schon okay. Es ist warm genug, scheint ein schöner Tag zu werden.«

»Wie war denn das Rührei, Charly?«, fragt sie. »Nicht zu trocken?«

»Nein, genau richtig.«

»Und dein Toast? Ich habe dir heute eine Scheibe mehr gemacht.«

»Perfekt. Danke.«

»Ich fürchte, das Rührei wird trocken sein, bis dein Vater am Tisch sitzt. Er ist schon seit einer Ewigkeit im Bad.«

Charly trinkt seinen Saft aus. Er kann sich nicht recht entscheiden, ob er schon fertig ist oder noch Hunger hat. Na ja, noch einen Bissen vom Toast.

»Du hast heute die dunklen Sachen an«, sagt seine Mutter.
Ob sie wohl mit ihm spricht. Sein Vater trägt auch oft dunkle Sachen. Charly dreht sich um.
»Hast du gehört, Charly? Ich sagte, du hast heute die dunklen Sachen an.«
»Ach so?«
»Sieht gut aus. Die Streifen auf dem Hemd haben die gleichen Farbe wie das Gestell deiner Brille.«
»Aha.« Das ist ihm ziemlich egal.
»Gladys!«
Die sonst so beruhigende Stimme seines Vaters erklimmt besorgniserregende Regionen der Tonleiter. »Gladys! Jetzt sieh dir das doch mal an! In jeder einzelnen schwarzen Socke im Schrank ist ein Loch.«
Charlys Mutter seufzt.
»Ach Roger, bist du sicher? Ich habe dir doch erst letzte Woche ein neues Paar schwarze Socken gekauft. Bist due auch wirklich ganz sicher?«
Charly hört ein Klappern am Spülbecken, dann entfernen sich die Schritte seiner Mutter in Richtung Küchentür. Ist er jetzt fertig? Hat seine Mutter den Tisch abgeräumt? Vorsichtig streckt er die Hände aus. Aha, der Teller seines Vaters steht an seinem Platz. Aber sein eigener Platz ist leer, nur noch die Wärme des Tellers ist zu spüren.
»Dann bin ich wohl fertig«, sagt er zu sich selbst.
Charlys Welt besteht aus dem, was er hört, berührt, riecht und sich vorstellt. Was er von der Welt sieht, wenn er die Augen aufmacht, sieht so aus:

Charly ist blind, stockblind, um-Mitternacht-in-einem-tiefen-Brunnen-blind, und das seit seiner Geburt. Es macht ihm nichts aus – und wie könnte es auch? Er weiß genauso wenig, was ihm entgeht, wie du weißt, wie es ist, wenn man telepathische Kräfte hat. Nein, weißt du *nicht*.

Er fingert nach seiner Serviette, faltet das unbenutzte Papierquadrat zuerst diagonal zu einem Dreieck, dann legt er die beiden äußeren Ecken aufeinander. Er hört, wie seine Eltern miteinander sprechen. Sein Vater ist wieder einmal spät dran und seine Mutter bleibt ruhig und geduldig. Wie immer. Charly faltet seine Serviette noch ein paar Mal, bis er schließlich einen leicht schiefen Kranich in der Hand hält.

Roger Fairmile betritt die Küche.

»Tut mir leid, mein Sohn.«

Was ist das für ein Geruch? Charly zieht die Nase kraus.

»Schon okay, Dad.«

»Moment mal, du weißt doch noch gar nicht, wofür ich mich entschuldigen will.«

»Für dein Aftershave?«

»Kein Grund, frech zu werden, Charly. Ich bin spät dran, es ist schon …«

»Acht Uhr vierzehn.«

»… und ich bin alles andere als fertig. Zuerst hab ich mich beim Rasieren geschnitten, dann ist mir eine Gürtelschnalle abgerissen, sodass ich die Hose von gestern noch einmal anziehen musste, und dann ist mir auch noch das Aftershave ausgelaufen. Und als wenn das noch nicht genug wäre, kann ich kein einziges Paar Socken ohne Löcher finden. Dieser Morgen ist eine einzige Katastrophe, und natürlich hab ich genau an so einem Tag eine besonders frühe Sitzung zum Thema Sicherheit. Wenn ich

noch einigermaßen pünktlich kommen will, muss ich ein Taxi nehmen.«
Charlys Vater arbeitet in einer Bank. Er ist der Stellvertreter des stellvertretenden Filialleiters. In einer solchen Position kann man nicht zwei Tage nacheinander den gleichen Anzug tragen. Zumindest nicht in dieser Filiale.
»Schon okay, Dad. Bernadette und ich können ja den Bus nehmen.«
»Das habe ich auch schon gedacht. Ist das in Ordnung?«
»Na klar«, sagt Charly, »wir haben ja in den Ferien geübt und kennen die Strecke. Außerdem leben wir schon seit unserer Geburt in dieser Stadt und sind inzwischen vierzehn, schon vergessen. Wir sind keine kleinen Kinder.«
»Aber ich wollte euren Lehrer kennenlernen. Der soll ja sehr gut sein und sehr innovative Methoden haben.«
»Macht nichts, den kannst du auch später noch kennenlernen.«
»Da hast du wohl recht.«
»Bist du sicher, dass ihr das schafft?«, fragt seine Mutter. »Bist du ganz sicher, Charly?« Sie arbeitet in einem Betreuungsheim und verbringt einen großen Teil ihres Tages damit, die Leute zu fragen, ob sie sich auch wirklich sicher sind.
»Sicher bin ich mir sicher.«
»Gut, wenn du dir ganz sicher bist. Aber nach der Schule holst du ihn ab, nicht wahr, Roger?«
»Hmm-hm«, brummt Charlys Vater mit vollem Mund. »Aber sicher.«
»Dann ist ja alles in Ordnung.« Seine Mutter kommt näher und gibt schnüffelnde Geräusche von sich. »Hast du wirklich … Aftershave aufgetragen, Roger?«, fragt sie mit einer plötzlich heiseren Stimme. »Das tust du doch sonst nie.«

»Das wurde gestern in der Bank verteilt, so eine Art Werbegeschenk. Na ja, und da dachte ich mir, ich überrasche dich mal.«
»Die Überraschung ist dir gelungen«, sagt Charly.
»Ich wollte nicht *dich* überraschen, Charly. Gefällt es dir denn, Gladys, mein beschürzter Engel?«
»Aber ja, mein nie versiegender Geldhahn, und wie es mir gefällt. Ich weiß, du bist spät dran, aber ich kann mich kaum zurückhalten.« Charly hört, wie sie tief einatmet. »Das ist wirklich ganz außerordentlich … Moschus!«
»Mmmm.«
Inniges Küssen – laut und deutlich zu vernehmen. Charly schüttelt den Kopf.
»Wisst ihr eigentlich, dass es Momente gibt, in denen ich wirklich froh bin, blind zu sein?«
»Hmmm, küss mich noch einmal so, mein treuhändischer Adonis«, sagt Gladys.
»Ich liebe es, wenn du so mit mir sprichst.«
Die beiden setzen ihre Küsse hinter Charlys Rücken fort, an den im Moment niemand mehr denkt. Von der Straße dringt der lauter werdende Verkehr in die Küche. Die Küchenuhr tickt. Die Seufzer werden tiefer. Jetzt spielt sich das Radio wieder in den Vordergrund, irgendetwas Lebhaftes, mit vielen Trompeten.
Charly räuspert sich.
»Ähm, seid ihr bald fertig?«
Sie stolpern und stoßen gegen den Tisch, der Deckel der Butterdose scheppert und Charlys Vater flucht.
Charly hört, wie Bernadette mit dem vertrauten Zeichen an der Tür klopft.
»Ich mach mich dann mal auf den Weg.« Er geht zum Kühlschrank, nimmt seine Brotbox von ihrem üblichen Platz, schließt

die Kühlschranktür und geht in den Flur. Zu Hause muss er keine Schritte zählen, er kennt seine Wohnung besser als du deine Hosentasche. Trotzdem weiß er immer genau, wie viele Schritte es von der Küche bis zur Garderobe neben der Tür sind. Sechzehn. Vor einiger Zeit waren es noch siebzehn. Er ist wieder ein Stück gewachsen, er kann sich noch an die Zeit erinnern, als es zwanzig waren. Und er kann sich noch erinnern, dass es einmal mehr Schritte waren, als er zählen konnte.

Sein Vater folgt ihm, Charly hört zuerst seine Schritte, dann seine Stimme.

»Warte mal.«

Charly dreht sich um und sieht in Richtung seines Vaters.

»Komm, ich helf dir. Hier ist dein Rucksack.«

Er hält ihm den Rucksack so hin, dass Charly die Arme nur noch durch die Träger stecken muss. »Danke.«

»Und hier, dein Stock. Hast du deinen wie-heißt-er-noch-gleich Sprachcomputer?«

»Meinen *Louis Light*? Der ist im Rucksack, Dad.«

»Stimmt. Ganz schön schwer für den Namen, das Ding.«

»Allerdings.«

Kurze Stille.

»Ich möchte, dass du weißt, wie stolz ich auf dich bin, Charly. Mit Bernadettes Hilfe wirst du schon alles gut hinkriegen, ganz bestimmt.« Ein kurzes Husten, etwas verlegen.

»Danke, Dad.«

»Ihr habt ja an diesem Übungstag gezeigt, dass ihr alles hinkriegt. Du schaffst das schon, das meine ich ernst, Charly.«

»Hmhmm.«

»So, jetzt muss ich mich aber wirklich beeilen, und ein neues Hemd brauche ich auch noch, das hier ist voller Butterflecken.

Wir sehen uns dann nach der Schule, in Ordnung, mein Sohn?«
»Okay, Dad.«
»Und denk dran, was ich dir gesagt habe. Wenn du im Klassenzimmer bist, such dir einen Platz, an dem du gut hören kannst.«
Schritte in Richtung Schlafzimmer seiner Eltern.

3. Szene: **Charly & Bernadette**

»Hi Charly!«
Er hört das Lächeln in ihrer Stimme.
»Selber Hi!«, sagt Charly und baut sich vor ihr auf wie ein Abenteurer. »Also, wie sehen deine Pläne für den Tag aus?«
»Na ja, irgendwer hat gesagt, auf dem Programm steht *Siebte Klasse*.«
Charly kichert. »Hmm, da ist was dran. Und ich finde, die siebte Klasse sollte jeder irgendwann hinter sich gebracht haben. Aber abgesehen davon: Wär's okay für dich, heute den Bus zu nehmen? Dad ist spät dran.«
»Kein Problem.«
Charly muss lächeln. *Kein Problem* ist einer von Bernadettes Lieblingssätzen. Bei ihr weiß man einfach, woran man ist; sie weiß, was sie will. Charly kann sich nicht erinnern, dass sie jemals irgendjemanden um Hilfe gebeten hätte.
Und was sie selbst betrifft, ist das ganz nach ihrem Geschmack. Sie ist sogar ein bisschen erleichtert, dass sie die Verantwortung übernehmen soll. Sie mag das Gefühl nicht, von jemand anderem abhängig zu sein, ganz egal von wem. Charlys Eltern sind ganz

okay, aber na ja, sie sind und bleiben eben Eltern. Und man weiß nie, wie weit man Eltern vertrauen kann.
Aha, da kommt auch schon seine Mutter – mit dem üblichen besorgten Gesicht.
»Guten Morgen, Bernadette. Es tut mir leid, aber Roger kann euch heute Morgen nicht zur Schule bringen. Glaubst du, ihr schafft es auch allein?«
»Na klar, Mrs. Fairmile. Kein Problem.« Sie kennt Charlys Mutter gut, und ihr gegenüber ist das *Kein-Grund-zur-Sorge-Lächeln* für Erwachsene eine ihrer leichtesten Übungen.
»Dann ist es ja gut. Wie geht es dir denn heute Morgen? Und wie geht es deiner Mutter?«
»Danke, mir geht's gut, und ich würde sagen, meiner Mutter geht's … mindestens so gut wie mir.«
»Der Bus muss jeden Moment kommen!«, mischt Charly sich ein. »Tschüss, Mam.« Und dann, etwas lauter: »Tschüss, Dad!«
Bernadette hört ein undefinierbares Grummeln aus der Tiefe der Wohnung. Mrs. Fairmile seufzt nur und lässt die beiden allein zurück.
Bernadette geht voran und Charly nimmt ihren Arm. So macht er einfach immer genau das, was sie macht. Wenn sie anhalten muss oder Treppen hinaufsteigt, merkt er es so am schnellsten und kann das Gleiche tun.
Mit einem leichten *Wumms* hält der Aufzug und lässt sie einsteigen. »Achtung«, sagt Bernadette. »Kleiner Schritt abwärts.«
Es sind bereits zwei Damen drin, die ihr Gespräch kurz unterbrechen, um ihnen über ihre Wäschekörbe hinweg zuzulächeln. Dann reden sie weiter. Die Ältere der beiden, eine faltige Weißhaarige mit Namen Miss Callaghan (ihren Vornamen kennt niemand) setzt die Unterhaltung fort: »Ich habe sie gestern im Mini-

Markt gesehen, Desiree. Ich stand hinter ihr in der Schlange. Und ihr Portemonnaie war voller Zwanziger.«
»Nein, wirklich?«
Desiree Danton (kaum jemand nennt sie bei ihrem Nachnamen) ist eine untersetzte braunhaarige Frau mit einer Stimme, die nach zwei Schachteln Zigaretten am Tag klingt.
»Wann immer ich sie sehe, trägt sie einen neuen Ring, Pelzmantel oder was auch immer. Und das sind keine Sachen, die man im Zirkus trägt, glaub mir. Richtig teuer sehen die aus. Ich frage mich, warum sie noch immer in diesem Loch wohnt.«
Beide seufzen.
»Guten Morgen, Desiree. Hallo Miss Callaghan«, grüßt Charly. Die beiden sind an ihren Stimmen einfach zu erkennen.
»Hallo Charly, hallo Bernadette.«
»Hallo Kinder.« Miss Callaghan mustert Bernadette neugierig. »Wie geht's deiner Mutter, Bernadette? Sie sah ein bisschen … müde aus, als ich sie gestern Abend gesehen habe.«
Müde. Eigentlich wollte sie *betrunken* sagen. »Sie hat gut geschlafen, Miss Callaghan.«
Der Fahrstuhl bewegt sich langsam abwärts. Die beiden Frauen zwinkern sich zu. Miss Callaghan räuspert sich. »Charly … weißt du zufällig, wie spät es ist?«
»Selbstverständlich, Miss Callaghan, das weiß ich immer«, antwortet Charly. »Es ist acht Uhr einundzwanzig.«
Bernadette seufzt und sieht zur Seite. Es ist jedes Mal die gleiche Prozedur, wenn sie die beiden treffen. Wie schafft Charly das nur, ruhig zu bleiben, obwohl die beiden ihn ständig wie einen durchgeknallten Freak behandeln?
Miss Callaghan kichert vor Vergnügen. »Einfach unfassbar!«, gluckst sie.

»Es ist einfach eine Begabung, mehr nicht«, antwortet Charly, als der Fahrstuhl kurz ruckelt und dann anhält. »Auf Wiedersehen, die Damen. Schönen Tag noch.«
»Erdgeschoss«, sagt Bernadette und die beiden steigen aus.
»Wie höflich er immer ist«, flüstert Miss Callaghan, als der Fahrstuhl sich in Richtung Kellergeschoss in Bewegung setzt. »Er hat so gar nichts von diesem typischen Teenager-Verhalten.«
»Und wie hübsch er ist, man würde gar nicht darauf kommen, dass etwas mit ihm nicht in Ordnung ist. Ohne den weißen Stock und die Brille würde man doch schwören, er wäre ganz normal.«
»Ganz anders als Bernadette mit ihren Marotten. Hast du gesehen, wie sie schon wieder die Augen verdreht hat?«
»Allerdings.«
»Ich sage dir, wenn sie mein Kind wäre, würde ich sie windelweich prügeln.«

Obwohl der Morgen wolkenlos und warm ist, kann man deutlich spüren, dass der Sommer sich verabschiedet. Ein Hauch kühler Frische liegt in der Luft, wie ein leises Klagen – ein Klagen darüber, dass die Ferien vorbei sind und der erste Schultag da ist. Bernadette hält Charly den Ellbogen hin und führt ihn zur Tür hinaus. Neben der Copernicus Street liegt der älteste Friedhof der Stadt. Er erstreckt sich über den ganzen Häuserblock und noch weit in die Ferne. Sonnenstrahlen reflektieren an den Spitzen des ihn umgebenden Metallzauns.
Bernadette genießt den Ausblick über den großen Friedhof, den sie von ihrem Zimmer aus hat. Manchmal, wenn ihre Mutter ins Telefon brüllt oder auf den Fernseher einschimpft, zieht Bernadette sich dorthin zurück und starrt auf die stillen Steine und Bäume.

»Sag mal, Charly. Habt ihr bei euch oben eigentlich auch Ungeziefer in der Wohnung?«, fragt sie. »Heute Morgen krabbelte alles Mögliche durch mein Müsli. Grauenhafte Dinger mit Beinen. Achtung.« Sie führt ihn an einem Hydranten vorbei und macht einen großen Schritt über die Decke eines Obdachlosen, der im Schneidersitz auf dem Gehweg sitzt.
»'Tschuldige, Uria.«
»Kein Problem, Bernadette«, erwidert der Bettler.
»Bei mir gab's Rührei zum Frühstück«, sagt Charly.

Langsam nähert sich der Bus der Haltestelle. Bernadette schiebt Charly durch den Pulk der Wartenden nach vorn und setzt ihren freien Ellbogen wie ein Ruder ein.
»Sorry!«, ruft sie. »Lasst ihr uns mal durch? Danke. So, jetzt die Stufe, Charly.«
Mit seiner Hand an ihrem Arm kann er ohne Probleme einsteigen.
»Hi Bernadette. Hallo Charly«, schnauft der Busfahrer, ein rundlicher Mann mit hochgekrempelten Hemdsärmeln.
»Hi Alf«, sagt Charly. »Du hast zweieinhalb Minuten Verspätung.«
»Ich weiß«, antwortet Alf und nimmt ihnen mit einer schnellen, ruckartigen Bewegung die Fahrscheine ab. So sehen alle seine Bewegungen aus. »Gab 'n Unfall und zwei so Typen haben sich mitten auf der Straße angeschrien. Vier Blöcke lang hat sich der Verkehr gestaut. *Steigt ein da drüben!* Und mein großer Zeh bringt mich noch um.«
Bernadette findet ganz hinten zwei Plätze für sie. Der Bus füllt sich und setzt sich stotternd in Bewegung. Bernadette schaut an Charly vorbei aus dem Fenster.

»Hey, da drüben ist Mrs. Jodelschmidt aus dem neunten Stock. Das ist die, über die die beiden Giftspritzen im Fahrstuhl so gelästert haben.«
»Mrs. Jodelschmidt? Die mit dem Hund?«
»Genau, Casey. Er ist auch dabei.«
»Glaubst du wirklich, dass sie reich ist?«
»Hmm, letzten Winter war sie es jedenfalls noch nicht, da habe ich sie ein paar Mal im Second-Hand-Laden gesehen. Aber jetzt trägt sie tatsächlich einen Pelzmantel.«
»Im September?«
»Ja, und eine passende Mütze dazu. Wenn man sie so sieht, scheint sie wirklich reich zu sein.«
»Reich und verfroren.«
Der Bus macht einen Ruck nach vorn und stoppt wie ein Eishockeyspieler, der gegen die Bande kracht. Bernadette kann sich gerade noch festhalten und murmelt vor sich hin, während sie schnaubend ausatmet.
»Nervös?«, fragt Charly.
»Nervös? Nur weil heute der erste Schultag in einer völlig unbekannten Schule ist? Weil ich die neuen Mitschüler und Lehrer nicht kenne? Und weil ich mir hier und da ein paar Gedanken darüber mache, wie du klarkommen wirst? Nein, warum sollte ich nervös sein?«
Charly nickt. Nicht genau in ihre Richtung, aber fast. »Ich auch nicht. Außerdem kennen wir den Weg zur Colfax Middle School in- und auswendig.«
Bernadette muss lachen.
»Was ist? Denkst du an das O&M-Programm?« Bei dem Gedanken daran muss Charly auch lachen, obwohl dieses Übungsprogramm ihn völlig fertig gemacht hat.

O&M steht für *Orientierung und Mobilität*. In den Ferien gab es einen Übungstag, an dem es darum ging, es Charly leichter zu machen, sich an die neue Umgebung in der Schule zu gewöhnen. Wie viele Schritte sind es von der Straße bis zum Haupteingang? Wie viele Stufen bis zum zweiten Stock? In welche Richtungen öffnen sich die Türen? Wie weit ist es von ihrem Klassenzimmer bis zur Cafeteria, zum Sekretariat, zu den Toiletten? Sie sind Schritt für Schritt vorgegangen, Stockwerk für Stockwerk. Zuerst hat Bernadette ihn geführt, dann gingen sie zurück und Charly ging den Weg noch einmal allein. Es war an einem Nachmittag im Juli, draußen braute sich ein Gewitter zusammen und es war so heiß, dass man dachte, der Teerboden müsste Blasen werfen. Die Direktorin entschuldigte sich immer wieder. Und dann war da noch Charlys Betreuer, Titus Underglow III., der seinen Wohltätigkeitsfimmel ein bisschen zu deutlich raushängen ließ. Außerdem nannte er ihn beharrlich *Charles* und hatte so schweißnasse Hände, dass ihm alle paar Minuten sein Schirm mit dem goldenen Griff auf den Boden fiel.
Selbstbewusst tastete Charly sich mit seinem Stock Schritt für Schritt vorwärts und meisterte die Situation ziemlich gut. Jedes Mal, wenn sich zwei Gänge kreuzten, fürchtete Bernadette, dass er gegen eine Tür stoßen würde, was aber nie passierte. Er schaffte es immer und änderte rechtzeitig die Richtung.
»Woran merkst du eigentlich, dass du an einer Kreuzung stehst?«, wunderte sie sich.
»Das ist nicht so schwer, das Geräusch des Stocks verändert sich«, erklärte er. »Wenn er nicht mehr gegen die Wand prallt, ist klar, dass da ein neuer Gang kommt. Außerdem spüre ich einen Luftzug an der Wange, der bei jeder Kreuzung aus einer neuen Richtung kommt.«

Als sie alle Übungen hinter sich hatten, bat die Direktorin, Mrs. Vox, um ein Foto für die Schülerzeitung. Sie arrangierte alle Beteiligten in der großen Eingangshalle, schaltete die Kamera auf dem Stativ ein und beeilte sich, rechtzeitig selbst ins Bild zu kommen. Dummerweise verhakte sich genau in diesem Moment Charlys Stock mit dem Schirm von Mr. Underglow, was zur Folge hatte, dass sie beide stolperten und hinfielen. Im Fallen klammerte Charly sich an Bernadette, die versuchte, sich am Arm von Charlys Mutter festzuhalten, die sich bei Charlys Vater eingehakt hatte, der gerade eine Hand auf die Schulter der Direktorin legte – was zur Folge hatte, dass sie alle zusammen wie Getreide unter der Macht eines Mähdreschers zu Boden gingen und die 700-Dollar-Digitalkamera sich in ungefähr zwei Teile pro Dollar auf dem Steinfußboden verteilte.

Szene 3a: **Charly, Bernadette & der Bus**

»Erinnerst du dich an alles, was du bei O&M gelernt hast?«, fragt Bernadette. »Neunundvierzig Schritte von der Eingangstür bis zu den Treppen und all das?«

Charly ruft es sich noch einmal ins Gedächtnis. Er kann den glatten Steinfußboden fühlen und das Echo seiner Stimme in den Fluren hören. Auch die Stimme der Direktorin kann er hören, oder vielmehr ihr Jammern, als die Kamera runterfiel. Und er spürt die Türklinken – etwas höher als in seiner alten Schule – und riecht die Essensreste in der Kantine. Die Toiletten waren … Mist! Wo waren nochmal die Toiletten?

»Nicht an alles, nein«, antwortet er. »Wenn ich mich verlaufe, frage ich einfach jemanden.«
»Ich bin ja auch noch da.«
»Gut, dann frage ich dich.« Er lächelt in ihre Richtung.
»Sag mal, macht es dir eigentlich gar nichts aus, immer auf andere angewiesen zu sein? Ich würde das nicht aushalten.«
Der Bus ruckelt plötzlich vorwärts, aber Charly ist darauf vorbereitet: Eine Hand am Fenster, die Füße fest auf dem Boden. Sein Vordermann quietscht überrascht auf.
»Meiner Meinung nach ist jeder von anderen abhängig, Bernie. Oder wie würde es dir gehen, wenn du ohne deine Mutter klarkommen müsstest?«
Schweigen.
»'Tschuldige«, sagt er. »Schlechtes Beispiel. Aber sieh es einmal so: Im Moment sind wir auf Alf angewiesen, wenn wir zur Schule wollen. Und er ist auf die Leute angewiesen, die seinen Bus volltanken und Straßenschilder oder Ampeln aufstellen. Die wiederum sind auf die angewiesen, die die Computerprogramme für die Regelung des Straßenverkehrs schreiben, und was wären diese Programmierer ohne die Hersteller von Mikrochips? Und die alle zusammen sind auf die Schüler angewiesen, die irgendwann Studenten werden und Ahnung von dem haben, was sie tun. Also auf uns.« Seine Stimme nimmt den Ton vom Vater aus *Der König der Löwen* an: »Siehst du, Simba, wir sind alle Teil dieses Universums, und das Leben, ein ewiger Kreis –«
Im letzten Moment bemerkt Alf das Kind auf dem Zebrastreifen. Er tritt so heftig auf das Bremspedal, dass ihm der Schmerz wieder in den rechten großen Zeh fährt. (Noch ein paar Bremsmanöver wie dieses und die blutgefüllte Blase platzt!) Der Bus schlittert und hält quietschend haarscharf vor den schwarz-

weißen Streifen auf der Straße. Laut hupt es überall. Charly hört einen Schrei neben sich.
»Bernadette? Bernadette? Alles in Ordnung?« Er streckt die Hand aus, aber der Sitz neben ihm ist leer. Obwohl er ganz genau weiß, dass sie gerade noch neben ihm gesessen hat.
»Aufstehen, Opa!« Der plötzliche Stopp hat sie vom Sitz in den Mittelgang geschleudert, wo die Leute von den Stehplätzen ordentlich durcheinandergerüttelt wurden. Sie schiebt einen älteren Mann zur Seite und klettert auf ihren Platz zurück.
»Kein Problem, Charly«, sagt sie und klopft sich den Staub von Hose und T-Shirt.
Der Bus fährt wieder an.

»Wo sind wir jetzt? Was siehst du?«, fragt Charly.
»Hmm«, murmelt sie und schaut an ihm vorbei aus dem Fenster. Der Bus biegt um eine Ecke, hupt, ruckelt vorwärts und hält wieder abrupt an. »Wir sind auf der Grant Street, links ist der Safeway-Supermarkt und rechts die Bank von deinem Vater. Eine ältere Dame fegt den Gehweg vor ihrem Obstladen, daneben isst ein Mann ein Eis. Und – hey, was ist das denn? Da rennt jemand mit einem Strumpf über dem Kopf aus der Bank!«
Der Bus fährt schneller und Bernadette dreht sich noch einmal um. Passiert das wirklich oder wird da gerade ein Film gedreht? In diesem Sommer wurden schon etwa ein Dutzend Geldautomaten ausgeraubt, und immer war es ein Mann mit einer Strumpfmaske. Und – das wird Bernadette in diesem Moment klar – alle Überfälle haben morgens stattgefunden.
»Das ist ein Scherz, oder? Ich meine die Maske. Oder hast du gerade wirklich den Kerl gesehen, der von der Polizei gesucht wird?«

»Den Strumpfmasken-Dieb? Keine Ahnung, vielleicht.« Der Bankräuber, wenn er es wirklich ist, trägt einen dunklen Anzug, hat eine Tasche oder Tüte in der Hand und läuft in eine Seitenstraße. Und niemand ruft: *Schnitt!*
»*Vielleicht?*«
Der Bus fährt weiter und der Mann verschwindet. Der Zwischenfall ist vorüber. Bernadette versucht, sich alles noch einmal deutlich vor Augen zu führen, aber es gelingt ihr nicht. Hat sie das gerade wirklich gesehen? Oder hat sie sich das alles nur eingebildet?
»Ich weiß es nicht, Charly.«
»Du meinst, es könnte auch eine Frau gewesen sein, die ganz normale Strümpfe getragen hat?«
»Das nicht gerade.«
»Aber die Person ist wirklich weggelaufen?«
Bernadette lacht. »Ich weiß nicht, vielleicht ist sie auf Strümpfen gelaufen.«
»Jetzt verwirrst du mich komplett«, sagt Charly. Er hört eine Sirene, die sich dem Bus nähert. Ein Polizeiauto oder ein Krankenwagen? Und fahren sie zur Bank? Wurde sie wirklich ausgeraubt? Was ist hier eigentlich los? Charly beschließt, dass ihn das alles nichts angeht, lehnt sich zurück und wartet darauf, dass der Bus seine Haltestelle erreicht. Vorgestern, bei ihrer Probefahrt, erreichten Bernadette und er die Schule genau um 8:36 Uhr. Sie müssten also gleich da sein.
Als Bernadette ihn am Arm berührt, steht er sofort auf.
»Okay, wir steigen aus«, sagt sie laut und deutlich. »Lasst uns mal durch. Achtung!«
Bernadette macht wieder von ihrem Ellbogen Gebrauch und verschafft sich den Raum, den sie zum Aussteigen braucht. »Was

gibt's denn da zu glotzen?«, fährt sie eine ältere, stark geschminkte Dame mit Regenschirm an.
»Was für ein ungehobeltes Mädchen!«, erwidert die Frau streng.
»Ich möchte mich für meine Begleiterin entschuldigen, Madam«, sagt Charly. »Sie hat eine schwierige Kindheit.«
»Hey!« Bernadette versteift ihren Griff. »Sieh dich vor!«
»Ich wünschte, das könnte ich«, antwortet Charly. Ein alter Witz zwischen den beiden.
»Haha, sehr witzig.«
Die ältere Dame folgt den beiden mit einem skeptischen Blick und schüttelt den Kopf.
»Wiedersehen, Alf!«, ruft Bernadette, als sie Charly mit sich aus dem Bus zieht.

Szene 4: **Action!**

Die Colfax Middle School liegt ein Stück abseits der Straße, der Schulhof ist durch einen Zaun vom Gehweg getrennt. Das Gebäude selbst ist ein abstoßender, unfreundlicher Betonbau, der nicht nur einfach da steht, sondern bedrohlich hinter dem Hof in die Höhe ragt. Als Bernadette ihn zum ersten Mal sah, dachte sie, sie stehe vor einem Gefängnis.
Langsam nähert sie sich dem Schultor und beobachtet die schrägen Gestalten, die überall rumlungern. In ihrem letzen Jahr in der Grundschule kannte sie jeden einzelnen Schüler. Sie schaut sich um. Kein einziges bekanntes Gesicht.
Charly folgt ihr zurückhaltend, äußerlich so ruhig wie immer. Ob

er weiß, dass alle ihn mit großen Augen anstarren? Bemerkt er die drei älteren Schüler, die sich ihm und Bernadette auf ihren Skateboards nähern?
Nein, er bemerkt sie nicht. Bernadette zieht ihn zur Seite, damit die drei Skater majestätisch an ihnen vorbeifahren können – jedenfalls so majestätisch wie möglich, mit ihren hervorschauenden Boxershorts und dem Mund voller Kaugummi.
»Hast du die Schritte gezählt, seit wir ausgestiegen sind, Charly?«
»Nein, ich denke nur nach.«
»Wir sind jetzt gleich am Tor zum Schulhof«, sagt sie, während Charly den Kopf schief hält und den Geräuschen lauscht, die vom Schulhof kommen. Vor allem lautes Rufen und Schreien.
»Ob die hier wohl nett sind?«, fragt Charly.
In diesem Moment steuert ein Junge namens Frank Sponagle mit seinem Fahrrad genau auf die beiden zu. Das Rad ist deutlich zu klein für ihn und die Reifen sind ziemlich platt. Er steht auf den Pedalen und lacht gemein: »Ha-haa!«
Bernadette sieht ihn gerade noch rechtzeitig. Sie erkennt ein gestreiftes T-Shirt. Den kahl rasierten Kopf. Die Gefahr. Sie schiebt Charly durch das Tor und sucht hinter einer Laterne Schutz. Beim Vorbeifahren spuckt Frank sie an.
Bernadette zuckt zusammen und wischt sich den Arm ab.
»Ob sie hier *nett* sind? Hmm, das frage ich mich auch.«
»Hey, Bernie«, sagt Charly und neigt seinen Kopf. »Was ist das? Hörst du das auch?«
»Was denn?«
»Musik. Wie in einer Kirche. Hörst du das?«
»Nein.«
Bernadette steht am Tor und sieht dem gestreiften Radfahrer hinterher. Da kommt irgendetwas Kleines, Buntes angeflogen, trifft

Franks Vorderrad und reißt es zur Seite. Das Rad schlenkert wild, dann fällt das ganze Fahrrad zu Boden – und der zu große Fahrer ebenfalls. Er gibt einen Schrei von sich. Das kleine, bunte Ding hüpft über den Gehweg auf sie zu: Ein kleiner Gummiball, die Sorte Flummi, die man kleinen Kindern bei Geburtstagspartys schenkt. Er muss gegen die Speichen geknallt sein und das Rad zum Fallen gebracht haben.

Aber woher ist er gekommen? Aus einem vorbeifahrenden Auto? Und war der Radfahrer tatsächlich das geplante Ziel, oder wurde er zufällig getroffen? Bernadette sucht die Straße ab, findet aber keine Antwort auf ihre Fragen.

»Da. Jetzt ist die Musik vorbei«, sagt Charly.

Bernadette hebt den grüngelben Ball auf. Frühlingsfarben, denkt sie, die Farben der Hoffnung. Den Flummi steckt sie in ihre Tasche. »Kirchenmusik sagst du? Wie eine Hymne?«

Es ist nicht so, dass sie an seinen Worten zweifeln würde, immerhin kennt sie Charly beinahe ihr ganzes Leben lang. Er kann es nicht ausstehen, wenn man ihn »etwas Besonderes« nennt, obwohl es stimmt. Er ist nicht auf eine Art *besonders*, dass man ihn bemitleiden müsste. Eher so, dass er manchmal Dinge wahrnimmt, die andere nicht nachvollziehen können.

Er selbst mag es lieber, wenn man ihn ›beeinträchtigt‹ nennt, ungefähr so wie bei einem Rennpferd, das durch einen schwereren Jockey beeinträchtigt ist. Und vergiss nicht, sagt er sich, es gibt eine Menge Menschen, die eine schwerere Last zu tragen haben als ich.

Egal, was man über ihn denkt, wenn Charly Kirchenmusik gehört hat, dann war sie auch da.

»Nein, keine Hymne«, erklärt er, »es klang ernsthafter, irgendwie beängstigend.«

Die Colfax Middle School liegt an einer Kreuzung. Grant Street, die Busstrecke, verläuft von Osten nach Westen. Sie trifft hier auf eine kleinere Straße, die von Norden nach Süden führt, und auf beiden Seiten dieser Straße gibt es einige niedrige Backsteinhäuser, zwischen denen kleine, schmutzige Gassen liegen. Die Häuser waren einmal weiß, jetzt sind sie grau. Und eine dieser Gassen zieht Bernadettes Aufmerksamkeit auf sich.

»Charly! Auf der anderen Straßenseite wird ein Kind bedrängt.«

»Was meinst du?«

»Es wird von einem Hund in die Enge getrieben.«

Besorgt verfolgt Bernadette das Geschehen. Am Ende der Gasse befindet sich ein klappriger Gartenzaun mit Mülltonnen. Vor einer von ihnen steht ein Junge mit dunklen Locken und Brille einem Hund gegenüber. Es ist Lewis Ellieff, klein, dicklich und mit einem blauen Hemd. Nicht gerade ein hübscher Junge.

»Hilfe!«, schreit er. »Ich brauche Hilfe! Der Hund ist verrückt!«

Bernadette zögert keine Sekunde. »Komm, Charly. Wir müssen ihm helfen.«

»Wirklich? Warum?«

»Weil er kleiner ist als wir. Und weil er unsere Hilfe braucht.«

Charly runzelt die Stirn. »Und der Hund? Ist der auch kleiner als wir?«

Bernadette nimmt seine Hand und legt sie auf ihren Arm.

»Wir kommen!«, ruft sie.

»Ja«, schließt Charly sich an. »Halte durch! Wir kommen! Auch wenn wir keine Ahnung haben, wie wir dir helfen können!« Er bewundert Bernadette dafür, wie sie sich in die Situation anderer versetzen kann. Und er weiß, wie viel schwieriger sein Leben ohne sie wäre. Aber er weiß auch, dass es Momente gibt, in denen die Fähigkeit, nicht sehen zu können, einiges leichter macht.

»Ich habe eine Idee«, sagt sie. »Du lenkst den Hund ab und ich helfe ihm. Du kannst den Hund mit deinem Stock auf Abstand halten.«

Charly seufzt. »Klingt nach einem guten Plan. Und wenn du ihm geholfen hast, könnt ihr beide mich retten.«

Lewis schreit immer noch.

»Hilfe! Ich werde sterben! Ich werde von einem sabbernden Monster gefressen, das nach Mülltonne stinkt. Es wird mich anfallen und beißen. Ich habe *Der Hund von Baskerville* gelesen. Ich habe einen Film über wild gewordene Tiere gesehen! Ich weiß, wozu wahnsinnige Tiere in der Lage sind. Er wird meinen Körper bis zur Unkenntlichkeit zerfleischen, meine Eltern werden verzweifeln! Mein Leben läuft wie im Zeitraffer vor meinen Augen ab! Wiedersehen, Mama! Wiedersehen, Papa! Euer armer kleiner Lewis endet als Hundefutter! Wie grauenhaft! Wie entsetzlich!«

Charly runzelt die Stirn. »Ganz schön gesprächiger Kerl, oder?«

Bernadette drängt ihn über die Straße.

»Komm, Charly. Pass auf, die Bordsteinkante. Wir müssen uns beeilen.«

»Warum sagst du das?«

Mitten auf dem Gehweg bleibt Charly stehen, rammt seinen Stock auf den Boden und legt den Kopf in den Nacken. »Seit ich mich erinnern kann, höre ich immer wieder das Gleiche: Beeil dich, Charly, du verpasst den Bus. Wir müssen uns beeilen. Beeil dich Charly, du kommst zu spät. Immer wieder in wichtigen Momenten sagt mir irgendjemand so etwas. *Wir müssen uns beeilen.* Aber warum? Wo ist die Zeit denn? Warum ist nie welche da, wenn man sie braucht? Warum kann nicht ein einziges Mal ausreichend Zeit für etwas da sein?«

Und plötzlich, wie durch ein Wunder, ist alle Zeit der Welt da und niemand muss sich beeilen. Das Straßenbild verschwimmt und verwandelt sich in einen Hinterhof einer noblen Wohngegend. Im Westen ruht die Sonne tief und gemütlich an einem makellos blauen, windstillen Himmel. Ein paar Schritte entfernt befinden sich bunte, wohlduftende Blumenbeete, umgeben von einem saftig grünen, gepflegten Rasen. Im Vordergrund liegt ein riesiger Pool, umrandet von schwarz schimmernden Schieferkacheln. Charly trägt einen Bademantel und ruht sich nach ein paar Runden im Wasser in einem Lehnstuhl aus. In seiner Hand hält er ein großes Glas Kakao, hinter ihm stehen ein Sonnenschirm und ein Tisch, auf dem ein Radio leise Musik spielt. Im Hintergrund hört man Summen, Surren und Vogelgezwitscher. Zusammengefasst: Es ist der Inbegriff eines trägen, gemütlichen Sommernachmittags. Bernadette schlendert in seine Richtung und gähnt.

»Was meinst du, Charly«, fragt sie. »Wollen wir mal langsam den Jungen retten?«

»Jetzt schon? Lass mich bitte noch meinen Kakao trinken.«

»Kein Problem, Charly. Wir haben ja Zeit.«

»Wie viel Zeit haben wir denn?«

»Jede Menge. Wir haben alle Zeit der Welt.«

»Gut.«

Er schlürft den letzten Schluck Kakao und stellt sein Glas ab. Langsam steht er auf und streckt sich wie eine Katze. »Ich glaube, ich bin jetzt so weit«, sagt er. Er nimmt seinen weißen Stock und schreitet zurück in die Realität.

Hinter ihnen dröhnt der Straßenverkehr. Vor ihnen bellt der Hund immer lauter. Der Junge brabbelt immer noch hysterisch vor sich hin.

»Beeil dich, Charly!«, sagt Bernadette und zieht ihn mit sich. »Nur noch zehn Schritte.« Und laut ruft sie: »Keine Angst, wir kommen!«

Aber Bernadette ist selbst verunsichert. Wo hat sie sie da hineingezogen? Der Hund scheint wirklich verrückt zu sein. Kann Charly ihn zurückhalten? »Heb deinen Stock hoch, Charly!«, ruft sie. »Halt ihn hoch wie ein Schwert. Ich rufe den Hund.«

»Was meinst du mit ›rufen‹?«

»Na ja, ich will ihn von dem Jungen ablenken. Komm hierher, Kleiner!«, ruft sie. »Komm her!«

Charly seufzt und umfasst seinen Stock fester.

Der Hund hört nicht auf Bernadette, obwohl sie ihn immer wieder zu sich ruft. »Jetzt komm schon her, du Trottel von einer Promenadenmischung! Hierher! Ja, ich rede mit dir, und ich nenne dich *Trottel.*« Ihre Stimme wird lauter. »Jetzt komm schon her, du vierbeiniger Bastard!«

Sie hebt eine leere Dose vom Boden auf und bewirft den Hund damit.

Endlich dreht er sich um und nimmt sie wahr. Was für ein Monster! Das Viech sieht aus wie ein kleines Pferd – mit scharfen Zähnen. Moment mal! Ist da wirklich Schaum vor seinem Maul? Bernadette schluckt.

Charly hält seinen Stock in der rechten Hand. Die Linke hebt er über den Kopf, sodass er wie ein Fechter aussieht. »Halte ich ihn in die richtige Richtung?«, fragt er. Zum Glück bewahrt Charly immer die Ruhe.

»Fast – etwas weiter nach links – ja, besser. Hey du!«, ruft sie dem Jungen zu. »Ich sag dir Bescheid, wenn du zu uns rüber kommen sollst, okay?«

»So?«, fragt Charly noch einmal. »Bernadette, ist es jetzt richtig?«

Der Hund geht in Stellung.
Aber Charly hat noch nicht ganz die richtige Position eingenommen.

Das Bellen des Hundes ist laut und furchteinflößend. Und es kommt näher. Charly hält seinen Stock dem Bellen entgegen. Und dann hört er es wieder – lauter als das Bellen und das Schreien des Jungen und der Straßenlärm. Und Bernadette hört es auch, genauso, wie Charly es beschrieben hat: Kirchenmusik. Ein Chor. Sie versteht ein Wort: *Siehe!*

Der Hund hat aufgehört zu bellen. Den Kopf hält er gesenkt. Gleich wird er auf sie zuspringen. Sie schreit. Der dickliche Junge, der immer noch auf der Mülltonne steht, schreit ebenfalls. Um sie herum scheint sich alles wie in Zeitlupe zu bewegen.

Ein kleines rundes Geschoss trifft den Müllhaufen, eine Staubwolke entsteht. Der Einschlag des Geschosses setzt ein ramponiertes Skateboard in Bewegung, das einen Berg aus Pappe herunterrollt. Das Skateboard nimmt Fahrt auf und rollt quietschend weiter. Gerade als der Hund den Jungen anspringen will, wird er von dem Geräusch des Skateboards abgelenkt: Er bricht die Sprungbewegung abrupt ab und landet knapp vor dem Jungen – und zwar genau auf dem Skateboard, das an dem Jungen vorbei und auf die Straße zurollt. Im selben Moment entsteht ein schräger, disharmonischer Klang aus Hupen, Bremsen, aufeinander krachendem Metall und berstendem Glas. Der Hund springt hektisch von dem Skateboard und rennt so schnell er kann die Straße entlang, den Schwanz zwischen den Hinterbeinen eingeklemmt.

Für einen Augenblick ist Bernadettes Aufmerksamkeit abgezogen und richtet sich auf einen Jungen, der allein neben dem klapprigen Zaun steht. Ein stämmiger, breitschultriger Junge mit einer Igelfrisur. Über seinem Hemd trägt er eine Weste, dazu eine weit geschnittene Hose. Sie sieht ihn nur einen Augenblick lang, sodass sie nicht sagen kann, wie alt er ist. Vielleicht in ihrem Alter, vielleicht etwas jünger. Als er hinter dem Zaun verschwindet, verstummt die Kirchenmusik.

»Wow!«, entfährt es ihr.

Charly hört auf, seinen Stock wie ein Schwert durch die Luft zu schwenken.

»Da war wieder diese Musik«, sagt er. »Lass mich raten, die Gefahr ist vorüber.«

»Ähm … ja.«

»Es ist elf Minuten vor Neun. Wir sollten uns beeilen.«

Der etwas belämmert aussehende Junge springt von seiner Mülltonne und kommt auf die beiden zu.

»Hey! Hey, ihr beiden! Wie geht's euch? Danke! Echt, vielen Dank! Ich heiße übrigens Lewis. Das war total nett von euch, dass ihr hergekommen seid, um mir zu helfen. Ich hatte echt ein Problem. Habt ihr die Zähne von dem Biest gesehen?«

»Ja«, sagt Bernadette.

»Nein«, sagt Charly.

»Das sollte echt verboten sein, solche Bestien frei herumlaufen zu lassen. Ich sag euch, die Stadt wird wirklich immer gefährlicher. Wir wohnen in einem dieser großen, weißen Häuser, unten in der Grant Street. Meine Ma wollte mich nicht allein zur Schule gehen lassen, obwohl es wirklich nicht weit ist. Mein Pa hat ihr gesagt, sie solle sich nicht verrückt machen, aber sie sagte, das wäre Blödsinn, und dann haben sie angefangen zu streiten.« Er schüttelt den Kopf, als wollte er all das loswerden. »Könnt ihr euch vorstellen, dass dieser Hund mich die ganze Straße entlang in diese Gasse gejagt hat? Als ich aus dem Bus stieg, war er plötzlich da. Zuerst habe ich ihn gar nicht bemerkt, weil ich an nichts anderes als an Schokoriegel gedacht habe. Kennt ihr das? Ich war in Gedanken gerade bei diesen riesigen Schokoriegeln, die sie manchmal verteilen, wenn sie Geld für die Krebsforschung oder für Fußballtrikots sammeln …«

Bernadette führt Charly über die Straße. Lewis folgt ihnen und plappert einfach weiter. Der Unfall weiter unten auf der Straße ist nicht schlimm, ein roter Minivan ist gegen die Stoßstange eines großen, weißen Autos gerammt. Das Skateboard steckt unter einem der Vorderreifen des weißen Wagens. Zwei Frauen sind ausgestiegen und fuchteln schimpfend mit ihren Fingern herum. Der Verkehr rollt vorbei, Hupen dröhnen.

Bernadette sieht etwas Kleines, Buntes auf dem Gehweg liegen. Sie bückt sich, um es aufzuheben: Ein kleiner, bunter Flummi.

Szene 5: **Lewis**

»… und als ich am Ende der Sackgasse stand, ging es einfach nicht weiter. Ich dachte, das war's, aus und vorbei. Meine letzte Stunde hat geschlagen, auf Wiedersehen auf dem Friedhof, lebendig begraben. Habt ihr dieses Monster gesehen? Ich meine, wer um alles in der Welt züchtet solche Viecher? Mit *solchen* Zähnen, *solchen* Klauen und all dem Sabber! Uaah! Das wird ein schöner Alptraum heute Nacht, und morgen sicher auch. Ich sage euch, das war ein Alptraum-Erlebnis für mindestens drei Nächte! Kennt ihr das? Dass ihr das Ausmaß des

Grauens daran festmacht, wie lange ihr Alpträume von einer Sache haben werdet?«

Charlys Finger klammern sich festern um Bernadettes Ellbogen und sie versteht die Geste. Komischer Kauz, dieser Lewis. Quasselt ohne Punkt und Komma.

»Meine Tante Mary Lee hat sich einmal zu Halloween als Monster verkleidet. Mir war schlecht, weil ich zu viele Hot Dogs gegessen hatte, und als ich die Badezimmertür aufmachte, stand sie da vor unserem Spiegel und klebte sich eine Riesennase ins Gesicht.«

Ein kurzes Zittern schüttelt seinen Körper. »Das hat für acht Alptraumnächte gereicht. Uaah! Kommt, beeilen wir uns. Ich hoffe, ich komme nicht zu spät. Macht am ersten Schultag nicht gerade einen guten Eindruck auf den Lehrer. In welcher Klasse seid ihr eigentlich? Siebte? Ja, ihr seht aus, als wäret ihr in der Siebten. Meine Eltern und ich wohnen übrigens – hey, du bist ja blind!«

Er starrt Charly an und fuchtelt mit der Hand wild vor seinem Gesicht herum. Er wendet sich an Bernadette. »Er ist blind, oder? Ist er doch, oder? Sag schon.«

Eine Pause entsteht. »Warum fragst du ihn nicht selbst?«, entgegnet Bernadette.

Lewis starrt Charly an, für einen kurzen Moment von sich selbst abgelenkt. Aber nicht lange. »Wahnsinn! Ich meine, hey, ich hab's gar nicht gemerkt, weil du dich so natürlich bewegst, ich meine, eben so wie alle anderen. Ich bin übrigens auch fast blind, ohne meine Brille würde ich nichts sehen. Hier, fühl mal, wie dick meine Gläser sind.«

Charly schüttelt den Kopf. »Schon okay. Ich …«

»Nein, echt. Hier, fühl doch mal.« Lewis nimmt seine Brille ab und drückt sie Charly in die Hände. Bernadette muss sich anstrengen, nicht laut loszuprusten.

»Fühl doch, wie dick die Gläser sind. Hey, da haben wir ja was gemeinsam.«

»Stimmt«, sagt Charly und gibt ihm die Brille zurück.

Bernadette runzelt die Stirn. »Was meinst du damit, dass ich aussehe, als wäre ich in der Siebten?«

Lewis zuckt mit den Schultern. »Nichts. Na ja, ich dachte …«

»Du dachtest, weil ich so klein bin? Wolltest du das sagen? Ich bin jedenfalls größer als du.«

Charly lacht. »Wir sind beide in der Siebten. Ich bin übrigens Charly. Und das ist Bernadette.«

Lewis wedelt mit seiner Hand und plappert weiter. »Ich bin auch in der Siebten, also haben wir alle drei was gemeinsam. Wir sollten … Achtung!«

Ein Schatten kommt durch die Luft auf sie zugerast. Lewis, der sich immer an der Schwelle zu einer Panikattacke befindet, überschreitet diese Schwelle, bedeckt seinen Kopf mit den Händen und wirft sich auf den Boden.

Charly bleibt still stehen, er sieht keine Veranlassung, etwas anderes zu tun.

Bernadette blinzelt in die Sonne und erkennt, woher der Schatten kommt.

»Ein Frisbee«, erklärt sie.

Eine rosa Plastikscheibe landet neben ihnen und trudelt über den Gehweg. Nicht weit entfernt von ihnen stehen ein paar sehr modebewusste Mädchen – *die meisten blond* – in schicken Klamotten – *die meisten sehr körperbetont* – und kichern. Bernadette befreit sich von Charlys Hand an ihrem Ellbogen, hebt den Frisbee auf und pfeffert ihn zu den Mädchen zurück. Ihr Wurf schießt deutlich über das Ziel hinaus und die Mädchen kichern noch mehr. Na ja …

»Ist Lewis weg?«, fragt Charly.
»Nein, er steht gerade auf und klopft sich den Staub von der Hose.«
»Habt ihr das gesehen?«, fragt Lewis. »Das verdammte Ding hätte mir fast den Kopf abgesäbelt!« Dann lauter werdend und an die kichernden Mädchen gerichtet: »Passt gefälligst auf, ihr da drüben! Hier sind Leute unterwegs, und zwar behinderte Leute! Blinde Leute!«
Charly seufzt.
Die Mädchen kichern wieder.
Bernadette schaut über die Mädchen hinweg. Ihr Herz macht einen Sprung und ihr stockt der Atem. Kann es sein, dass der rundliche Mann auf dem Lehrerparkplatz hinter den Mädchen ihr Vater ist? Es sieht jedenfalls so aus. Es sieht sogar sehr danach aus. Er holt irgendetwas aus seinem Auto und winkt einer Gruppe von Schülern zu. Es ist ein Lehrer. Bernadette schluckt. Nein, natürlich würde ihr Vater nicht kommen. Natürlich nicht.
Charly bemerkt ihre Verunsicherung. »Bernadette. Was ist los?«
»Nichts«, erwidert sie und räuspert sich.
Lewis schüttelt den Kopf. »Manche Leute kennen einfach keinen Respekt«, sagt er. »Okay, ihr seid also Charly und Bernadette. *B* und *C*, das kann ich mir merken. Und in welcher Klasse seid ihr? Seid ihr zusammen? Bestimmt, oder? Na, egal, in welcher Klasse seid ihr?«
»Wir sind in der 7f, bei Mr. Floyd«, sagt Bernadette.
»Hey, ich auch. Super! Meine Mutter hat sich schon Sorgen gemacht, dass ich niemanden kennen würde und jetzt …«
Die Schulglocke läutet. Aber irgendetwas stimmt akustisch nicht, sodass es nach einem krächzenden Raben klingt. Lewis erschaudert. »Hört ihr das? Gruselig, oder?«

»Fünf vor neun«, sagt Charly. »Wie geht's jetzt weiter, Bernadette? Müssen wir uns in einer Reihe aufstellen?«
»Nein, alle scheinen einfach so ins Schulgebäude zu gehen. Komm, wir gehen.« Sie zieht ihn mit sich. Lewis folgt ihnen und plappert weiter.
»Jetzt mal ernsthaft, ist es nicht super, dass wir in die gleiche Klasse gehen? Ich meine, ihr beiden habt mich vor diesem wahnsinnigen Hund gerettet – na ja, nicht wirklich gerettet, aber ihr habt es versucht und wart dabei, als ich gerettet wurde – und dann stellt sich heraus, dass wir in die gleiche Klasse gehen. Wir könnten doch so was wie *Die drei Musketiere* sein, oder? Wie wäre das?«
»Oder *Die drei von der Tankstelle*«, sagt Bernadette.
»Einer für alle, alle für einen!«, ruft Lewis und fährt mit einem Arm dramatisch durch die Luft. Er trägt Manschettenknöpfe.
Bernadette ignoriert ihn und zieht Charly mit sich in Richtung Schule.

Szene 6: **Die Ankunft**

Ihr Klassenzimmer hat die Nummer 24. Fünfundsechzig Schritte von der letzten Stufe der großen Treppe. An der Tür hängt ein Schild mit der Aufschrift *7f – Mr. Floyd.*
»Da sind wir«, sagt Bernadette und führt Charly zur Tür. Sie bleiben kurz stehen, vom Flur hinter ihnen kommen Geräusche. Sie beschreibt das Klassenzimmer für ihn. »Die Tische stehen in geraden Reihen, ganz vorn die Tafel, davor das Lehrerpult mit Heften und Schulbüchern. An der gegenüberliegenden Wand

sind die Fenster, an der Decke grelle Leuchtstoffröhren. Alles ganz normal eigentlich, mit einer Ausnahme.«

»Und was für einer?«

»Kein Lehrer.«

Lewis steht nervös zappelnd neben ihnen. »Ich frage mich, welcher der Schläger ist«, flüstert er. »Es ist jedes Jahr das Gleiche. Immer bekomme ich den Platz neben ihm.«

»Ist doch gut, wenn es so was wie Kontinuität im Leben gibt«, sagt Bernadette.

Charly verstellt seine Stimme, um sie so tief und kratzig wie die eines Fernsehmoderators klingen zu lassen. »Herzlich willkommen, verehrtes Publikum, zur aktuellen Septemberausgabe unserer berühmten Schul-Game-Show: *Entdecke den Schläger.* Bernadette, würdest du uns bitte die neuen Kandidaten vorstellen und ihre jeweiligen Siegeschancen einschätzen? Und Sie, liebe Zuschauerinnen und Zuschauer, dürfen wie immer ein Blatt Papier und einen Stift zur Hand nehmen, um Ihre eigenen Eindrücke zu notieren.«

Sie unterdrückt ein Kichern und führt ihn langsam in den Raum. Die ganze Klasse starrt in ihre Richtung, aber Charly macht einen vollkommen entspannten Eindruck.

Lewis dagegen ist immer noch nervös und weiß nicht, was er tun soll. Charly zieht die gesamte Aufmerksamkeit auf sie und Lewis ist sehr misstrauisch, was Aufmerksamkeit betrifft.

Bernadette führt Charly durch den Raum. Er nimmt seinen weißen Stock so in die Hand, dass das obere Ende wie ein Mikrofon über seine Faust hinausragt.

»Gibt es schon ein paar aussichtsreiche Kandidaten, Bernadette?«, fragt er in sein Mikro, immer noch im seriösen Ton des Showmasters.

»Nein, niemand Auffälliges in Reihe eins, an der Tür oder in Reihe zwei«, antwortet Bernadette und führt ihn weiter.
»Ist das nicht aufregend, Leute?«
Lewis schielt unauffällig zu den hinteren Reihen. Er würde wer weiß was dafür geben, dort zu sitzen. Hinten sitzen die Coolen, die Gelangweilten, die Gefährlichen. Einer von ihnen lehnt sich so weit zurück, dass er mehr auf seinem Stuhl liegt als sitzt. Die Hände ruhen gefaltet auf seiner Brust, sein blondes Haar hängt ihm träge ins Gesicht wie ein Brautschleier. Seine Langeweile ist so rein und echt wie ein philosophisches Traktat.
Bernadette schluckt. Sie kann nichts dagegen tun. Frank, der Radfahrer mit dem gestreiften T-Shirt, hat das Klassenzimmer betreten.

»Ach du Sch…«, flüstert Lewis und versucht sich hinter Bernadette zu verstecken.
»Was ist denn? Haben wir einen Kandidaten?«, fragt Charly.
»Allerdings.«
»Ist er groß?«
»Mit Abstand der Größte hier. Er quält sich gerade bei dem Versuch, sich auf einen Stuhl in der dritten Reihe zu zwängen. Kaum zu glauben, dass der in der Siebten sein soll.«
»Sieht er richtig übel aus?«
»Würde ich schon sagen, bei den Tattoos und Piercings. Und dem kahl rasierten Kopf. Und dann ist da noch eine Brandnarbe auf seinem Handrücken. Aber es ist mehr als das. Er ist … wütend. Man kann fast fühlen, wie die Wut aus ihm rausströmt wie Lava.«
»Ein Brandzeichen!«, sagt Lewis. »Das hat er sich selbst zugefügt, oder Bernadette?«

»Vielleicht. Oder er hat sich bei einer Grillparty dämlich angestellt.«
Lewis schüttelt sich noch einmal.
»Gut. Welche typischen Eigenschaften braucht ein richtiger Schläger noch? Ist er dick?«, fragt Charly. »Und *hässlich* – was auch immer das heißt? Ist sein Gesicht voller Pickel?«
»Na ja, auf jeden Fall ist er mal ziemlich stämmig. Sein Rücken schwabbelt über die Stuhllehne wie … keine Ahnung, wie ein Milch-Shake, wenn du das Glas zu voll gießt. Aber die Haut ist ganz okay.« Bernadette versucht, objektiv zu bleiben. »Eigentlich könnte er ganz gut aussehen, wenn er ein paar Kilo abnehmen würde und wenn …«
Sie wollte sagen: *Wenn er nicht so ekelig wäre*, aber in diesem Moment zieht er eine ordentliche Ladung Schleim hoch, kaut eine Weile lang wie auf einem Kaugummi darauf rum und bewegt ihn in seinem Mund hin und her. Sein markanter Adamsapfel hebt und senkt sich ein paar Mal, als er schließlich alles wieder runterschluckt.
»Man sollte allerdings«, fährt sie unbeirrt fort, »den einen oder anderen hygienischen Aspekt auch nicht außer Acht lassen.«
Aus seinen blanken Augen ohne Brauen sieht Frank zu ihnen herüber. Ein paar stille Sekunden verstreichen, ehe er sagt: »Mann! Der ist ja blind!«
Seine schleimig verklumpte Stimme sorgt dafür, dass Bernadette sich räuspern muss.
»Blind!«, wiederholt er. »Schaut euch das an. Der sieht überhaupt nichts! *Hua-hua-hua!*« Seine Lache ist widerlich und erstaunlich hoch. Er schlägt mit der Faust auf seinen Tisch. Das Lachen verwandelt sich in ein Husten. Er schnauft eine kräftige Portion Schleim aus dem Hals und schluckt sie wieder runter.

Alle Geräusche im Klassenzimmer ersterben in einem kollektiven Atemholen. Ein Mädchen mit braunen Haaren in der zweiten Reihe verengt die Augen zu einem dramatisch-finsteren Blick. Charly fährt mit seiner Moderatoren-Stimme fort: »Meine Damen und Herren, hier haben wir einen ernsthaften Kandidaten für den diesjährigen Klassen-Schläger.«

Lewis hat die Szene mit wachsender Erleichterung verfolgt. »Stimmt, das ist ein übler Bursche, aber er hat es nicht auf *mich* abgesehen. Er ist eher an *dir* interessiert, Charly. Was für ein klasse Tag!« Lewis schlägt die rechte Faust in die Handfläche seiner Linken. Seine Brillengläser glänzen vor Glück. Jemand anderes ist das Opfer.
»Ich bin fein raus!«
»Wie gut für dich«, kommentiert Charly trocken.
»Hey, Blinder!«
Frank erhebt sich von seinem Stuhl – ein nicht ganz einfacher Vorgang. Lewis nutzt die Zeit, drei Schritte zurückzutreten.
»Und du bist wirklich völlig blind? Du siehst gar nichts?«
Charly räuspert sich. »Ganz genau, nichts«, erwidert er. »Ich sehe überhaupt nichts.«
»Hua-hua-hua!« Frank baut sich vor Charly und Bernadette auf und lehnt sich über sie wie ein Felsvorsprung. Eine Hand hält er vor Charlys Gesicht. »Wie viele Finger sind das?«, fragt er.
»Weiß ich nicht.«
Bernadette versucht, die Position zwischen den beiden Jungen zu behaupten. Dabei sieht sie sich prüfend in der Klasse um und fragt sich, wer ihr wohl im Notfall helfen würde. Ein sympathisch erscheinender Junge – Grübchen, cool zerknitterte Hose, eigentlich ziemlich gut aussehend, abgesehen davon, dass er ein biss-

chen zu klein ist – bemerkt ihren Blick, blinzelt nervös und sieht zur Seite. Bernadette wundert sich, wo Mr. Floyd bleibt.
Lewis lehnt sich lässig gegen den Tisch von Adrienne Button-Smith. Sie ist die Braunhaarige mit dem finsteren Blick. Ansonsten hat sie noch hochgezogene Augenbrauen und eine Zahnspange zu bieten. Sie ist etwas Besonderes. Lewis grinst sie an. »Wahnsinn, oder?«, sagt er. »Armer Charly. Jetzt möchte ich nicht in seiner Haut stecken.«
»Ich möchte nicht in *deiner* Haut stecken«, sagt Adrienne.
Vorn spitzt sich inzwischen die Lage zu. Frank greift nach Charlys Sonnenbrille. Bernadettes Hand schnellt in die Höhe und schlägt Franks zur Seite.
»Das reicht jetzt«, sagt sie. »Lass ihn in Ruhe.«
Stille. Das Echo ihres Schlages scheint nachzuklingen. Bernadette kann es nicht mehr ungeschehen machen, will es aber auch gar nicht. Sie ist außer sich. Wenn der fette Affe Streit will, kann er ihn haben. Vielleicht bringt er sie um, aber sie wird sich kratzend und beißend bis zuletzt zur Wehr setzen.
Fast alle aus der Klasse sind aufgestanden.
Frank betrachtet seine Hand, ballt sie zur Faust und funkelt Bernadette an. Sie tastet nach einem Bleistift in ihrer Tasche und sieht ihm in die Augen – sie werden ihr verraten, wann er vorhat, sich zu bewegen.
Da, ein Funkeln in seinen Augen. Bernadette zieht den Bleistift aus der Tasche und macht sich bereit.
»Na, na, na!« Die klare, sanfte Stimme kommt von der Tür. »Was ist denn hier los?«

Alle drehen sich um. Ein ziemlich gut aussehender Mann lehnt lässig im Türrahmen. Sein Lächeln, breit und hell, seine Kleidung, schwarz und elegant, fesseln die Blicke. Seine Haare, von der hohen Stirn aus leger zurückgekämmt, sind ebenfalls beeindruckend. Alles an ihm ist beeindruckend.

»Mr. Floyd?«, fragt Bernadette.

»Wer sonst, Kindchen?«, gibt er zurück und lässt seine Augenbrauen spielen. Bernadette bemerkt, dass ihr Mund offensteht, und schließt ihn schnell.

»So, Leute«, beginnt er und schreitet tänzelnd in Richtung Tafel. In seiner Hand schwingt eine Ledertasche lässig hin und her. »Dann setzt euch doch mal.«

Bernadette führt Charly an seinen Platz neben der Tür.

»Wow!«, flüstert Lewis in Adriennes Richtung. »Wir haben den coolen Lehrer.«

»Was?«

»Du weißt schon«, tuschelt Lewis weiter, »der coole Lehrer. Jede Schule hat einen. Eben den, über den alle reden. Die Mädchen finden ihn süß und die Jungen bewundern ihn. Gab's so einen an deiner letzten Schule nicht? Bei mir schon, Mr. Garden. Mann, wie der Basketball gespielt hat! Der war einfach cool! Einmal hat er mich auf dem Schulhof angesprochen. ›Hi Lewis‹, hat er gesagt, einfach so, und dabei war ich nicht einmal in seiner Klasse. An dem Tag hat die ganze Schule mich beneidet.«

Adrienne zieht die Stirn kraus. »Mann, bist du beschränkt.«

»Ja, schon klar.« Trotzdem, Lewis platzt beinahe vor Stolz. Zumindest für ein Jahr ist er in der Klasse des coolen Lehrers.

Charly entscheidet sich wie immer für den Platz direkt neben der Tür. Er möchte gern als Erster draußen sein, damit er nicht angerempelt wird, wenn alle die Klasse verlassen. Er setzt sich hin und greift in seinen Rucksack. Der *Louis Light 200* ist ein Computer mit Textsystem und Taschenrechner. Er ist ungefähr so groß wie ein Buch oder eine Tafel Schokolade, wiegt aber so viel wie ein Ziegelstein oder ein kräftiges Schweineschnitzel. Er summt unter seinen Fingern, warm und lebendig.

»Danke, Bernie«, flüstert er Bernadette zu. Sie sitzt hinter ihm. »Das war ganz schön knapp, oder?«

»Allerdings«, antwortet sie. »Mr. Floyd war unsere Rettung. Ziemlich cooler Typ übrigens. Und er hat tolle Klamotten an. Ich frage mich, wo er so was kauft. Und dazu noch ein interessantes Aftershave.«

»Das muss nicht unbedingt von ihm kommen. Ich rieche schon den ganzen Morgen nach dem Aftershave meines Vaters. Und dieser Lewis? Sitzt er auch in der Nähe.«

»Links neben mir«, erwidert Bernadette.

Charly legt den Kopf schief. »Ich höre ihn gar nicht.«

»Er ist beschäftigt«, sagt Bernadette.

Lewis hat sich den Weg in Charlys und Bernadettes Nachbarschaft gebahnt. Kann nicht schaden, neben seinen neuen Freunden zu sitzen, oder? Er hat sich den Tisch neben Bernadette ergattert und lehnt sich gerade zu ihr herüber, als er eine Hand auf seiner Schulter spürt. Eine schwere Hand. Sein Nachbar auf der anderen Seite verlangt nach Aufmerksamkeit. Lewis dreht sich um und schaut direkt in das furchterregende Grinsen des Schlägers, der ihm eine Hand vor die Nase hält.

»Frank!«, sagt er. »Gib Pfötchen!«

Lewis kann es nicht fassen. Er sitzt schon wieder neben dem Klassenschläger. Wie konnte das passieren? Er weiß genau, was ihn erwartet, wenn er Frank die Hand gibt.

»Ähm, nein danke«, sagt er. »Und weißt du was? Ich glaube, da vorn ist noch ein Platz …«

»Gib Pfötchen«, wiederholt Frank. Seine Hand ist derb und knorrig, und auf dem Handrücken prangt die Brandnarbe in der Form eines X. Lewis schluckt, dann streckt er ihm langsam und resigniert die Hand entgegen. Frank grinst teuflisch, packt die Hand und greift zu. Lewis zuckt zusammen.

»Also dann. Guten Morgen zusammen.« Mit den Händen in den Hosentaschen steht Mr. Floyd vor der Klasse. Er sieht aus wie ein Model in einem Modemagazin, denkt Bernadette. »Herzlich willkommen in der 7f und der ganze andere Dreck.«

Die Klasse kichert. Der Lehrer sagt *Dreck*. Wow!

»Tut mir leid, dass ich nicht da war, um euch in Empfang zu nehmen, aber ich wurde aufgehalten.« Als er lächelt, kommen seine strahlend weißen Zähne zum Vorschein. Er hebt ein Formular und einen Bleistift vom Pult. »Ich fange mit der Anwesenheitsliste an. Wir Lehrer sind verpflichtet, diesen Unsinn zu machen. Sagt einfach irgendetwas, wenn ihr euren Namen hört.«

»Au!« Lewis kann sein Stöhnen nicht unterdrücken und reibt sich die Hand. Mr. Floyd lacht leise ohne aufzusehen.

»Noch nicht. Wartet, bis ihr euren Namen hört. Also, seid ihr bereit? Adrienne Button-Smith. Ist sie hier?«

»Ja«, sagt Adrienne.

»Okay.« Sein Blick ist noch immer auf das Formular gerichtet.

Charlys Fingerspitzen fahren über die sechs Tasten seines *Louis Light 200*. Jeweils eine Taste für jeden der sechs Punkte einer Braille-Zelle. Die siebte Taste ist die Leertaste. Charly schreibt seinen Namen und genießt das Gefühl seiner Finger auf den Tasten. 614, 125, 1, 1235, 123, 13456. Die Braille-Zelle für den Buchstaben C ist 14, die 6 davor zeigt, dass es ein Großbuchstabe ist.

Die Schuluhr stimmt mit seiner inneren Uhr überein. Die Glocke läutet genau in dem Moment, in dem der Zeiger seiner inneren Uhr von 8:59 Uhr auf 9:00 Uhr springt. Aus einem Lautsprecher ertönt ein Knacken, gefolgt von einer großmütterlichen Stimme, die sich als Direktorin Mrs. Vox vorstellt. Charly erinnert sich an sie, er hat sie am O&M-Tag kennengelernt.

»Guten Morgen, liebe Schülerinnen und Schüler. Willkommen zu einem aufregenden neuen Jahr an der Colfax Middle School. Und jetzt steht bitte alle auf. Es folgen die Nationalhymne und das Treueversprechen.«

Charly denkt an all die Schüler im ganzen Land, die jetzt, genau jetzt, exakt das Gleiche tun wie er. Sie stehen neben ihren Stühlen und murmeln die vertrauten Worte, in Gedanken bereits bei all dem, was in diesem Schuljahr vor ihnen liegt. In diesem Moment unterscheidet er sich in nichts von ihnen.

Es folgen noch weitere Ankündigungen zu den Themen Essensgeld, Aufnahmeprüfungen für die Schulmannschaften und Verwarnungsbriefe an die Eltern. Außerdem ein paar Worte über die Regeln zur Kleidung und zum Umgang miteinander. Sie nennen das *Angemessene Kleidung und Umgangsformen*. AKU. In Braille-Ziffern: 1, 13, 136. Charly fragt sich, ob man bei Verstößen wohl ein Beruhigungsmittel verabreicht bekommt …

»Und zum Schluss«, sagt Mrs. Vox, »noch eine Information über einen ganz besonderen Mitschüler. In diesem Jahr haben wir an unserer Schule einen neuen Schüler, der … visuell beeinträchtigt ist.«

Charly hört, wie man um ihn herum die Luft anhält. Er weiß, dass alle ihn anstarren. Sein ganzes Leben lang wurde er angestarrt. Er zwingt sich zu einem Lächeln. Wenn es dir egal ist, können sie nicht gewinnen.

»Visuell beeinträchtigt?«, fragt eine klangvolle Sopranstimme ganz in der Nähe. Sie hat bisher noch nichts gesagt.
»Das ist Charly, oder?« Diesmal meldet sich Lewis. »Sie meint Charly, oder?«
Die Direktorin fährt fort. »Ich möchte, dass ihr ihn behandelt wie einen normalen … ich meine, wie jeden anderen Schüler. Alles Gute, Charly. Das ist für den Moment alles. Mein Name ist Mrs. Vox, und die meisten von euch werden mich bald sehen. Und Charly, wir hören uns bald wieder.«

Szene 7: **Gideon**

»Rachel Danowski«, sagt Mr. Floyd.
»Oh … ja?«
Bernadette rümpft die Nase. Sie kann nicht anders. Rachel verkörpert alles, was sie an einem Mädchen nicht ausstehen kann: vollbusig, volle Lippen, hübsch. Ein dümmliches Mädchen, zentnerweise Lidschatten im Gesicht und ein klangvoller Sopran, sobald sie den Mund aufmacht. Eine klassische Blondine. Genau der Typ Mädchen, auf den die meisten Jungs stehen. Und da sieht man es wieder. Mr. Floyd schenkt ihr ein Lächeln, und das, obwohl sie nicht mehr geleistet hat, als ihren eigenen Namen zu erkennen.
»Charly Fairmile«, sagt Mr. Floyd.
»Anwesend«, antwortet Charly.
Rachel steht auf, um Charly besser sehen zu können.
»Aha, *das* ist er? Der … beeinträchtigte neue Schüler? Er hat einen weißen Stock.«

»Typisch Blondine«, grummelt Bernadette.
»Charly«, sagt Rachel. »Der aus der Ankündigung. Na klar, das muss er sein.« Sie sendet ein verführerisches Lächeln in seine Richtung und fährt sich mit der Zunge über die Lippen. Sie kann nicht anders, es ist ihre natürliche Reaktion auf Jungs. Als all der Aufwand erfolglos bleibt und Charly einfach nicht reagiert, zeigt sie kurz einen Schmollmund und setzt sich wieder hin. Mr. Floyd beobachtet sie. Bernadette ebenfalls. Niemand beachtet Frank, der eine abgelaufene Fahrkarte in kleine Fetzen reißt und mit dem Zeigefinger kleine Geschosse auf Charly abfeuert. Das erste verfehlt sein Ziel, das zweite ebenfalls.
»Bernadette Lyall«, sagt Mr. Floyd. Sie hebt ihre Hand. Und? Wird er ihr ein ähnliches Lächeln schenken wie Rachel? Nö.
Frank schießt seine dritte Kugel ab und erwischt Charly im Nacken.
Plötzlich fliegt die Tür auf, und zwar so heftig, dass sie gegen die Wand knallt. Alle Augen richten sich auf die Tür. Der Zeiger der Uhr wandert von sieben Minuten nach neun auf acht Minuten nach neun.
Wie von einem Bilderrahmen umgeben steht ein kräftig gebauter Junge in der Tür. Mit Igelfrisur, Weste und dreiviertel langer Skaterhose.
Mr. Floyd hebt eine Augenbraue. »Und wer bist du?«
»Hey, den kennen wir doch«, sagt Bernadette.
»Ich weiß, ich habe die Musik wieder gehört.«
»Wirklich? Ich nicht.«
»Bist du hier richtig?«, fragt Mr. Floyd.
Bernadette runzelt die Stirn.
»Wie kann es sein, dass du die Musik gehört hast und ich nicht?«, flüstert sie.

»Weiß ich auch nicht. Vielleicht war sie diesmal nicht für dich bestimmt.«
»Aber vorhin habe ich sie doch auch gehört. Auf der Straße.«
»Wie heißt du denn?«, fragt Mr. Floyd.
»Gideon«, sagt Gideon.
Mr. Floyd zieht eine Augenbraue in die Höhe und wirft einen Blick auf seine Liste.
»Gideon … ah ja, hier. Hey Mann, du bist spät dran. Und das am ersten Tag. Ziemlich uncool.«
Die Klasse kichert. *Mann*. Er hat Gideon *Mann* genannt.
»Aber wenn du schon da bist, könntest du die Anwesenheitsliste ins Sekretariat bringen, einverstanden? Geschieht dir recht bei der Verspätung. Oder was meint ihr, Leute?«
Die Klasse lacht folgsam.
Gideon wendet den Kopf und schaut zur Uhr. Er sagt kein Wort. Mr. Floyd folgt seinem Blick – und erstarrt. Der Zeiger steht auf einer Minute vor neun.
»Was?« Mr. Floyd schüttelt den Kopf. »Das muss ein Irrtum sein.« Er schaut auf seine Armbanduhr. Er schüttelt sie und hält sie nah an sein Ohr. »Ich hätte schwören können … Hey Leute, wie spät ist es?«
Die Schüler stecken die Köpfe zusammen, betrachten die Uhr an der Wand und antworten: »Eine Minute vor neun.«
Na ja, nicht alle Schüler. Charly befragt seine innere Uhr. »Acht Minuten nach neun«, sagt er.
Mr. Floyd sieht noch einmal auf seine Uhr, schüttelt sie direkt vor seinem Ohr und seufzt. »Egal, einer muss die Liste ins Sekretariat bringen. Wie wäre es mit dir, Gideon? Und wenn du zurückkommst, suchst du dir einen freien Platz.«
Das ist genau die Gelegenheit, auf die Lewis gewartet hat.

»Sir«, sagt er und wedelt mit der Hand. »Hallo, Mr. Floyd. Lassen Sie *mich* die Liste ins Sekretariat bringen. Bitte, Sir.«
Mr. Floyd runzelt die Stirn. »Wie war noch gleich dein Name?«
»Lewis, Sir. Lewis Ellieff. Ich helfe Ihnen gern, Sir. Und ich bin immer für ein bisschen Bewegung zu haben. Mein Motto lautet: Bewegung am Morgen vertreibt Kummer und Sorgen.«
Mr. Floyd blinzelt. »Okay. Und danke, ähm … Lewis.«
Lewis steht schnell auf. »Schon in Ordnung, Sir. Ich danke *Ihnen*.« Er hastet nach vorn, nimmt Mr. Floyd das Formular aus der Hand und geht zur Tür. Dort bleibt er stehen und legt eine Hand auf Gideons Schulter. Er ist größer als Gideon und sagt in väterlichem Ton: »Und du, Gideon, nimm doch einfach meinen Platz. Da drüben, neben dem großen, kahl rasierten Kerl. Ein echt guter Platz, wird dir gefallen. Ich suche mir dann schon einen anderen, wenn ich zurückkomme.« Gideon zögert, aber Lewis schiebt ihn sanft in den Raum hinein. »Nein, nein, ich bestehe darauf. Komm schon, ich meine es ernst.«
Pfeifend verlässt Lewis das Klassenzimmer. Gideon macht sich langsam auf den Weg zu Lewis' altem Platz. Mr. Floyd beobachtet ihn.
Der Zeiger springt auf 9 Uhr. Die Schulglocke läutet und die Stimme der Direktorin ertönt aus dem Lautsprecher. »Guten Morgen, liebe Schülerinnen und Schüler. Willkommen zu einem aufregenden …« – sie gerät ins Stocken – »… zu einem aufregenden neuen Schuljahr an der Colfax Middle School. Und jetzt steht bitte alle … Moment mal. Das habe ich doch schon gesagt.« Sie räuspert sich und fährt dann fort. »Es folgen die Nationalhymne und das Treue… Oje, oje, ähm, ja, das war erst einmal alles, liebe Schülerinnen und Schüler. Habt einen schönen ersten Tag.«

Ein Stockwerk tiefer, im Büro der Direktorin, lehnt sich Mrs. Vox in ihrem Chefsessel zurück. Eine großmütterliche Dame mit freundlichem Aussehen, sieht man einmal von den dunklen, dichten Augenbrauen ab. In der Hand hält sie ein Taschentuch, mit dem sie sich eben über das Gesicht gefahren ist. Mit der anderen Hand massiert sie sich den Nacken. Auf dem Tisch vor ihr steht ein Döschen mit rezeptfreien Schmerzmitteln.

»Was ist denn heute bloß los mit mir?«, murmelt sie vor sich hin. »Ich muss mir irgendetwas eingefangen haben.«

Als sie aufsieht, bemerkt sie ihre Sekretärin Muriel, die im Türrahmen steht.

»Ein Anruf für Sie, Mrs. Vox«, raunt Muriel mit einem dramatischen Klang in der Stimme. Es scheint sich um einen ungewöhnlichen Anruf zu handeln, denn sonst hätte Muriel ihn gleich zu ihr durchgestellt.

»Wer oder was möchte mich denn sprechen, Muriel?«, fragt Mrs. Vox.

»Die Polizei!« Muriel holt tief Luft. Ihre Augen funkeln.

Mrs. Vox schluckt eine weitere Pille aus dem Döschen und nimmt den Hörer ab.

Mr. Floyd trägt einen Stapel mit Heften zu Rachels Tisch in der ersten Reihe. »Teil die bitte mal aus, Kindchen.«

»Aber gern, Sir.« Sie sieht ihn an und fährt sich mit der Zunge über die Lippen.

Gideon setzt sich auf Lewis' alten Platz. Er ist der kleinste Schüler der Klasse. Wenn er sitzt, befindet sich sein Kopf gerade einmal auf der Höhe von Franks Brustkorb. Mit den Füßen kommt er nur knapp auf den Boden. Er entspannt sich, lehnt sich zurück und verschränkt die Hände hinter dem Kopf. Frank grinst auf ihn herab. Der Riese richtet seinen abwägenden Blick auf Klein-Mickey-Maus. »Ha-ha« sagt er. Gideon bedenkt ihn mit einem Zwinkern. Rachel ist in der ersten Reihe mit Verteilen beschäftigt. Sie hält Charly ein Heft vor die Nase, aber er nimmt es ihr nicht ab. Sie runzelt die Stirn.

»Hey Charly«, sagt sie. »Willst du kein Heft?«

»Nein, danke«, antwortet er. »Ich habe mein eigenes Gerät.«

»Hmm? Was?«

Mr. Floyd schreibt etwas an die Tafel.

»Du bist ja ganz schön klein«, sagt Frank mit feuchter Aussprache in Richtung Gideon. »Ja, klein wie eine Krabbe. Ein Nichts bist du. Ha!« Frank gluckst, schluckt und streckt Gideon eine Hand entgegen. »Frank«, sagt er und lässt seine Muskeln spielen. »Gib Pfötchen!«

»Gideon.« Sie schütteln sich die Hände. Franks ist groß genug, um Gideons ganz zu umfassen. Der Schläger drückt mit aller Kraft und knirscht mit den Zähnen. Auf seiner Stirn und dem kahlen Schädel bilden sich Schweißperlen. Gideon grinst entspannt. Einen Moment später zieht Frank seine Hand zurück und starrt sie an. Dann schaut er Gideon überrascht an und reibt sich die Finger.

Mr. Floyd hat mit dem Schreiben aufgehört. Bernadette liest Charly vor, was an der Tafel steht. »Das aufregendste Ereignis, das ich im Sommer *NICHT* erlebt habe, war …«, flüstert sie.

»War *was*?«, fragt Charly.

»Einfach *war*«, sagt sie. »Sieht aus wie ein Thema für einen Aufsatz.«

Charly beginnt zu tippen. ›Das‹ ist ein Artikel. ›Aufregendste‹ dauert etwas länger. Rachel dreht sich zur Tafel um.

»Hä? Ach so, *klaro*.«

Szene 8: Noch einmal Bernadette

Lewis genießt diesen unglaublichen Tag. Gut, die Sache mit dem Hund auf dem Schulweg war gruselig. Aber was danach kam, machte den Tag zum besten seines Lebens. Er ist begeistert von seinem neuen Platz. Er sitzt nicht mehr neben dem schrecklichen Schläger Frank. Dieser kleinwüchsige Typ, Gideon, sitzt jetzt neben ihm. Seltsamer Kerl übrigens, dieser Gideon. Lewis fragt sich, ob er ihn vielleicht näher kennenlernen sollte. Man weiß nie, wer einmal hilfreich sein kann. Na ja, jedenfalls sitzt er jetzt in der letzten Reihe.

Seit der ersten Klasse ist es sein Traum, da zu sitzen. Zusammen mit den Jungs, die mit Papierkugeln werfen, schmutzige Witze erzählen und nie für Klassenarbeiten lernen. Aber bisher war es ihm nie gelungen. Jetzt genießt er jeden einzelnen Moment.

Sie bekommen ihre Schließfächer zugeteilt. Mr. Floyd geht durch die Reihen und verteilt Zettel mit den Schließfachnummern und Zahlenkombinationen. Er legt die Zettel nicht einfach auf den Tisch wie die normalen Lehrer. Er lässt sie herabsegeln wie Papierflieger. Er ist einfach so cool. Was für eine Vorstellung: Ein ganzes Jahr in seiner Klasse! Was muss das für ein Gefühl im Juni sein, nach einem Jahr mit dem coolen Lehrer …

Lewis sieht es vor sich: Die anderen Schüler auf dem Schulhof zwinkern sich zu, als er vorbeigeht. »Weißt du, wer das ist? Das ist Lewis Ellieff aus Mr. Floyds Klasse. Wow!«

Er lächelt ihnen gönnerhaft zu und geht weiter.

Jemand wirft ihm einen Frisbee zu, den er elegant mit einer Hand fängt und zurückwirft. Um den coolen Lehrer herum befindet sich eine Traube jüngerer Schüler, wie immer. »Hallo Mr. Floyd«, rufen

sie. Mr. Floyd winkt ihnen zu und versucht, sich aus dem Staub zu machen. Als er Lewis sieht, zeigt sich ein Lächeln auf seinem Gesicht.
»Yo, Lewis! Was geht?«, sagt er.
»Yo, Mr. F.«, entgegnet Lewis. Der coole Lehrer an Lewis' alter Schule hat sich von der Klasse mit ›G-Man‹ anreden lassen. Wäre doch stark, wenn er Mr. Floyd ›F-Man‹ nennen würde! »Yo, F-Man, was geht?.« Alle bleiben mit offenem Mund stehen. »F-Man! Er hat Mr. Floyd ›F-Man‹ genannt! Wow!«

Lewis sitzt auf seinem Platz in der letzten Reihe und lehnt sich zurück. Ein seliges Lächeln erhellt sein Gesicht wie Wetterleuchten. Lässig zwinkert er seinem großen, schlanken Nachbarn mit der Skaterhose zu. Er heißt Wayne und verkörpert die ultimative, vollendete Langeweile. Vor lauter Überdruss malt er mit seinem Kugelschreiber ein Bild auf seinen Arm.
»Starke Idee«, zischelt Lewis ihm zu. »Mach ich auch. Und? Was malst du?« Er lehnt sich zu Wayne herüber, um es sich anzusehen. »Monster, oder? Stark!« Wayne lässt sich nicht stören. Er trägt ein T-Shirt, perfekt für die Pseudo-Tattoos. Lewis lächelt ihm zu, knöpft sein Hemd auf und krempelt den Ärmel hoch. Mit seinem Füller fängt er an zu malen.
Was? Es klingelt schon? Ist wirklich schon große Pause?

Charly hat ein besonderes Schließfach zugewiesen bekommen. Um es zu öffnen, hat man ihm einen Schlüssel anstelle eines Zahlencodes gegeben. Er probiert es ein paar Mal aus, kein Problem. Bernadette steht neben ihm.
»Findest du dein Fach auch allein?«, fragt sie.
»Klar, Nummer 280.« Mit den Fingern seiner linken Hand fährt

er sacht über die aufgeprägte Nummer auf der Tür. Die Art, wie er die Dinge mit seinen Fingerspitzen liest, erinnert sie an ein seltenes Tier aus dem Dschungel, über das sie einmal eine Doku gesehen hat. Es hat dieselben langen, empfindlichen Finger, mit denen es vorsichtig prüft, ob ein Ast stark genug oder eine Frucht schon reif ist. Koboldmaki? Tarsius? So oder so ähnlich. »Und wenn das nicht reicht, weiß ich, dass es zu meinem Schließfach von unserer Klasse aus genau vierzehn Schritte nach links sind.«
Bernadette schließt die Augen und versucht, die Zahlen auf ihrem Fach mit den Fingern zu lesen. Sie fühlen sich klobig und unangenehm an. Kann sie die 281 ertasten? Sie fährt ganz sanft über die Zahlen und konzentriert sich.
»Was soll das denn? Bist du jetzt auch blind?«
Frank steht mit offenem Mund neben ihr. Er funkelt sie an und grinst hämisch.
»Blindheit scheint also übertragbar zu sein«, feixt er. »So wie Läuse, was?«
»Sehr witzig«, erwidert Bernadette.
Er stellt sich vor das Schließfach neben Charlys.
Oh nein, bitte nicht das, denkt sie. Das darf doch nicht wahr sein, denkt sie. Mit Franks Fach direkt neben seinem, wird Charly kein ganzes Jahr durchhalten. Und ich auch nicht.
Frank steht vor seinem Spind. Ein strenger, saurer Geruch geht von ihm aus.
»Du hast mich geschlagen«, sagt er. Jetzt lacht er nicht mehr. »In der Klasse vorhin hast du mich geschlagen.«
Sie schweigt. Er ist einfach riesig.
»Ich lasse mich nicht von Mädchen schlagen«, blafft er weiter und beugt sich zu ihr herüber. »Und von blinden Idioten genauso wenig.«

»Meint er mich?«, fragt Charly und legt seine Hand auf Bernadettes Arm.
»Schsch«, sagt sie.
Franks Schließfach lässt sich nicht öffnen. Er versucht es noch einmal und murmelt dabei verbissen die Zahlenkombination vor sich hin. Nichts. Er flucht. Noch ein Versuch. Nichts. Er schlägt mit der Hand gegen die Tür, kräftig genug, um eine Beule zu hinterlassen, nicht die erste. »Wem gehört das Schließfach hier überhaupt?«
»Gideon«, sagt Gideon.
Wo kommt der denn plötzlich her? Auf jeden Fall ist er da. Igelfrisur, Weste, Skaterhose, Grinsen. Er wirft einen seiner kleinen Flummis von einer Hand in die andere. Er steckt ihn in die Tasche und schiebt Frank mühelos zur Seite.
Bernadette traut ihren Augen nicht. Was für ein Schauspiel. Als würde ein Zwerg einen Berg verrücken. Und tatsächlich, der Berg bewegt sich.
»Hey!«, faucht Frank ihn an. »Was fällt dir denn ein?«
Er legt beide Hände auf Gideons Schulter und versucht ihn wegzudrücken. Nichts passiert. Gideon dreht das Zahlenschloss nach rechts, kurze Pause, dann nach links.
Frank beugt sich herab, um Gideon hochzuheben. Er scheint plötzlich doppelt so groß zu sein wie sein kleiner Gegner. Gideon lächelt. Er dreht das Schloss wieder nach rechts und die Tür springt auf. Er schenkt Frank ein Lächeln.
Frank schafft es nicht, Gideon vom Fleck zu bewegen. Er hat seine Hände unter Gideons Achseln und zerrt an ihm herum, aber nichts passiert. Sollte dieser Zwerg zu schwer sein, um ihn hochzuheben? Gideon wirft einen Blick in das Fach, legt einen seiner Flummis hinein, schließt die Tür und verriegelt sie wieder.
»Sag mal, Gideon. Ist das dein Fach?«, fragt Bernadette.

Gideon nickt.
»Und wo soll dann meins sein?« Frank schaut finster auf ihn hinab. »Wo ist mein bescheuertes Schließfach?« Er tritt gegen das, vor dem er gerade steht, und stapft davon.

Auf dem Weg in die Pause diskutieren Charly und Bernadette, wie sie sich Frank gegenüber verhalten sollen. Sie kommen zu keinem Ergebnis. »Wir müssen uns etwas ausdenken«, sagt Bernadette. »Der kleine Kerl wird nicht immer zur Stelle sein, wenn wir ihn brauchen.«
»Welcher kleine Kerl?«
»Gideon?«, fragt Gideon. Lautlos hat er sich ihnen angeschlossen und folgt ihnen die Treppe hinunter.
»Mann, hast du mich erschreckt!«, sagt Bernadette.
Grinsend schaut er die beiden an. Ein rotzfrecher kleiner Kerl mit Igelfrisur und einem Kaugummiklumpen im Mund. Irgendetwas in seinen Augen hat Bernadette schon den ganzen Tag lang beschäftigt. Jetzt erkennt sie, was es ist: Sie passen nicht so richtig zum Rest seines Gesichts. Sie sind älter als er. Es sieht aus, als würde ein alter Mann sie aus einem Kindergesicht heraus anschauen.
»Sag mal …« Charly bleibt auf der Treppe stehen und dreht seinen Kopf in Gideons Richtung. »Das klingt vielleicht blöd, aber ich wollte dich schon die ganze Zeit fragen. Kannst du auch etwas anderes sagen als –«
»Gideon?«
»Genau.«
»Klar.«
Bernadette bleibt ebenfalls stehen und starrt ihn an. Wer ist er? Was ist er? Sie wird einfach nicht schlau aus ihm.

Er hält ihnen die Tür auf. Charly geht raus und zieht die Nase kraus.
»Riechst du das auch, Gideon? Aftershave.«
»Klar«, sagt Gideon.

»Yo, Charly! Yo, Bernadette. Was geht?«, fragt Lewis. Neben einem großen Jungen, der auch in ihrer Klasse ist, schlendert er auf sie zu. Lewis hat die Hände in den Taschen.
»*Yo*?« Bernadette schaut ihn verdutzt an. Was ist mit ihm los? »Selber Yo.«
»Alles in Ordnung«, sagt Charly.
»Mittagspause! Das Beste, was der Tag zu bieten hat«, sagt Lewis. Er klingt bemüht locker. »Endlich mal nichts tun müssen. Na ja, ich kann nicht behaupten, dass ich vorher viel getan hätte, ha ha. Kann man ja auch sehen.«
Er zeigt den beiden seinen Arm.
»Was ist *das* denn?«, fragt Bernadette. »Wie hast *du* dich denn zugerichtet?«
»Ach, nur Gekritzel. Ein paar von uns scheren sich eben nicht so besonders um den Unterricht, oder Wayne? Hey, kennt ihr Wayne schon?« Lewis stößt seinen Kumpel mit der Schulter an.
»Hi Wayne«, sagt Charly. Bernadette nickt. Wayne gähnt von oben herab.
»Wayne und ich sitzen in der letzten Reihe«, fährt Lewis fort. »Die typischen Chaoten, würd' ich sagen.« Zack, Ellbogen in Waynes Rippen. »Die harten Burschen eben.« Wayne setzt sich in Bewegung und verlässt die Gruppe, ohne ein Wort zu sagen. Lewis sieht ihm nach und schüttelt den Kopf. »Der lässt sich von keinem was sagen. Tja, so ist er eben.«
Bernadette starrt noch immer auf Lewis' Arm.

»Das glaubst du nicht, Charly«, sagt sie. »Er hat seinen ganzen Arm mit Füller bemalt. Bilder von … keine Ahnung. Kreise und Sterne und solche Sachen.«
»Warum?«, fragt Charly.
»Rituelle Zeichen«, erklärt Lewis. »So was wie Stammeszeichen. Wayne hat sie auch auf dem Arm. Wenn du in der letzten Reihe sitzt, musst du einfach dazugehören. Alle müssen sehen, wie tough du bist.«
»Aber«, sagt Charly, »du bist nicht tough.«
»Tough genug«, antwortet Lewis und hebt leicht beleidigt den Kopf.
»Und was ist das hier?« Bernadette nimmt sein Handgelenk, um es sich besser anschauen zu können. »Ist das ein Smiley? Klar, das ist ein Smiley!«
Lewis wird rot und versteckt seinen Arm hinter dem Rücken. »Da hat mich einer abgelenkt.«
»Ein Smiley! Wirklich hart, oh großer Krieger. Und wie heißt euer Stamm? *Mama-ich-komme? Die Kinderteller? Die Lego-Großmeister?*«
»Hey, keine Lästerei über Lego«, sagt Charly.
»Wayne hat einen Schädel und gekreuzte Knochen auf dem Arm«, sagt Lewis. »Wie eine Piratenflagge oder so was.«
Wayne ist inzwischen mit einigen anderen großen Jungen zum Basketballplatz gegangen. Bernadette sieht ihm zu, wie er sich etwas umständlich auf dem Boden niederlässt. Starker Pirat.
Sie gehen zum Zaun und schauen auf die Straße. Von dem Unfall am Morgen ist nichts mehr zu sehen. Nur noch ein Polizeiwagen parkt in der Nähe.
»Bullen«, zischt Lewis verächtlich und spuckt auf den Boden. »Schweinehunde.«

»Wenn du mal eine Rolle gefunden hast, kommst du gar nicht mehr raus, oder?«, fragt Charly.
»Achtung«, sagt Bernadette.
»Mist. Warte mal.« Lewis hat sich mit Spucke besabbert und wischt sich mit der Hand durchs Gesicht.
»Hat einer von euch ein Taschentuch?«

Szene 9: Monsieur Noël

Mr. Floyd zeichnet eine Grafik an die Tafel. Es sieht aus wie ein Aktienkurs, der steil nach oben geht. Er erklärt, dass die Spannung in dem Aufsatz, den sie schreiben sollen, diesem Muster folgen soll. Je weiter die Geschichte voranschreitet, desto spannender soll sie werden, sagt er.
»Das verstehe ich nicht.« Rachels perlweiße obere Zahnreihe verharrt auf der wie geschwollen wirkenden Unterlippe. »Sie haben gesagt, wir sollen über etwas Aufregendes schreiben, das wir nicht erlebt haben. Wie meinen Sie das denn? Weil … na ja, ich war eine Woche lang in einem Sommercamp. Danach habe ich meine Tante in Cleveland besucht. Den Rest der Ferien habe ich ferngesehen und war mit meinen Freundinnen im Kino. Ich habe gechillt und mich gebräunt. Ist das aufregend?«
Kichern aus der letzten Reihe. Wayne fragt, ob er Rachels Bräunungsstreifen sehen kann.
Die Klasse bricht in lautes Gelächter aus. Lewis schlägt Wayne auf den Rücken. »Sauwitzig«, sagt er. »Echt sauwitziger Kerl hier hinten.«

»Was soll ich denn jetzt schreiben?«, fragt Rachel. »Die Wahrheit ist langweilig.«
Mr. Floyds Augen funkeln plötzlich. »Dann erfinde eine neue«, schlägt er vor. »Genau darum geht es bei der Aufgabe. Verändert euer Leben. Lernt zu lügen!«
Die Klasse staunt. Charly erinnert sich, dass sein Vater erzählt hat, Mr. Floyd habe einen sehr modernen Unterrichtsstil.
»Aber man soll doch nicht lügen, oder?«, fragt Rachel.
»Lügen können eine große Wirkung haben!«, sagt Mr. Floyd. »Denkt zum Beispiel an die Witze, die ihr euch erzählt. Sie bestehen alle aus Lügen. Eine Tomate geht nicht über die Straße. Schnecken klingeln nicht an Wohnungstüren, oder Rachel?«
»Ähm, nein.«
»Oder denkt an die Horrorfilme, die euch nachts nicht schlafen lassen. Und an die Gruselgeschichten, die Erwachsene euch erzählen, wenn sie euch Angst machen wollen. Alles Lügen.« Er lässt seinen Blick über die Reihen schweifen. Jeden einzelnen Schüler schaut er an. Er nimmt das Thema ernst, denkt Bernadette. Und was noch wichtiger ist: Es ist interessant.
»Denkt an die wichtigen Dinge des Lebens. Erfindet Lügen. Denkt an die so genannten Wahrheiten. *Alle Menschen sind gleich* – eine Lüge. *Die besten Dinge im Leben bekommt man geschenkt* – Lüge. *Der eine wahre Glaube* – eine Lüge, ganz egal, wer es behauptet. Aber diese Lügen haben eine solche Bedeutung, dass ihretwegen Kriege geführt werden. *Riesen-Ameisen* – eine Lüge. Seit wann sind Ameisen riesig?«
Er lächelt und schwächt damit die Ernsthaftigkeit seines letzten Beispiels etwas ab. Die Klasse erwidert sein Lächeln entspannt.
»Es gibt doch bestimmt etwas, das du schon immer machen wolltest, oder Rachel? Etwas, wonach du dich richtig sehnst.«

Sie schluckt. »Ähm, ja sicher. Ich meine, in dem Feriencamp, da gab es …«
Mr. Floyd hebt schnell die Hand. »Das ist die Hausaufgabe. Schreib es einfach auf.«
»Okay!?« Sie klingt immer noch verunsichert.
»Ständig will dich jemand in Schubladen einordnen, Rachel. Lass es nicht zu. Ich hasse es, in eine Schublade gesteckt zu werden. Die Erwachsenen-Schublade, die Lehrer-Schublade. Ich hasse es, wenn ständig alle wissen, was ich tue und wohin ich gehe. Nach Hause, in die Schule, ins Fitnessstudio, zum Supermarkt.«
»Wirklich? Gehen Sie ins Fitnessstudio?«, fragt Rachel.
Mr. Floyd steht mit erhobenen Armen vor der Klasse. »Denk an den Sommer, Rachel, und mach ihn zu etwas Großem. Denk dir aus, was du willst, einen gefundenen Schatz oder was auch immer. Verstehst du?«
Gar nichts versteht sie, denkt Bernadette. Sie ist und bleibt eine Blondine, wie sie ihn anhimmelt und mit den Wimpern klimpert.
»Gehen Sie wirklich ins Fitnessstudio, Mr. Floyd? Sie sehen nämlich so aus. Sie sehen wirklich … na ja, fit aus.«
Von hinten kommen Knutschgeräusche und die ganze Klasse kichert.
»Sauwitzig, der Kerl hier hinten.«

In der letzten Stunde haben sie Französisch. Als der Lehrer die Klasse betritt und Bernadette anlächelt, bleibt ihr das Herz stehen. Aber der Moment ist schnell wieder vorbei. »*Bonjour, mes élèves*«, sagt er, und ihr ist klar, dass es nicht ihr Vater ist.
Aber er sieht ihm so ähnlich! Unglaublich ähnlich: zerzauste, dunkle, zurückgekämmte Haare, eher rundlich, nicht mehr ganz jung und kleine Fältchen an den Augenrändern. Die gleiche Art,

den Kopf schief zu halten. Im gleichen runden Gesicht die gleiche spitze Nase, wie ein Messergriff in einem runden Laib Käse. Sie wünschte, sie hätte die Nase von ihm geerbt, und nicht die runde Stupsnase ihrer Mutter. Fast das gleiche Lächeln, obwohl ihr jetzt klar wird, dass die Zähne weißer und gesünder aussehen als die ihres Vaters.

Das muss der Mann gewesen sein, den sie schon am Morgen auf dem Lehrerparkplatz gesehen hat. Kein Wunder, dass sie ihren Augen kaum trauen wollte. Die Ähnlichkeit ist wirklich verblüffend.

Er heißt Monsieur Noël. »*Comme le père Noël*«, sagt er mit einem nervösen Lächeln. »Ihr wisst schon, der Weihnachtsmann.«

Er hat einen starken Akzent wie ein grobschlächtiger Eishockeyspieler.

Bernadette seufzt. Sie erinnert sich an einen Weihnachtstag vor zwei, vielleicht drei Jahren. Ihr Vater klopfte ganz früh am Morgen an die Wohnungstür, unrasiert und nach Pfefferminz riechend. In der Hand hielt er ein sorgfältig eingepacktes Paket für sie und ließ sich in den großen Sessel fallen, um ihr beim Auspacken zuzusehen. Sie weiß nicht mehr, was er ihr geschenkt hat. Eine Barbie-Puppe? Nein, sogar er wusste, dass sie inzwischen zu alt für Puppen war. Aber irgendetwas ähnlich Unpassendes, vielleicht ein Schmuckset mit Perlen zum Auffädeln. Oder ein rosa Nachthemd in der falschen Größe. Sie packte das Geschenk so langsam wie möglich aus, immer eine Ecke nach der anderen und voller Konzentration, damit sie das von einer Verkäuferin im Geschäft ausgesuchte Papier nicht zerriss. Sie wusste, dass er gehen würde, sobald sie es ausgepackt hätte.

»*Bonjour, mes élèves!*«

»*Bonjour, Monsieur Noël.*«

»*Bien dit. Eh, maintenant nous pouvons …*« Er bricht ab und sieht zur Tür.

»*Bonjour mesdames.*«

»Mrs. Vox und eine andere Frau sind reingekommen«, flüstert Bernadette Charly zu.

»Wer ist denn die andere Frau?«

»Weiß ich auch nicht. Sie reden mit Monsieur Noël. Die andere Frau hat einen braunen Hosenanzug an. Sieht streng aus, aber nicht unfreundlich. Irgendetwas scheint nicht in Ordnung zu sein, Monsieur Noël sieht ganz verzweifelt aus.«

Monsieur Noël hält sich die Hand vor den Mund, die klassische Geste der Verzweiflung.

»Was ist denn los?«, raunt Charly.

Die Frau im braunen Anzug ist der Grund für seine Panik. Sie ist eine Polizistin mit Namen Detective Perry. In Monsieur Noëls Schublade zu Hause liegt eine Sammlung mit ungefähr siebzig nicht bezahlten Strafzetteln für Falschparken. Das entspricht einer Summe von rund zweitausend Dollar. Und gerade heute hat er wieder einen deftigen Strafzettel in der Jackentasche. Er hat ihn am Morgen von der Windschutzscheibe genommen, nachdem er gestern seinen Wagen auf einem Behindertenparkplatz abgestellt hatte. Er sieht seine Stunde gekommen, heute wird man ihn verhaften.

Mrs. Vox stellt den Schülern Detective Perry vor und tritt zur Seite, um ihr das Wort zu überlassen.

»Tut mir leid, dass ich euren Unterricht stören muss.« Mrs. Perrys Stimme ist zackig und bissig, klar und kühl, als käme sie aus dem Inneren einer Blechtrommel. »Ich bin die leitende Ermittlerin in Captain Davickis Team und ich habe nicht viel Zeit. Ich hatte gehofft, euer Lehrer könnte mir helfen …«

»Lehrer?«, jammert Monsieur Noël. »*Oui, c'est moi.*« Seine Angst ist mit Händen greifbar. Jetzt haben sie ihn erwischt.
»Geht es um eine Ver'aftung?«, fragt er.
»Verhaftung?«, bellt Perry. »Was wissen Sie über eine Verhaftung?«
Monsieur Noël wankt zurück und stützt sich gegen sein Pult. »Es tut mir so leid«, heult er. Sein Akzent wird stärker. Wenn er *so* sagt, klingt es wie *ßo*. »Ich wusste nicht, dass es ein Parkplatz für Be'inderte war.«
Die Polizistin starrt ihn verblüfft an. »Wie bitte?«
»Ich 'abe das Schild nicht gese'en. Und ich stand auch nur für ein paar Minuten dort. Aber jetzt bin ich ein Verbrecher. Ich bin ein Verbrecher! Mein Vater 'atte recht. Ich bin ein Idiot!«
Niedergeschlagen steht er an seinem Pult, das Gesicht in den Händen vergraben.
»Wovon reden Sie?«
»Sind Sie etwa nicht 'ier, um mich wegen meiner Strafzettel zu ver'aften?«, schluchzt er.
»Strafzettel? Das ist nicht mein Ressort.«
»Nicht?« Er schaut sie an und die Farbe kehrt in sein Gesicht zurück.
»Natürlich nicht. Ich kümmere mich um schwerwiegende Verbrechen.«
»Und Strafzettel? Falschparken? Das ist kein schwerwiegendes Verbrechen? Nein, natürlich nicht …«
»Parken Sie, wo Sie wollen. Es gibt sowieso viel zu wenige Parkplätze in dieser Stadt. Ich stelle mich meistens … egal. Ich bin hier, um einen Schüler abzuholen. Sein Name ist Fairmile.«
Monsieur Noël wischt sich mit einem großen weißen Taschentuch die Stirn ab.

Mrs. Vox räuspert sich. »Charles Fairmile.«
Charly rührt sich nicht. So macht er es immer. Bernadette kennt das schon. Er reagiert, indem er nicht reagiert. Sie meldet sich.
Mrs. Vox nimmt Mrs. Perrys Arm und flüstert ihr etwas ins Ohr. Bernadette erinnert sich, wo sie den Namen Davicki schon einmal gehört hat. Er ist zuständig für die Aufklärung der Überfälle des Strumpfmasken-Diebes. Aber was kann die Polizei von Charly wollen? Was hat er mit dem Strumpfmasken-Dieb zu tun?
»Charles Fairmile, würdest du bitte mitkommen?«, sagt Detective Perry.
»Bernadette, würdest du uns bitte begleiten?«, sagt Mrs. Vox.
»Beide mitkommen«, befiehlt Detective Perry.
Bernadette packt ihre Sachen zusammen und achtet darauf, dass Charly seinen *Louis Light 200* nicht vergisst.
»Was ist mit meinem Betreuer?«, fragt Charly. »Weiß er Bescheid? Mr. Underglow soll mir bei den Hausaufgaben helfen.«
»Glaub mir, Charly«, sagt Mrs. Perry mit freundlicher Stimme, »die Hausaufgaben sind im Moment nicht dein größtes Problem.«

Charly hält sich an Bernadettes Arm fest. Sie gehen durch den Flur. Im Vorbeigehen hört er Stimmen aus den Klassenzimmern. Er hört, wie jemand rülpst, und dann einen Lehrer, der fragt, wer das war. Er hört, wie die Polizistin leise mit Mrs. Vox spricht.
Der Geruch von ungewaschenen Haaren. Und Fruchtbonbons. Und, etwas schwächer, Zigarettenrauch. Beißender Tabakduft, aber er kommt nicht vom Atem der Polizistin. Vielleicht hängt der Geruch in ihrem Anzug.
Flüchtige Schwaden von Desinfektionsmittel, Schweiß und abgestandenem Wasser. Der Hausmeister schiebt einen Rollwagen vorbei. Eins der Räder quietscht.

Er riecht Thunfisch. Irgendjemand scheint ein Sandwich im Schließfach vergessen zu haben.
Die Treppe hinunter, durch die Eingangshalle – die Schritte hallen hier ganz anders wider – und nach draußen. Der Geruch von aufgeheiztem Teer und Autoabgasen. Die Sonne auf seiner rechten Wange.
»Beeilt euch«, schnauzt Mrs. Perry, »hier rein.«
Rein? Wo denn rein? Vermutlich in ein Auto. Bernadette nimmt seine Hand und geht mit ihm zur Bordsteinkante. Okay, ein Auto. Sie drückt seinen Kopf herunter und hilft ihm beim Einsteigen.
»Ist das ein richtiger Einsatzwagen?«, flüstert er.
»Nein, ein einfacher schwarzer Ford. Aber mit Funkgerät.«
»Viel Glück, Charly«, sagt Mrs. Vox. »Es tut mir so leid. Aber ich bin sicher, es wird sich alles aufklären.«
»Denke ich auch«, antwortet Charly.
Der Wagen fährt an.

»Wohin fahren wir denn?«, fragt Charly durch den Lärm des Motors, des Verkehrs von der Straße und das Knacken des Radios.
»Zur Wache«, bekommt er als Antwort. »52. Revier.«
»Und warum?«
»Um deine Mutter dort zu treffen. Und euch werden wir auch ein paar Fragen stellen müssen«, antwortet sie. Aus dem Lautsprecher kommt ein Knacken. Charly versteht irgendwas von Ankunft.
»Perry«, sagt sie laut. Wahrscheinlich ins Funkgerät. »Sag dem Boss, dass wir in zehn Minuten da sind. Over and out.«
»Worum geht es denn?«, will Bernadette wissen.
»Warum ist meine Mutter dort?«, schließt sich Charly an.
»Sie ist bei dem … bei deinem Vater«, antwortet Mrs. Perry.

Bernadette nimmt seine Hand. Charly zwinkert. Nichts. Er fühlt nichts. Schon gar keine Angst. Das alles ist viel zu absurd.
Der Wagen biegt um eine Ecke. Charly wird gegen die Tür gedrückt. Scheinbar verunsichert ihn die Situation doch mehr, als er sich eingestehen will. Normalerweise funktioniert sein Gleichgewichtssinn besser.
»Entschuldigung«, sagt Mrs. Perry.

■■■■■

Auf der Polizeiwache riecht es nach Zigaretten, Staub und Angst. Eigentlich ein bisschen wie in der Schule, nur stärker. Als hätte man die Gefühle der Schule in einem Fass gesammelt und hier ausgegossen.
»Charly! Oh Charly!«
Die Stimme seiner Mutter. Er eilt ihr entgegen und zieht Bernadette mit sich.
»Was ist denn los, Mama?«
Ihre Hände zittern in seinen.
»Dein Vater, Charly. Er ist schon den ganzen Morgen hier. Die Polizei denkt … ich kann es gar nicht aussprechen.« Sie schluchzt.
»Was denn?«
»Die Polizisten verdächtigen ihn. Sie sagen, er sei vielleicht der Strumpfmasken-Dieb.«

Szene 9a: **Captain Davicki**

Wenn die Polizei dich verdächtigt, sich aber nicht ganz sicher ist, bringt man dich auf die Wache und stellt dir eine Reihe Fragen. In dieser Situation befindet sich Roger Fairmile. Er sitzt in einem Büro und beantwortet Fragen, die man ihm schon ein paar Mal gestellt hat.

»Also, wo ist das Geld jetzt?«, wird er von einem Beamten gefragt. Er ist der fünfte oder sechste, dem er gegenübersitzt.

»Ich habe keine Ahnung, wovon Sie reden.«

»Geld, Roger. Das Geld aus den anderen Automaten. Eine Summe von nicht weniger als einer Viertelmillion Dollar, sagen die Banken.«

»Ich habe keine *anderen Geldautomaten* ausgeraubt.«

Der Beamte schaut auf seinen Fragebogen.

»Wie sind Sie heute Morgen zur Bank gekommen?«

»Mit einem Taxi.«

»Mit einem Taxi, aha. Sie sind reich, oder? Fahren oft Taxi.«

»Das habe ich doch alles schon gesagt. Ich war spät dran und habe ein Taxi genommen, damit ich nicht zu spät zur Arbeit komme.«

»Sie sehen nicht aus, als wären Sie reich.«

Dass Charlys Vater von der Polizei verdächtigt wird, beruht auf einer Verknüpfung mehrerer Umstände. Augenzeugen des Überfalls – drei Kunden der Bank, die vor dem Geldautomaten Schlange standen – haben ausgesagt, dass sie gesehen hätten, wie ein großer Mann aus einem Taxi gestiegen und auf den Geldautomaten zugegangen sei. Auf die Frage, ob sie den großen Mann genauer beschreiben könnten, sagte einer der Zeugen, er habe einen dunklen Anzug getragen.

»Und eine Axt«, sagte der zweite Zeuge.
Der Polizist, der das Verhör leitete, fragte, ob ihnen noch etwas aufgefallen sei. Das war der Moment, in dem die dritte Zeugin den Mund öffnete und durch die gläserne Wand der Bank auf die Straße zeigte.
»So sah er aus«, sagte sie, den Mund noch immer weit offen. »Genau so.«
Der Polizist drehte sich um und sah, wie Charlys Vater aus einem Taxi stieg. Ein großer Mann in einem dunklen Anzug.
»Ja! Das ist er!«, bestätigte der erste Zeuge. »Zumindest sah er so aus. Abgesehen davon, dass er eine Strumpfmaske über dem Kopf hatte.«
»Und eine Axt hatte er«, sagte der zweite Zeuge.
Das Taxi fuhr weiter und die Polizei nahm Roger fest. Als sie den schwarzen Strumpf in seiner Hosentasche fanden, brachten sie ihn auf die Wache.

Ein Stockwerk tiefer sitzt Captain Davicki in seinem Büro und brummt Detective Perry an. Davicki hat ein tiefes, kratziges Brummen im Repertoire, das ihm gut steht. Es passt zu seinem zerknittertem Jackett, dem vernachlässigten Haarschnitt und den ausgebeulten Schuhen. Er sieht aus wie ein unbedeutender Lokalpolitiker. Oder wie ein Geschichtsprofessor an einer kleinen Provinzuniversität. Oder wie dein Onkel Horst. Schon viele Kriminelle, die mit ihm zu tun hatten, haben ihn unterschätzt.
»Die Präsidentin will Ergebnisse, Perry. Am besten eine Verhaftung«, brummt er. »Seit zwei Monaten sind wir an der Sache dran und haben nichts, gar nichts. Wenn ich ihr sagen könnte, dass wir ihn geschnappt haben, würde sie vielleicht endlich aufhören, mich anzuschreien.«

»Aber vielleicht ist Fairmile ja unschuldig, Sir.«
Davicki sitzt auf der Kante seines Tisches. Die Hände liegen gefaltet auf seinen Beinen. »In zwanzig Minuten gibt es eine Pressekonferenz. Ich könnte bekanntgeben, dass wir ihn geschnappt haben.«
»Das würde ich lieber nicht tun, Sir. Wir haben die Tatwaffe noch nicht gefunden. Wir haben das Geld noch nicht gefunden. Wir haben noch nicht einmal den Taxifahrer ermittelt. Warum musste der Kerl auch sofort weiterfahren! Lassen Sie uns noch eine Weile warten und mit den Verhören fortfahren. Wir ermitteln weiter gegen ihn.«
Das Telefon klingelt. Davicki hebt eine seiner buschigen Augenbrauen.
»Das wird die Chefin sein. Was erzähle ich ihr denn jetzt?«
»Sagen Sie ihr die Wahrheit, Sir. Dass wir einen Verdächtigen haben und die Ermittlungen voranschreiten.«
»Ihr die Wahrheit sagen? Die *Wahrheit?*« Er schnauft verächtlich. »Manchmal frage ich mich wirklich, Perry, wie Sie zur Polizei gekommen sind.«
Er nimmt den Hörer ab.

Szene 9b: **Junior**

Der Mann, den die Polizei eigentlich sucht – der echte Strumpfmasken-Dieb – öffnet die Tür der Wohnung, die er sich mit seinem Vater teilt. Geruch von Schimmel und Gewürzen. Die Vorhänge sind zugezogen. Die späte Septembersonne dringt nicht bis hier herein.

»Hallo Papa!«, ruft er. »Ich bin's. Wie war dein Tag?«
Der ältere Herr antwortet nicht. Er verbringt den ganzen Tag vor dem Fernseher. Er telefoniert mit niemandem, ganz zu schweigen davon, dass er die Wohnung verlassen würde. Sein Sohn lässt keinen Tag verstreichen, ohne ihm zu sagen, er brauche frische Luft, doch er kümmert sich nicht darum. Wer nicht selbst alt ist, hat keine Ahnung, wie es ist.
»Hast du mich in den Nachrichten gesehen?«, fragt der Bankräuber. »Ich bin richtig berühmt. Alle sprechen von meinem letzten wagemutigen Überfall.« Er hängt eine modische Kleidertasche an die Garderobe. Darin befinden sich ein schwarzer Anzug, wie ihn Bankangestellte tragen, und ein Damenstrumpf.
Er geht durch die Wohnung und bleibt in der Tür zum Wohnzimmer stehen. Der alte Mann ist immer noch da. Sein ganzes Gewicht lastet auf dem Esstisch. Seit dem Frühstück hat er sich nicht bewegt. Auch der Fernseher läuft unverändert. Junior tätschelt seinem Vater ein paar Mal den Rücken, damit er merkt, dass er wieder da ist.
»Ja, es war wahnsinnig aufregend. Eine Frau, die vor dem Geldautomaten in der Schlange stand, hat mich mit riesigen Augen angestarrt. Diesen Blick werde ich nie vergessen. Sie sind … sie sind ER! Dann hob ich die Axt und sie brüllte los …« Er hält inne. Eigentlich wollte er noch nichts von der Axt sagen.
Der alte Herr bewegt sich nicht. Er reagiert überhaupt nicht auf die Anwesenheit seines Sohnes. Der Dieb schluckt ein, zwei Mal. Es ist alles andere als leicht, mit Papa im gleichen Zimmer zu sein.
Er geht in die Küche und holt eine Flasche Whisky, zwei Gläser und Eiswürfel. Er füllt ein paar Eiswürfel in die Gläser, schüttelt sie und kippt sie ins Spülbecken. Dann füllt er die Gläser behut-

sam mit Whisky für sich und seinen Vater, geht ins Wohnzimmer und hebt feierlich das Glas.

»Komm schon, Papa. Stoß mit mir an. Es war dir immer wichtig, Bargeld im Haus zu haben. Jetzt hast du jede Menge davon. Ich finde ja, du könntest ruhig ein bisschen dankbar sein, ein bisschen Zufriedenheit zeigen. Na, bist du zufrieden?«

Immer noch keine Reaktion. Wie lange ist es her, dass der alte Herr zum letzten Mal zufrieden war?

Der Dieb startet einen neuen Versuch. »Du musst zugeben: Alles hat sich zum Besten gewendet. Ein kleines Vermögen, ein berühmter Sohn und eine neue Wohnung! Freust du dich schon auf den Umzug? Na? Freust du dich? Das ganze Geld wartet dort auf dich.« Er lacht, wenn auch ein bisschen bitter. Ist das da ein Lächeln in den Zügen seines Vaters? Schwer zu sagen. Der Dieb nimmt einen Schluck aus seinem Glas.

»Es tut mir leid, aber es gibt auch eine schlechte Nachricht, Papa. Ich habe deine Axt verloren. Entschuldige, aber es war nicht meine Schuld. Sie war im Taxi, das weiß ich ganz sicher, aber plötzlich war sie weg.«

Stille.

»Jetzt komm schon, Papa. Ist doch nicht so schlimm. Am Freitag ziehst du sowieso um, kein Grund, sich aufzuregen.«

Sein Vater rührt seinen Drink nicht an. Das ist seine Art, ihn zu bestrafen.

»Jetzt komm schon, Papa. Denk an die neue Wohnung.«

Er erhebt sein Glas. Sein Vater nicht.

»Glaub mir, das ist die richtige Entscheidung. Da bist du von lauter Leuten umgeben, die genauso sind wie du. Wirklich, du passt perfekt dorthin.«

Er beugt sich nach vorn, um mit seinem Vater anzustoßen, aber den scheint das ganze Getue kaltzulassen. Seit der Rückkehr des Sohnes hat der alte Herr sich nicht ein einziges Mal bewegt. Von einem Moment auf den anderen wird es Junior zu viel. Er nimmt die Fernbedienung vom Tisch und schaltet den Fernseher ab. Keine Reaktion. Kein Laut, keine Bewegung, kein Protest. Der Dieb versucht ruhig zu bleiben. Reg dich nicht auf, sagt er sich. Er ist alt und schwerhörig. Gönn ihm ein bisschen Ruhe.

Aber er hält es nicht mehr aus. Er nimmt das Glas seines Vaters und stürzt es hinunter. Wie ein brennender Pfeil saust der Alkohol durch seinen Körper. Es ist wie eine Warnung. Er muss ihm endlich die Wahrheit sagen.

»Verdammt nochmal, Papa. Du verdienst ja gar nicht, noch länger hier zu sein! Ich kann es kaum erwarten, dich loszuwerden. Die Wahrheit muss raus, ich halte es nicht mehr aus mit dir. Es wird Zeit, dass du wegkommst. Also, wie sieht's aus? Kommst du mit in die Küche und schaust zu, wie ich das Abendbrot mache? Na? Kommst du mit oder nicht? Nein? Keine Lust? Weißt du was? Du hast gar keine Wahl, du alter Kotzbrocken. Du bist mein Vater und ich liebe dich. Und jetzt kommst du mit und siehst zu, wie ich uns ein Huhn mache. Indisch und schön scharf, wie du es magst. Hmmm, das wird dir schmecken. Also los, komm schon.«

Er schnappt ihn sich mit einer Hand und trägt ihn zum Küchentisch. Urne und Asche zusammen wiegen nicht viel. Er schaltet den Ofen an, schält eine Zwiebel und stellt eine Pfanne auf die Flamme.

Szene 10: **Abendessen**

Charly und seine Mutter beim Abendessen. Nur die beiden. Sein Vater ist immer noch in der Stadt, auf der Polizeiwache. Seine Mutter hat den Braten von gestern aufgewärmt, ein paar frische Knödel sind auch dabei. Sie könnten etwas weniger klebrig sein, aber zumindest lassen sie sich gut mit der Gabel aufspießen. Charly hofft, dass es wirklich Knödel sind. Seine Mutter ist so aufgewühlt, dass sie ihm wer weiß was vorgesetzt haben könnte. Der Abend war bislang sehr still. Am ersten Schultag muss man noch keine Hausaufgaben machen, außerdem bräuchte er dazu sowieso den in Braille-Schrift umgewandelten Text von seinem Betreuer. Seine Mutter wiederholt immer wieder die gleichen ausschweifenden Sätze. Oder sie sagt lange Zeit gar nichts. Charly konzentriert sich auf das, was er gerade zerkaut: Fleisch, Karotten, Pfeffersauce … Knödel?

»Er war so spät dran heute Morgen«, sagt seine Mutter stumpfsinnig. »Und dann hat er ein Taxi gerufen. Natürlich ist das teuer, aber er wollte doch auf keinen Fall zu spät kommen. Und jetzt halten sie ihn für den Strumpfmasken-Dieb. Sie klangen so sicher. Wie können sie sich so sicher sein?«

Ihre Stimme klingt so mechanisch wie das Sprachprogramm auf seinem Computer.

Da sind noch andere Düfte am Küchentisch: Putzmittel, Staub und irgendetwas Feuchtes und Unangenehmes, das wie Abwasser riecht. Und dann ist da noch der Gesichtspuder seiner Mutter. Und das Aftershave, das seit dem Frühstück in der Luft hängt.

Charly isst seinen Teller leer und steht auf. Seine Mutter redet immer noch. »Wenn er nur nicht den Strumpf in seiner Tasche ge-

habt hätte. Warum musste er sich ausgerechnet heute das frische Hemd mit Butter beschmieren? Wäre er doch bloß …«
»Kann ich noch etwas von dem Braten haben?«, fragt Charly. »Der ist wirklich gut.« Er geht die drei Schritte vom Tisch zum Herd und streckt vorsichtig die Hand aus. Er hört, wie seine Mutter schwer atmet. Wo ist der Vorlegelöffel? Er konzentriert sich und fährt über die Fläche neben dem Herd. Da! Er hat ihn! Seine Hand umfasst den Griff. Er wusste, dass er dort liegen würde. Jetzt noch der Topf mit dem Braten. Seine Nase sagt ihm, dass er ganz in der Nähe stehen muss, und er hört das leise Brodeln. Aufmerksam tastet er weiter und sucht mit der freien Hand.

Lewis sitzt mit seiner Familie ebenfalls beim Abendessen. Der Tisch steht in der Essecke des L-förmigen Wohnzimmers. Mr. und Mrs. Ellieff sitzen sich an den beiden kurzen Seiten des Tisches gegenüber. Lewis sitzt dazwischen. Immer dazwischen.
»Ich habe mich heute mit zwei neuen Mitschülern in der Schule angefreundet«, erzählt er ihnen. »Sie heißen Charly und Bernadette. Charly ist blind und hat einen weißen Stock und solche Sachen. Sie wohnen in der Copernicus Street, im gleichen Haus. Wir sind so etwas wie … *Die drei Musketiere.*«
Er bricht ab. Seine Mutter stellt eine Servierplatte in die Mitte des Tisches. Der Duft ist ihm vertraut. Seinem Vater scheint es ebenso zu gehen, und er schaut Lewis' Mutter über den Tisch hinweg an.
»Warum kochst du Kohlrouladen?«, fragt er. Lewis' Vater ist ein kleiner Mann mit einer Halbglatze. Er trägt ein Unterhemd und schwitzt. »Hm? Warum machst du das?«
Er nimmt seine Gabel und legt sich eine Kohlroulade auf den Teller.

Mrs. Ellieff richtet ihre honiggelben Haare mit beiden Händen und zupft sich das Kleid um die Hüften zurecht.
»Du magst doch Kohl«, sagt sie.
»Du weißt, wie ich auf Kohl reagiere«, sagt er, greift noch einmal zu und lädt sich die größte Roulade auf den Teller. »Seit fünfzehn Jahren sind wir jetzt verheiratet und du weißt genau, wie ich auf Kohl reagiere.«
»Wenn du weniger essen würdest, wäre das gar kein Problem. Lewis, nimm dir auch etwas, bevor dein Vater alles aufisst. Und nimm dir auch Brot und Butter. Du musst essen, damit du kräftig wirst.«
Mr. Ellieff kaut energisch. »Wenn ich weniger essen würde? Weniger essen? Willst du etwa sagen, ich esse wie ein Schwein?«
Lewis beschmiert sich eine Scheibe Brot mit Butter.
»Ich sage nicht, dass du isst wie ein Schwein. Ich sage nur, dass der Kohl dir keine Probleme bereiten würde, wenn du dich ein bisschen zurückhalten könntest.«
»Aha, und willst du, dass ich über den ganzen Tisch rülpse? Willst du das? Ich sage dir, das ist nicht witzig für mich.« Er glotzt mit starrem Blick auf seinen Teller herab. »Überhaupt nicht witzig.«
Lewis nimmt sich zwei Kohlrouladen und reicht seiner Mutter die Platte. Sie legt noch eine dritte Roulade auf seinen Teller. »Du bist im Wachstum, mein Junge«, sagt sie und streicht ihm über die Wange.
»Ähm, Mama, ich glaube …«
»Wenn du dich selbst hören könntest! Lewis hat mehr auf dem Teller als ich. Aber er ist ja im Wachstum und ich bin ein Schwein. Eine Heuchlerin bist du, jawohl! Eine Heuchlerin!« Lewis' Vater rülpst laut.
»Wenn ich mich hören könnte?« Mrs. Ellieff lässt sich von ihrem

Mann nicht einschüchtern. »Wenn ich *mich* hören könnte? Wenn *du dich* hören könntest!«
»Das ist doch alles deine Schuld!«, schreit er. »Du weißt genau, wie ich auf Kohl reagiere.«
»Niemand zwingt dich, so viel zu essen!«
»Ich habe gerade erst mit dem Essen angefangen und fühle mich wie ein Ballon!« Er rülpst wieder.
»Schwein!«
»Heuchlerin!«
Alle Schränke und Vitrinen in der Wohnung der Ellieffs sind dicht gefüllt mit Nippes. Lewis kaut verbissen und schaut mit leerem Blick auf einen Dalmatiner aus Porzellan im Regal an der Wand. Sein Blick fährt an all den kleinen Gegenständen entlang. Er zählt die Hunde, Katzen und anderen Tiere und fragt sich, wohin er heute Abend gehen kann, um all dem hier zu entfliehen. Seine Mutter isst ihre erste Kohlroulade. Sein Vater hat seinen Teller bereits leergegessen und nimmt sich eine Scheibe Brot. Stille lastet über dem Tisch wie dichte, dunkle Gewitterwolken. Lewis versteht nicht, warum seine Eltern sich so oft streiten. Manchmal hat er den Eindruck, als könnten sie gar nicht mehr anders miteinander reden. Seine Mutter wischt sich den Mund ab und legt ihm eine Hand auf den Arm.
»Was hast du gerade über deine neuen Freunde gesagt, mein Schatz?«, fragt sie mit einer Stimme, die nach Süßstoff klingt. Sie spricht mit ihm, aber gleichzeitig bedenkt sie seinen Vater mit Blicken, die scharf sind wie Dolche.
»Bernadette und Charly? Weiß nicht. Glaube, sie mögen mich.«
»Natürlich mögen sie dich«, sagt sie. »Du bist beliebt. Du erinnerst mich an mich selbst, als ich so alt war wie du. Alle Jungen in meiner Klasse mochten mich.«

»Ha!«, blafft ihr Mann.
»Doch, so war es.« Ihr Blick verliert sich in der schwelgerischen Erinnerung an vergangene Zeiten.
»Du? Beliebt? Dass ich nicht lache. Du …« Er will *Heuchlerin* sagen, aber mitten im Wort entfährt ihm der nächste Rülpser.
»Ich *was?* Du kannst ja nicht einmal einen ganzen Satz zu Ende sprechen«, keift sie ihn an.
Kann ein Blinder ans Telefon gehen? Lewis weiß es nicht. Vielleicht könnte er Charly heute Abend noch besuchen. Das wäre besser, als sich das hier den ganzen Abend lang antun zu müssen.
Seine Eltern gehen in die nächste Runde. Das Gesicht seines Vaters ist schweißnass. Er zeigt mit dem Buttermesser auf sie.
»Fünfzehn Jahre«, sagt er. »Wie habe ich es hier nur so lange ausgehalten? Das kannst du mir glauben, wenn es nicht um meinen Jungen ginge, ich …«
»*Deinen* Jungen? Er ist nicht dein Sohn, er ist meiner.«
»Was soll das denn heißen?«
»Du …« Sie öffnet den Mund weit, Blitze verlassen ihre Augen.
»Du bist einfach unerträglich!«
Dummerweise kann er sich nicht an Charlys Nachnamen erinnern. Aber Bernadettes fällt ihm plötzlich ein. Er erinnert sich, wie Mr. Floyd sie aufgerufen hat: *Bernadette Lyall.* Ob er sie wohl im Telefonbuch findet?

Bernadette und ihre Mutter sitzen beim Abendessen. Im Fernsehen laufen gerade die Lokalnachrichten, als das Telefon klingelt. Sie essen Hähnchen mit Reis und einer eigenartigen Orangensauce. In der Mikrowelle aufgewärmt und direkt aus der Verpackung gegessen, um nachher keine Teller abwaschen zu müssen. Ihre Mutter beugt sich über den Tisch und kaut genussvoll.

»Ha-ha.« Sie zeigt mit der Gabel auf den Bildschirm. »Da ist er ja wieder.«
Die nächste Nachrichtensendung. Die letzten Minuten hat sie damit verbracht, von einem Regionalsender zum nächsten zu zappen. Und alle haben sie immer wieder die gleichen Bilder von dem Mann gezeigt, der verdächtigt wird, der gesuchte Strumpfmasken-Dieb zu sein. Zuerst die unscharfen Bilder der Überwachungskamera, die drei Sekunden lang zeigen, wie der Dieb in die Bank eindringt, dann ein paar Bilder von Uniformierten, die im Eingang der Bank einen Mann in einem dunklen Anzug festnehmen, und zuletzt verschiedenes Filmmaterial, das vor der Polizeiwache aufgenommen wurde.
»Bitte, Mama. Das ist Charlys Vater.«
»Na klar, weiß ich doch.«
Der Fernseher ist das größte Möbelstück im Wohnzimmer. Das Sofa ist das zweitgrößte. Bernadette sitzt so weit wie möglich weg von ihrer Mutter.
»Ich weiß, ich weiß. Er sieht grauenhaft aus«, sagt ihre Mutter und stellt den Ton lauter. »Sieht er nicht schrecklich aus, Bernadette?« Aus ihrer Stimme spricht die reine Schadenfreude. Der Anblick eines leidenden Menschen – eines Menschen, den sie sogar kennt – hat etwas Tröstendes für sie.
Der Reporter nennt ihn ›einen unbekannten Mann‹.
»*Unbekannt*, Steve? Ha! Von wegen. Ich kenne ihn«, ruft Chantal und isst geräuschvoll weiter. Steve Metworthy ist der Nachrichtensprecher. Ein Mann mit breitem Unterkiefer und platten blonden Haaren. Er sieht aus, als hätte er eine Reiswaffel auf dem Kopf.
Bernadette ist mit ihren Gedanken wieder bei der Busfahrt von heute Morgen. Es war also wirklich der Strumpfmasken-Dieb,

den sie aus der Bank laufen sah. Kein Film. Kein Traum. Wahnsinn! Und jetzt die Frage: War es Charlys Vater? Sie versucht sich genau an den weglaufenden Mann zu erinnern. Dunkler Anzug und Maske. Das war alles, was sie gesehen hat, höchstens zwei oder drei Sekunden lang. Alles ging so schnell und wirkte so unrealistisch, dass sie ihren Augen nicht getraut hat. Kein Wunder, dass Augenzeugen im Fernsehen immer so wirres Zeug reden.

Charlys Vater? Mr. Fairmile? Das kann doch nicht sein! Oder doch?

»Zweihundertvierzigtausend Dollar! Hast du das gehört? Und Gladys kriegt nicht mal ein paar teure Ohrringe! Männer sind doch einfach Schweine. Klar, die beiden sehen wie ein glückliches Paar aus. Aber ich wette, er hat irgendwo noch eine andere. Sicher so ein junges Ding mit einer Brillantkette.«

»Mama, bitte.« Bernadette stochert in ihrem Essen. »Was ist, wenn er unschuldig ist?« Das ist ihr absoluter Alptraum: Zu unrecht eines Verbrechens beschuldigt zu werden und ihre Unschuld nicht beweisen zu können.

»Aha? Und was ist, wenn *nicht*? Hast du nicht zugehört? Es gibt Zeugen, die ihn am Tatort erkannt haben. Er hatte noch immer den dunklen Anzug an. Und in der Tasche hatte er einen Strumpf. Einen *Strumpf*! Jetzt komm schon, Kleine.«

Die Kameras zeigen, wie Charlys Vater in ein Polizeiauto geschoben wird. Neben ihm steht eine Anwältin. Sie stellt sich in den Weg, sodass die Kameras sie statt Charlys Vater im Bild haben. Sie hat rote Lippen und große Augen. Neue Szene. Eine Pressekonferenz mit einem ungepflegt aussehenden Polizisten. CAPTAIN DAVICKI steht unten auf dem Bildschirm.

»Ich fass' es nicht. Wir wohnen auf dem gleichen Stockwerk wie der Strumpfmasken-Dieb!« Chantal kann sich gar nicht beruhi-

gen. »Das muss ich Edna aus dem Supermarkt erzählen. Sag mal, willst du dein Hähnchen nicht?«
Der Reis ist matschig und die Sauce gerinnt in einer Ecke der Aluminium-Schale. Bernadette lädt sich eine Portion orangefarbener Pampe auf die Gabel und runzelt die Stirn. Die Nachrichten sind vorbei und es folgt ein Werbespot eines Reiseunternehmens. Man sieht ein Bild vom Eiffelturm.
»Das erinnert mich an die Schule. Ich weiß, es klingt verrückt, aber als mein neuer Französisch-Lehrer in die Klasse kam, dachte ich, es wäre Papa.«
»Was?« Chantal dreht sich zu ihr um und hält Messer und Gabel wie zwei Waffen in der Hand. Bernadette steht auf und verlässt das Sofa.
»Ist schon gut, Mama. Er war es ja nicht.«
»Was hast du gerade gesagt? Du hast ihn gesehen? In der Schule? Lauert er dir dort auf? Triffst du dich heimlich mit ihm?«
Bernadette versteht nicht, was sie meint. »Wovon redest du? Meinst du Papa?«
»Du sollst nicht von ihm sprechen.«
Inzwischen läuft die nächste Werbung. Eine junge Frau tanzt lachend durch ihr Haus, weil ihre Kleider so schön sauber sind.

Szene 11: **Carol**

Leise dringt das Klopfen durch die traurige Geigenmusik aus dem Radio an Charlys Ohr. Bernadette klopft immer auf die gleiche Art: zweimal kurz, zweimal lang. Überrascht öff-

net er ihr die Tür. Irgendetwas ist anders als sonst. Neben dem normalen Bernadette-Duft – Zahnpasta, Shampoo, die Zigaretten ihrer Mutter – riecht sie nach Kohl. Ein schnelles Atmen und dann eine vertraute Stimme.
»Hi Charly. Aha, hier wohnst du also? Wie groß ist die Wohnung? Vier Zimmer? Nicht schlecht. Gar nicht schlecht. Bernadette hat mir die Sache mit deinem Vater erzählt. Das ist ja unglaublich. Meine Mutter sieht jeden Abend die Nachrichten mit Steve Metworthy. Ich muss ihr sofort erzählen, dass ich weiß, wer ›der Unbekannte‹ ist.
»Hallo Lewis. Gab es bei euch heute Kohl?«
»Hm? Ja, Kohlrouladen. Aber woher weißt du das?«
Charly zuckt mit den Schultern. »Hallo Bernie.«
»Hallo Charly. Wie geht es dir? Hey, hast du dich verletzt?«
»Meinst du das hier?« Er hält seine bandagierte linke Hand hoch. »Ist nicht so schlimm. Hab mich am Kochtopf verbrannt. Also, was ist? Wollt ihr reinkommen, oder sollen wir woandershin gehen?«
»Ich glaube, wir gehen lieber woandershin«, schlägt Bernadette vor.
»Wollen wir in die *Speisekammer*?« Charly hätte nichts dagegen, für eine Weile rauszukommen. Er findet es furchtbar, dass sein Vater noch immer von der Polizei verdächtigt wird. Und seine Mutter ist nicht wirklich eine Hilfe.
»Mal ehrlich, wie geht es dir?«
»Ich weiß nicht.«
Armer Charly. Er wirkt sehr betreten, findet Bernadette. Normalerweise ist er immer so ruhig und selbstbewusst.
»Am Kochtopf verbrannt, au Mann«, sagt Lewis. »Ich hab mich mal bei einem Experiment mit 'nem Chemiebaukasten verbrannt.

Meine Mutter hat meinen Vater bei der Arbeit angerufen und er musste mich ins Krankenhaus bringen. Scheiße, ich weiß, wie das ist. Mir musst du nichts erzählen.«

Charly geht zur Küchentür, um seiner Mutter Bescheid zu sagen. »Wir gehen noch in die *Speisekammer*«, ruft er hinein. »Es ist jetzt zwölf Minuten nach sieben. Spätestens um neun bin ich wieder da.«

»Er hilft der Polizei bei den Ermittlungen …«

Die Stimme seiner Mutter kommt vom Küchentisch. Seit dem Abendessen hat sie sich nicht bewegt. »Bei den Ermittlungen helfen. Das hört sich doch gut an, oder? Der Polizei helfen. Ich habe mit der Anwältin telefoniert. Sie sagt, dass sich alles aufklären werde.«

Charly geht zurück zur Wohnungstür. Bernadette gibt ihm seinen Stock und seine Jacke. Er bedankt sich und dreht sich in Richtung Kohl.

»Komm mit, Lewis.«

■■■■■

Bernadette bietet Charly wie immer den Arm an und sie gehen durch den Flur zum Fahrstuhl. Sie greift in die Tasche ihrer Jeans und fühlt nach dem 5-Dollar-Schein, den sie gestern eingesteckt hat. Sie hat ihn noch nicht gebraucht. Lewis wird bestimmt kein Geld dabei haben.

»Als sie aus dem Fahrstuhl steigen, steht Mrs. Jodelschmidt vor ihnen.

»Ach, hallo Kinder. Habt ihr vielleicht meinen Hund gesehen?«, fragt sie aufgewühlt. »Entschuldige, du natürlich nicht, Charly. Aber ihr anderen vielleicht?«

»Ist Casey weggelaufen, Mrs. Jodelschmidt?«, fragt Charly. »Das tut mir leid.«
»Er ist ein braver Hund«, schließt sich Bernadette an. »Bestimmt ist er bald wieder da.«
»Wir leben doch schon so lange zusammen«, jammert Mrs. Jodelschmidt. Sie trägt noch immer ihren Pelzmantel. An zwei oder drei Fingern trägt sie funkelnde Ringe.

Ein unruhiger Abend. Sehr windig, aber nach Regen fühlt es sich nicht an. Selbstsicher geht Charly voran. Durch die Haustür, dann den Weg entlang in Richtung Straße. Er hört Bernadette und Lewis hinter ihm reden. Ein Auto fährt vorbei, laute Musik dröhnt durch die geöffneten Fenster. Die Geräusche der Stadt umhüllen Charly wie ein warmes Bad. Vertraut, aufmunternd, beruhigend. Das Quietschen von Bremsen in einiger Entfernung. Eine Autotür wird zugeschlagen, Stimmen, die immer lauter werden. Charly lächelt. Der Bodenbelag ändert sich. Vom Zugang zum Haus geht es jetzt auf den Gehweg. Nach rechts, dann die Straße entlang Richtung Grant Street.
»Warte mal!«, ruft Bernadette. Sie und Lewis laufen ein paar Schritte und schließen zu ihm auf. »Sorry«, sagt sie und legt seine linke Hand an ihren rechten Ellbogen.«
»Alles in Ordnung. Die Richtung stimmt doch, oder? Wer hat Geld dabei?«
»Ich habe die Taschen randvoll!«, gluckst Lewis. »Mein Vater hat mir einen Fünfer gegeben, um meine Mutter zu ärgern. Worauf sie mir einen Zehner gab, damit er sich noch mehr ärgert. Zwei zu null für mich.«
Bis zur *Speisekammer* sind es nur ein paar Seitenstraßen. Sie liegt einige Häuserblöcke hinter dem Friedhof, zwischen einer

Videothek und einem Tattoo-Studio. Eine beliebte Gegend, um etwas zu trinken oder eine Kleinigkeit zu essen. Außerdem liegen immer ein paar Zeitungen aus. Charly und Bernadette gehen gern dorthin, weil es nicht weit ist und weil die Bedienung dich in Ruhe lässt, auch wenn du nur eine Cola und einen Doughnut bestellt hast und stundenlang sitzen bleibst. Sie kennen alle Kellnerinnen. Heute Abend hat Carol Schicht, eine schlanke Braunhaarige mit drei Ringen in der Nase, die wie eine Weihnachtsglocke am Tannenbaum klimpern, wenn sie den Kopf schüttelt. Sie schüttelt oft den Kopf, um das Wort Nein zu vermeiden. Carol mögen sie besonders.

Die drei setzen sich an einen Ecktisch mit Blick auf die Straße. Charly und Bernadette auf eine Seite, Lewis ihnen gegenüber. Sie bestellt Apfel-Crêpes und einen Tee, Charly eine heiße Schokolade und ein Buttercroissant. Er rümpft die Nase, wendet den Kopf nach links und rechts und beginnt, eine Serviette vor sich auszubreiten. So macht er es immer.

Lewis zeigt auf die Karte.

»Was ist denn das hier?«

Carol lächelt ihn an. »Das ist eine unserer beliebtesten Süßspeisen. Eine Schokoladencreme-Torte mit Schokostreuseln und einem Schokoladentrüffel. Dazu gibt es Schokoladensoße und Schokoraspel.«

»Hmm!« Lewis leckt sich die Lippen. »Ganz schön schokoladig. Ich weiß trotzdem nicht, was ich nehmen soll.« Er schaut sich im Raum um. »Was ist denn das da? Was der da drüben isst?« Lewis zeigt auf einen Tisch.

Bernadette dreht sich um.

»Hey, das ist ja Uria!«, ruft sie überrascht. »Hallo!«

Der Landstreicher, der oft auf dem Gehweg vor ihrem Haus sitzt,

winkt ihr zu. Vor ihm steht eine Auswahl verschiedener Kuchen und Süßspeisen.
»Daher kommt also der Geruch«, sagt Charly. Er beendet seine Handarbeit und schiebt die zu einer Lilie gefaltete Serviette zur Seite. »Ich habe ihn gleich erkannt, als wir reinkamen, konnte es aber nicht glauben. Dann scheint sich sein Job ja gerade zu lohnen. Freut mich für ihn.«
»Er hat einen großen Schein auf den Tisch gelegt und die halbe Karte bestellt«, erklärt Carol.
»Und was isst er jetzt gerade?«, fragt Lewis.
»Buttercreme-Torte.« Carol zeigt sie ihm auf der Karte.
»Das nehme ich auch«, entscheidet Lewis. »Und eine heiße Schokolade.«

Wie immer nimmt Carol Charlys Hand und führt sie zu seiner Tasse, damit er sie nicht umwirft, wenn er danach greifen will. Er bedankt sich bei ihr.
»Ich hab vergessen, ob du eine kleine oder große Tasse wolltest«, sagt sie, als sie Lewis den Kakao bringt. »Ich hoffe, es ist in Ordnung, dass ich dir die gleiche gebracht habe wie Charly.«
»Die gleiche wie Charly? Klar, das ist in Ordnung. Super.«
Sie stellt Bernadettes Crêpes auf den Tisch und dreht sich um, um zu gehen.
Lewis nimmt ihren Arm hält und sie zurück.
»Welche ist das denn jetzt?«
»Welche was?«
»Welche Größe? Heiße Schokolade groß oder klein?«
»Spielt das eine Rolle?«, fragt Bernadette.
»Ob das eine *Rolle* spielt? Na klar spielt das eine Rolle.«
»Und wieso?«

Er sieht sie mit gerunzelter Stirn über den Tisch an. Wieso versteht sie das denn nicht?
»Na ja, wenn es die kleine ist, dann denke ich, ich hätte doch besser die große bestellen sollen.«
»Aha. Und wenn es die große ist?«
»Dann trinke ich sie zu schnell, kriege Bauchschmerzen und bin selber schuld.«
»Wow. Das heißt, du hast auf jeden Fall die falsche bestellt.« Lewis schaut Carol noch immer an. »Also, welche ist es?«
»Die kleine«, sagt Carol und geht.
»Mist!«, schimpft Lewis.
»Das ist die kleine?«, sagt Charly und nimmt die Tasse in die Hand. »Kein Wunder, dass ich immer noch Durst habe, wenn ich fertig bin.«
Ein Schweigen breitet sich über dem Tisch aus. Aber nur kurz. Lewis hat ein großes Stück Torte im Mund und wendet sich an Charly. »Jetzt mal ehrlich, dein Vater ist echt der Strumpfmaskendieb? Ist ja abgefahr'n!«
»Nein, ist er nicht.«
»Hat Steve Metworthy aber gesagt.«
Charly zögert und sucht nach den richtigen Worten.
»Sei einfach still, Lewis«, sagt Bernadette.
»Nein, warte mal. Kapiert ihr denn nicht? Das ist doch *die* Gelegenheit!« Lewis kaut und schluckt. »Wir lassen jetzt die Köpfe rauchen und brüten einen Plan aus.«
»Ausbrüten?«, fragt Bernadette.
»Klar. Sagt man doch so, einen Plan ausbrüten, oder etwa nicht?«
»*Eier* kannst du ausbrüten«, widerspricht Bernadette, »und das auch nur, wenn du ein Vogel bist.«
»Was denn für einen Plan?«, mischt Charly sich ein.

»Na ja, ich habe mir überlegt: Dein Vater ist im Gefängnis. Haben sie zumindest in den Nachrichten gesagt. Wir könnten ihm ja beim Ausbruch helfen oder so.«
Charly seufzt.
»Ihm beim Ausbruch helfen?«, wiederholt Bernadette. »Aus dem Gefängnis? Weißt du eigentlich, wie so was aussieht? Dicke Steinmauern, eiserne Gitterstäbe, bewaffnete Polizisten und Zellengenossen, die auf den Namen Terminator oder Hulk hören. Es geht hier nicht um Versteckspielen, Lewis. Es reicht nicht, jemanden zu finden und laut *Hab dich!* zu rufen.«
»Ich sagte, beim Ausbruch helfen *oder so*.«
»Und wie soll dein *Oder-so* aussehen?«
Lewis zuckt mit den Schultern. »Schon gut, Bernadette. Ich hab nur laut nachgedacht.«
»Das würde ich auch sagen.«
»Ruhe jetzt. Alle beide!«
Charly wundert sich über sich selbst. Er ist wirklich durcheinander. Und er hat Angst. Angst davor, dass sein Vater heute Abend nicht nach Hause kommt. Dass sie ihn wirklich verurteilen. Angst davor, dass er wirklich ins Gefängnis muss, wer weiß wie lang.
Er kennt das Gefühl nicht, sich solche Sorgen zu machen. Egal worüber. Aber jetzt ist er plötzlich den Tränen nahe. Eigentlich will er seine Gefühle nicht zeigen, aber es ist ihm wichtig, dass Lewis ihn versteht.
»Lewis, ich erzähl dir jetzt etwas. Und ich sage es genau einmal. Mein Vater ist *nicht* der Strumpfmasken-Dieb. Er ist nicht im Gefängnis und deshalb muss er auch nicht ausbrechen. Er hat eine Rechtsanwältin. Heute Abend ist er wieder zu Hause. Und die Polizei wird aufhören, ihn zu verdächtigen, sobald man den echten Strumpfmasken-Dieb gefunden hat.«

»Genau! Das ist hervorragend!«
Lewis klatscht vor Begeisterung so laut in die Hände, dass Carol und Uria und der etwa 40-jährige Mann, der gerade an der Theke steht und sich für seine Frau ein Stück weißen Schokoladenkuchen zum Mitnehmen einpacken lässt, zu ihm herüber sehen.
»Genau das machen wir«, sagt Lewis.
Bernadette sieht ihn sprachlos an.
»Wir finden den echten Strumpfmasken-Dieb!«

Szene 12: **Uria**

Die drei schauen sich schweigend an. Gut, um genau zu sein: Lewis starrt Bernadette und Charly an, Bernadette schaut Lewis und Charly an und greift nach Charlys Hand, und Charly wendet seinen Kopf in die falsche Richtung, ein bisschen zu weit nach links, knapp an Lewis vorbei.
Charly nimmt ein Stück von seinem Croissant. Viel ist nicht mehr übrig davon. Mit seiner bandagierten linken Hand hält er den Teller fest. Mit der rechten fährt er tastend über den Tellerrand. Müsste da nicht noch etwas übrig sein?
»Jetzt kommt schon, Leute«, sagt Lewis. »Wir schaffen das. Wir finden den Kerl!«
Bernadette ist skeptisch.
»Und wie sollen wir das machen? Die Polizei vielleicht, aber wie sollten *wir* ihm auf die Spur kommen?«
Charly steckt sich das letzte Stück in den Mund. Wie er so ordentlich essen kann, ohne zu sehen, was er vor sich hat, war

Bernadette schon immer ein Rätsel. Über dem Teller reibt er sich die Krümel von den Fingern.
Tief in seinem Innern fühlt Charly sich, als wäre er ein Fahrradlenker, der in beide Richtungen zugleich gezerrt wird. Einerseits weiß er, dass Bernadette völlig recht hat. Er, sie und Lewis gäben ein wenig überzeugendes Detektiv-Team ab: die drei Fragezeichen – nur dass einer von ihnen blind ist!

Die Nacht ist kalt und Charly Jonas und sein Freund Lewis Shaw – beide in T-Shirts und Windjacken – finden sich in einem finsteren Wald wieder und bleiben vor einem alten Schloss stehen.
»Verflucht«, flüstert Lewis. »Glaubst du, die Mistkerle sind da drin?«
»Verflucht«, erwidert Charly leise. »Wir müssen es rausfinden. Aber wir dürfen keinen Mucks von uns geben.«
Lewis geht voran.
»Pass auf die Fußangel auf.«
»Was für eine Fußangel?«
»Die genau vor dir, neben dem Stolperdraht.«
»Was für ein Stolperdraht?«
»Der, der an dem großen Gong befestigt ist.«
Charly geht einen Schritt weiter ...

Er weiß, dass Lewis' Idee absolut verrückt ist. Trotzdem! Er will irgendetwas tun. Irgendetwas, um die Unschuld seines Vaters zu beweisen. Es wäre das Größte, seinem Vater vor laufenden Kameras die Hand zu schütteln und zu hören, wie er ihm leise »Danke« zuflüstert.
»Die Polizei? Quatsch, vergiss die Bullen!«, sagt Lewis verächtlich. »Die denken ja gar nicht daran, nach einem weiteren Ver-

dächtigen zu suchen. Ich habe Captain Davicki in den Nachrichten gesehen. Der hat seinen Schuldigen und er hat genug Beweise: der aufgebrochene Geldautomat, die gestohlene Kohle und die Augenzeugen. Der hat seinen Delinquenten. Zack. Aus. Suche abgeschlossen.«

»Seinen *Delinquenten?*«

»Na klar. Was ist denn los mit euch, Leute? Habt ihr keinen Fernseher? Delinquent ist Polizeislang für Täter. Der Verbrecher.«

»Aha. Das heißt also, ein Delinquent oder mehrere sitzen jetzt irgendwo, lassen die Köpfe rauchen und brüten weitere Pläne aus. Hab ich das richtig verstanden?«

»Verdammt. Charlys Vater braucht unsere Hilfe«, sagt Lewis ungeduldig.

»Das weiß ich auch«, blafft Bernadette zurück. »Aber wie zum Teufel sollen wir etwas schaffen, was nicht einmal die Polizei schafft?«

Genau diese Frage beschäftigt auch Charly. Aber in einem Punkt hat Lewis vielleicht recht. Wenn die Polizei von der Schuld seines Vaters überzeugt ist, wird sie nicht länger nach dem wahren Täter suchen.

Uria kommt an ihren Tisch geschlappt. Charly riecht seine Anwesenheit schon lange, bevor er das erste Wort sagt.

»Wollte nur mal kurz Hallo sagen«, begrüßt Uria sie. »Schön euch zu sehen, Bernadette und Charly.«

»Hallo Uria. Sag mal, wie kommt es, dass du es dir leisten kannst, hier zu essen?«, fragt Bernadette.

Der Geruch wird stärker. Er lehnt sich über den Tisch. »Totaler Wahnsinn«, erklärt er. »Das Geld war einfach plötzlich da, wie aus dem Nichts. Wollt ihr die Geschichte hören? Wartet, ich erzähle es euch.«

Charly hört das Kratzen von Metall auf den Fliesen. Uria zieht sich einen Stuhl an den Tisch.

»Heute Nachmittag war das. Ich saß einfach da und habe nichts Besonderes gemacht, wie immer.«

»Uria sitzt immer vor unserem Haus auf dem Gehweg, in der Nähe der Bushaltestelle«, kommentiert Charly für Lewis.

»Genau. Ich sitze also da und reibe mir den Knöchel, nachdem mir irgend so ein reicher Schnösel mit seinem Regenschirm eine verpasst hat. Da schaue ich auf und plötzlich ist es da und flattert durch die laue Herbstluft wie ein himmlischer Traum«, erzählt Uria mit einer unerwartet poetischen Ader. »Ich stehe auf und gehe dem Geldschein nach – das war es nämlich, ein Geldschein – wie er so die Straße entlang weht. Und als der Wind nachlässt, schnappe ich mir das Ding mit dem Fuß. Nicht mit dem schmerzenden, mit dem anderen. Und was sehe ich? Einen Zwanzig-Dollar-Schein. Ich stecke ihn in die Tasche und überlege, aus welcher Richtung er gekommen sein könnte … Er kam aus der Richtung des Friedhofs.« Die letzten Worte sind nur noch ein verschwörerisches Flüstern.

Bernadette wundert sich, wie er da so sicher sein kann.

»Den ganzen Tag lang hatte ich den Wind im Gesicht«, fährt Uria fort. »Kam vom Friedhof, ganz klar. Hab ja morgens schon den Rauch von da kommen sehen. Aus dem Schornstein der Krämerei. Nein, wartet, das heißt nicht Krämerei. Na ja, ihr wisst schon, wo sie sie verbrennen.« Seine Stimme wird noch leiser.

»Krematorium«, sagt Charly.

»Genau. Und der Rauch ging in meine Richtung. Denke mal, die haben einen verbrannt, der mir mal was angetan hat, und jetzt sollte ich meine Wiedergutmachung bekommen. Die Entschädigung kam mit dem gleichen Wind, der mir auch die Verbrennung

meines Feindes anzeigte. Der Schein war für mich bestimmt. Also kam ich hierher und bestellte mir ein paar süße Sachen.«
Die drei nicken zustimmend. Sie hätten nichts anderes mit dem Geld gemacht.
Da sind wieder die Kratzgeräusche auf dem Boden. Uria steht auf.
»Na, meine Freunde, lasst's euch schmecken. Ich bin müde. Mein Verschlag hinter der Bushaltestelle ruft mich.«
Er macht sich auf den Weg. Einmal stolpert er noch. Der Knöchel.

»Habt ihr diesen Kerl gesehen?«
Lewis klingt, als hätte er in eine Zitrone gebissen. »Seine Haare haben sich … bewegt.« Er schüttelt sich.
»Keine Ahnung«, sagt Bernadette gleichgültig. »Ich mag ihn.«
»Hat es heute Nachmittag geregnet?«, fragt Charly.
»Geregnet? Nein, der Himmel war blau, oder Lewis?«
»Hm, warte mal. Nein, es hat nicht geregnet. Warum fragst du, Charly?«
»Weiß ich auch nicht. Irgendetwas hat Uria gesagt. Ich frage mich gerade … Was meint ihr? Könnte das Geld, das er gefunden hat, etwas mit dem Strumpfmasken-Dieb zu tun haben?«
»Keine Ahnung«, antwortet Bernadette. »Glaubst du das denn?«
»Ich hoffe es.«

Als Lewis bezahlen will, schüttelt Carol den Kopf.
»Der Alte hat eure Rechnung schon bezahlt.«
»Wow.« Lewis pfeift durch die Zähne. »Vielleicht habe ich mich ja in ihm getäuscht.«
Er geht zur Tür, um sie für Charly aufzuhalten. Bernadette folgt ihnen und wundert sich. Dieser Lewis.

Die drei gehen die Copernicus Street entlang. Charly geht auf der Innenseite und berührt mit seinem Stock immer wieder die Zäune. Sie überqueren die Grant Street und gehen weiter. Auf der gegenüberliegenden Straßenseite stehen große weiße Gebäude, auf ihrer Seite ist ein langer Zaun aus Metall.
Langsam breitet der Abend seine Schatten über den Straßen aus. Es ist warm und windig. Staub wirbelt durch die Luft. Einzelne Zeitungsseiten und Plakate werden vom Wind gegen den Zaun des Friedhofs geweht und verfangen sich in den Stäben.
»Ich rufe von euch aus noch einmal kurz zu Hause an«, sagt Lewis in die Stille. »Meine Eltern möchten Bescheid wissen, wann ich komme, damit sie rechtzeitig aufhören können, sich zu verprügeln.« Er lacht selbstbewusst.
»Was ist denn das? Siehst du das, Lewis? Da vorne!« Bernadette zeigt geradeaus.
»Eine Katze!«, sagt Lewis.
»Ein Hund!«, ruft Bernadette.
»Batman!«, sagt Charly.
»Nein Charly. Da ist wirklich ein Hund. Ja, das ist Casey!«
»Der, der weggelaufen ist? Von dieser Mrs. Wie-hieß-sie-noch?«, erkundigt sich Lewis.
»Jodelschmidt. Ja, genau der. Kommt mit, vielleicht kriegen wir ihn ja.«
Sie zieht Charly mit sich und ruft: »Casey! Hierher! Komm, Casey, komm hierher!«
Casey ist ein schwarzer Pudel – nicht ganz reinrassig, ein Foxterrier dürfte auch mit dabei sein – mit einem krummen Schwanz und einem frechen Gesichtsausdruck. Das liegt vielleicht daran, dass man sein Fell mal wieder schneiden sollte. Eine lockige Strähne hängt ihm vor den Augen. Eins seiner Schlappohren stellt sich

auf, als er hört, dass sein Name gerufen wird. Er sieht sich um und scheint sie anzugrinsen.
»Hierher, Casey. Komm her!«, ruft Bernadette wieder. Er bleibt reglos stehen und sie geht mit ruhigen Schritten auf ihn zu.
Lewis bleibt hinter ihr zurück. »Der beißt doch nicht, oder? Ich hasse kleine, hinterhältige Hunde.«
»Keine Sorge. Casey ist ein lieber Kerl«, sagt Bernadette. »Komm schon, Kleiner. Komm her.«
»Mrs. Schon-wieder-vergessen schien ihn ja unbedingt zurückhaben zu wollen«, murmelt Lewis. »Was meint ihr? Vielleicht springt bei der Sache ja ein Finderlohn raus.«

Der Hund sträubt sich. Hast du schon mal versucht, einen Hund einzufangen, der etwas dagegen hat? Casey springt durch die Gitterstäbe des Zauns und läuft auf den Friedhof. Keiner von ihnen passt durch den Zaun, und selbst wenn sie es könnten, gäben sie sich nicht der Illusion hin, ihn einzufangen.
Die Sonne ist inzwischen hinter den hohen Wohnhäusern verschwunden. Die Dämmerung setzt ein. Hier und da, vor allem zwischen den dunklen Nadelbäumen des Friedhofs, ist es bereits dunkel. Lewis zittert. »Ich muss langsam nach Hause.«
»Ach komm schon. Beim Haupteingang können wir über die Straße gehen.«
Charly steht an der Ecke. Bernadette und Lewis rechts und links von ihm. Mit seinem Stock tastet er nach der Bordsteinkante. Der Verkehr fließt stadtauswärts an ihm vorbei. Irgendwo über ihm verkündet die Ampel ihre stumme Botschaft. Charly versucht sich vorzustellen, wann sie von Rot auf Grün springt, aber es gelingt ihm nicht.
Bernadette und Lewis zucken kurz. Sie haben gesehen, wie das

Signal umgesprungen ist. Charly macht sich bereit. Eine oder zwei Sekunden lang hört er zu, wie der Verkehr sich verlangsamt. Er lehnt sich nach vorn und will losgehen.

»Achtung!«, ruft Bernadette und bekommt ihn gerade noch am Kragen seines Pullovers zu fassen. Er spürt den Windstoß des vorbeifahrenden Wagens, der bei Rot über die Kreuzung gefahren ist.

»Danke, Bernie.«

Charly lässt sich von ihr über die Straße und zum Zugang ihres Hauses führen. Sein Vater ist wieder da und liegt in der Badewanne. Soweit er es einschätzen kann, hat sich seine Mutter immer noch keinen Schritt aus der Küche bewegt.

Lewis ruft zu Hause an und sagt, er mache sich jetzt auf den Weg. Seine Mutter sagt ihm, er könne sich ruhig Zeit lassen. Sein Vater sei zum Bowling gegangen. Als er an der Küche vorbeigeht, sagt er: »Tut mir leid, das mit ihrem Mann.«

Keine Antwort.

Charly begleitet Lewis zur Tür.

»Glaubst du, dass das Geld, das Uria gefunden hat, etwas mit dem Strumpfmasken-Dieb zu tun hat?«

»Keine Ahnung. Aber ich finde, wir sollten es rausfinden.«

»Das finde ich auch.« Er streckt die Hand aus, um seinem neuen Freund auf den Rücken zu klopfen. »Sehe ich auch so, Lewis. Wir sollten es zumindest versuchen.«

Lewis' Wangen färben sich rot.

Bernadettes Mutter ist auf dem Sofa eingeschlafen. Der Fernseher plärrt vor sich hin. Auf dem Tisch liegt eine leere Tüte Chips, weit aufgerissen, um auch noch die letzten Käse-und-Zwiebel-Krümel aus den Ecken rauskratzen zu können. Eine leere Whiskyflasche

liegt auf dem Teppichboden. Mrs. Lyall stöhnt und dreht sich auf die Seite. Wie durch ein Wunder erscheint auf dem Bildschirm ein anderer Sender. Bernadette weiß, dass es kein Wunder ist. Die Fernbedienung liegt unter dem Bauch ihrer Mutter.
Sie schaltet den Fernseher am Standby-Schalter des Geräts aus und geht ins Bett. Ihre Mutter hat eine unruhige Nacht. Immer wieder windet sie sich auf der Couch von einer Seite auf die andere und schaltet den Fernseher ein und aus. Einmal wacht Bernadette von einer Schießerei in einem Western auf, ein anderes Mal von einer Werbung für eine Ausrüstung für Abenteuerurlaube.

Szene 13: **Mrs. Jodelschmidt**

Als Charly aufwacht, hat er eine Idee. Oder nein, eigentlich ist es keine Idee, er hat den Eindruck, er habe ein paar Puzzleteile gefunden, die zusammenpassen könnten.
»Seit wann hat Mrs. Jodelschmidt eigentlich ihren Pelzmantel?«, fragt er seine Mutter beim Frühstück.
Sein Vater ist heute schon früh zur Bank gefahren, um die versäumten Stunden von gestern nachzuholen. Seine Mutter ist ungewöhnlich ruhig.
»Was sagst du? … Das weiß ich nicht, Charly.« Im Hintergrund läuft leise das Radio. Irgendeine ruhige Melodie für Harfe und Streicher.
»Das muss irgendwann in den Sommerferien gewesen sein, oder?«, hakt Charly nach.
»Tut mir leid, ich kann mich nicht erinnern. Hast du deine Vitamintablette genommen?«
»Sind Pelzmäntel eigentlich sehr teuer?«
»Ja, allerdings.«
Charly spürt keine Sonne in seinem Gesicht. Der Himmel ist bedeckt, aber nach Regen fühlt es sich nicht an. Dafür ist die Luft nicht schwül genug.
»Mehr als tausend Dollar?«

Seine Mutter antwortet nicht. Ist sie überhaupt noch in der Küche?
»Glaubst du, dass Mrs. Jodelschmidts Pelzmantel mehr als tausend Dollar gekostet hat?«, wiederholt er seine Frage, diesmal etwas lauter.
»Wie bitte? Ach so. Ich glaube schon.« Sie hat sich nicht von der Stelle gerührt. Sie klingt müde und abwesend. Als das Stück im Radio beendet ist, meldet sich die Stimme eines Nachrichtensprechers. Charly fährt mit den Fingern über die Tischplatte. Toastkrümel, eine klebrige Stelle mit Marmeladenresten, sein Teller. Er ist leer, Charly hat alles gegessen und reibt sich die Hände an seiner Serviette ab.
Nach Meldungen über Afghanistan und den Obersten Gerichtshof sagt der Radiosprecher: »Und nun zu den Lokalnachrichten. Bis zum späten Abend wurde gestern die Befragung eines Mannes fortgesetzt, der mit den Raubüberfällen des sogenannten Strumpfmasken-Diebes in Verbindung gebracht wird. Weitere Meldungen hierzu hören Sie …«
Seine Mutter hustet so laut, dass Charly kaum hört, wie sie das Radio ausschaltet. »Ich habe gestern Abend noch einmal mit der Rechtsanwältin telefoniert«, sagt sie. »Charly, ich glaube, ich sollte dir etwas erzählen.«
In der Küche ist es plötzlich so still, dass Charly sein eigenes Herz schlagen hört.

■■■■■

Die Schmerzen in Alfs großem Zeh sind schlimmer geworden. Er kann kaum gehen, beim Fahren muss er Gaspedal und Bremse mit dem linken Fuß treten, was seinen Fahrstil noch holpriger macht als sonst. Charly fragt Bernadette nach Mrs. Jodelschmidts Pelzmantel.

»Ich habe sie zum ersten Mal im Juni damit gesehen«, antwortet sie. »Vielleicht war's auch Juli. Ich erinnere mich jedenfalls noch, dass er aussah, als wäre er viel zu warm für die Jahreszeit. Warum fragst du?«

»Und wann hat der erste Überfall des Strumpfmasken-Diebs stattgefunden?«

»Keine Ahnung.«

»Jedenfalls auch im Sommer, oder?«, fragt Charly.

»Ja, das auf jeden Fall. Aber warum willst du das wissen?«

»Findest du es nicht auch komisch, dass Mrs. Jodelschmidt genau zu der Zeit so reich geworden ist, als der Strumpfmasken-Dieb mit seinen Überfällen begonnen hat? Ich habe mich gefragt, ob es da nicht vielleicht einen Zusammenhang gibt.«

»Aber du willst doch nicht behaupten, dass Mrs. Jodelschmidt der Strumpfmasken-Dieb ist, oder?« Sie lacht. »Du vergisst die Augenzeugen. Außerdem gibt es die Videos der Überwachungskameras, die hab ich gestern Abend noch im Fernsehen gesehen. Und da war weder eine kleine und gebrechliche, ältere Dame noch ein Pelzmantel zu sehen. Eher ein mittelgroßer Mann mit dunklem Anzug.

»Wie mein Vater.«

»Ja, wie dein Vater. Und wie tausende andere Männer. Was ist denn heute Morgen mit dir los?«

Er antwortet nicht und zuckt mit den Schultern.

»Jetzt sag schon. Was ist los? Machst du dir Sorgen wegen deines Vaters? Kann ich verstehen. Geht mir mit meinem ja auch nicht anders.«

Bremsen quietschen und der Bus bleibt abrupt stehen. Charly wird gegen die Lehne des Sitzes vor ihm geschleudert und ein Fahrgast landet auf Bernadettes Schoß. »Hallihallo, junge Dame!«, lallt eine schmierige Stimme. Charly hat einen beißenden, unangenehmen Geruch in der Nase.

»Verschwinde!« Charly hört ein Klatschen. »Weg da, du Ochse!«

»'Tschuldigung.« Die schmierige Stimme wird leiser.

»Mama und ich ziehen um«, sagt Charly. Der Bus fährt weiter.

»Was?«

»Mama hat es mir heute Morgen gesagt. Wenn mein Vater angeklagt wird, bedeutet das einen riesigen Medienrummel. Ständig wird die Presse ihm auflauern – und uns auch. Deswegen meint seine Anwältin, es wäre wohl besser für uns, von hier wegzugehen. Es kann also passieren, dass wir bald umziehen, vielleicht für immer.«

»Scheiße!«

Charly ist überrascht. Bernadette hat noch nie geflucht.

»Meine Mutter hat schon mit ihrem Chef gesprochen. Er hat eine neue Stelle in Seattle angeboten bekommen und meinte, er könne sie als seine Assistentin mitnehmen. Eine andere Kollegin erzählte von ihrer Schwester in Winnipeg. Da sucht man wohl gerade nach Sozialarbeiterinnen.«

»Winnipeg? Seattle? Das sind riesige, stinkende Müllhaufen. Außerdem ist das wahnsinnig weit weg, Charly. Da könntet ihr ja gleich nach Asien gehen.«

»Deswegen fühle ich mich heute Morgen etwas bedrückt.«

»Mist-Stadt!«, schimpft Bernadette. »Nein, das reicht nicht. Mist-Land! Mist-Kontinent! Mist-Welt!« Das Fluchen scheint eine befreiende Wirkung zu haben, aber lang hält sie nicht an. Ungefähr so, wie es sich anfühlt, wenn man durch Kratzen einen Mückenstich loswerden will.

Die Frau in der Reihe vor ihnen dreht sich um und schüttelt den Kopf. »Scheiß-Welt«, flucht Bernadette noch einmal, der Frau genau ins Gesicht. Angewidert dreht sie sich wieder um.
Der Busfahrer muss scharf bremsen, da der Fahrer vor ihm sein Auto abgewürgt hat. Es wird laut gehupt. Bernadette nimmt Charlys Arm.
»Und wer soll dich in Winnipeg morgens zur Schule bringen?«, bricht es aus ihr heraus. »Wer soll in Seattle neben dir im Bus sitzen? Was soll denn ohne mich aus dir werden?«
»Ich weiß es nicht.«
Und mit ruhigerer Stimme, als sollte es niemand hören, fügt sie hinzu: »Und was soll ohne dich aus *mir* werden?«

Charly erzählt ihr ausführlicher, was seine Mutter gesagt hat.
»Noch ist ja nichts beschlossen. Sie haben meinen Vater vorerst nicht festgenommen und noch weiß kaum jemand, wer er ist. Die Anwältin geht im Moment davon aus, dass die Polizei sich noch ein paar Tage Zeit lassen wird, ehe sie weitere Schritte unternehmen«, erklärt er seufzend. »Heute ist Mittwoch. Wenn wir ihm helfen wollen, brauchen wir dringend eine erste Spur.«
»Denkst du an Lewis' Plan? Meinst du wirklich, wir sollen den Strumpfmasken-Dieb suchen?«
»Ja, deshalb habe ich dich nach Mrs. Jodelschmidts Pelzmantel gefragt.«
»Aber du weißt doch, dass sie es nicht gewesen ist.«
»Aber vielleicht weiß sie, wo das Geld ist. Wenn wir das Versteck finden, sind wir schon einen großen Schritt weiter. Denk mal nach, Bernie. Wenn wir ihn tatsächlich schnappen könnten, müsste mein Vater nicht ins Gefängnis.«
»Und du würdest nicht nach Winnipeg ziehen!«

»Genau. Gut, oder?«
»Gut? Das ist *scheißen*gut!«
»Manchmal finde ich dich ein bisschen albern.«

Der Bus hält an, die Tür öffnet sich. Eine laute Frauenstimme ertönt. »Könnten Sie wohl ein Auge auf meinen missratenen Sohn haben?«, ruft sie in Alfs Richtung. »Er hat seine Brote vergessen und ich musste ihm den ganzen Weg hinterherlaufen!«
»Ist ja gut, Mama«, sagt eine andere Stimme. »Ich hab mich doch schon entschuldigt.«
Charly erkennt die Stimme.
»Weißt du eigentlich, wie hart ich arbeiten muss, damit du genug zu essen hast, Lewis? Weißt du das? Ohne mich würdet ihr doch glatt verhungern, dein Vater und du!«
Die Tür schließt sich wieder.

Die drei gehen zusammen über den Schulhof. Lewis ist ganz aus dem Häuschen.
»Wir schaffen das«, ruft er. »Wir finden den Mistkerl und retten Charlys Vater. Das ist phantastisch! Heute nach der Schule komme ich mit zu euch, dann können wir gleich loslegen. Charly, du musst mir alles erzählen, was du von der Hunde-Frau weißt. Meinst du, wir sollten sie beschatten?«
»Mrs. Jodelschmidt beschatten? Wieso denn das?«
»Weil man das eben so macht als Detektiv. Wir verfolgen sie rund um die Uhr und irgendwann führt sie uns zu einer weiteren Person.«
»Und dann?«, fragt Bernadette skeptisch. »Verfolgen wir die?«
»Ganz genau.«

Als sie das Klassenzimmer betreten, sitzt Mr. Floyd auf seinem Stuhl und hat die Füße vor sich auf dem Tisch liegen. »Tag, ihr drei«, begrüßt er sie. »Hi, Charly. Hi, Bernadette. Hi, Lewis.« Er trägt ein T-Shirt und eine gelbe Hose, bemerkt Lewis bewundernd. Und er erinnert sich an meinen Namen.
»Sie sind echt cool«, sagt er.
»Ich weiß«, sagt Mr. Floyd.

Den ganzen Morgen über muss Charly immer wieder an seinen Vater denken. Er kann sich nicht vorstellen, was wäre, wenn er wirklich ins Gefängnis käme. Er ist doch kein Verbrecher. Was hat er mit den Leuten zu tun, die im Gefängnis sitzen? Er denkt an Drogendealer, Mörder, Psychopathen. Sein Vater zwischen all diesen Leuten? Lächerlich! Wenn er doch nur darüber lachen könnte.
So weit darf es nicht kommen.
Charly ist stolz darauf, dass er sich nicht von allen möglichen Dingen aus der Ruhe bringen lässt. Da er weiß, wie oft er von anderen abhängig ist, hat er sich damit abgefunden, nicht alles kontrollieren zu können. Wenn man in der Lage ist, den Dingen einfach ihren Lauf zu lassen, ist das auch eine Art Kontrolle. Was dich nicht wirklich etwas angeht, kann dir auch nicht wehtun.
Wenn sein Vater ins Gefängnis müsste, wäre das etwas anderes. Wenn er von Bernadette wegziehen müsste, wäre das etwas anderes. Beide sind ihm sehr wichtig.
Nein, so weit darf es nicht kommen!

In der ersten Stunde haben sie Englisch. Es geht um den Umgang mit Sprache. Mr. Floyd spricht von der Bedeutung von Gefühlen. Er sagt, manchmal verdecken die Worte das, was man eigentlich sagen will. Gefühle sind eine direktere Art der Verständigung. Wut, Verlustängste, Panik, Rachegelüste … all das sind starke Impulse, erklärt er. Sie verraten einem unmittelbar, was sich wirklich in einem Menschen abspielt und warum er der ist, der er ist.

Charly tippt mit, was Mr. Floyd sagt, und überprüft am Ende der Stunde seine Notizen. Sein *Louis Light 200* zeigt auf einer Leiste das Geschriebene in Braille-Schrift an. So kann er alles noch einmal lesen und bearbeiten.

Links von ihm spürt er eine deutliche Unruhe. Jemand holt geräuschvoll Luft. Rachel.

»Ich verstehe nicht, wie uns das bei dem Aufsatz weiterhelfen soll, Sir«, fragt sie verwirrt. »Sie wissen schon, der Aufsatz über die Dinge, die wir im Sommer nicht erlebt haben. Ich komme damit nicht weiter.«

Ein Stöhnen geht durch die Klasse. Die meisten Lehrer würden jetzt ebenfalls seufzen. Mr. Floyd aber nicht.

»Okay, Rachel. Beantworte mir mal ein paar Fragen«, beginnt er. Seine Stimme klingt ermutigend. Vielleicht lächelt er auch. Er lacht sie nicht aus.

»Du warst in den Ferien in einem Sommercamp, oder?«

»Hm-hmm.«

»*Warum?*«

»Warum ich …?«

»Warum warst du in dem Sommercamp?«

»Weil meine Eltern mich da angemeldet haben.«

Leises Kichern von hinten.

»Okay, das hat nichts mit Gefühlen zu tun. Andere Frage. Wie hat es sich angefühlt, im Camp zu sein?«
»Ähm … heiß«, sagt sie nach einigem Überlegen. »Und es hat gejuckt.«
Gelächter.
»Es gab überall Mücken«, erklärt Rachel verärgert. Charly hört Bernadette vor sich hinbrummen. Sie mag Rachel nicht besonders. Von hinten grölt jemand: »Oh, Mann! Wie krank ist das denn?«
»Okay, dann versuchen wir es mal mit einem anderen Gefühl«, schlägt Mr. Floyd vor. »Mit einem richtigen. Also, Leute. Was fühlt ihr jetzt, genau in diesem Moment! Du da hinten, in der letzten Reihe.«
»Ich?«
Charly erkennt die dunkle, träge Stimme. Er hat sich Wayne herausgepickt. »Reden Sie mit mir?« Träge wie ein Leguan kriechen die Worte aus seinem Mund.
»Ja, genau dich meine ich. Sag schon, was fühlst du gerade?«
Längere Pause.
»Nichts.«
»Nichts?«
Die nächste Pause. »Langeweile … oder so.«
Gelächter in der Klasse. Mr. Floyd lacht mit. Charly hört Lewis' Stimme. »Gelangweilt! Ha, so sind wir, hier hinten in der letzten Reihe!«
»Und der Rest von euch? Gibt es jemanden, der außer Langeweile noch etwas anderes fühlt? Okay, dann machen wir es anders. Denkt an die Sommerferien. Erinnere dich, Rachel, und überlege dir, was hätte passieren können, wenn du irgendwann von einem starken Gefühl übermannt worden wärest. Sagen wir, von Wut.«

»Wut?«
»Ja, richtige Wut. Was wäre im Camp passiert, wenn du einmal einen richtigen Wutanfall gehabt hättest?«
Die Klasse ist plötzlich totenstill. Acht, neun Sekunden lang. Dann ertönt eine krächzende, speichelgetränkte Stimme.
»Ich hätte es abgefackelt!«
Frank.
Es läutet zur Pause.
»Na, geht doch.« sagt Mr. Floyd. »Okay, wir machen in der nächsten Stunde weiter. Und Rachel, du kannst deinen Aufsatz als Erste vorlesen.«

Szene 14: **Mr. Underglow**

»Verzeihung.«
Eine höfliche, wohlklingende Stimme, wie von einem Nachrichtensprecher. Zögerliche, tapsende Schritte. Charly erkennt beides wieder.
»Verzeihung, ist das hier Mr. Floyds Klasse?«
»Wer will das wissen?«, antwortet Mr. Floyd auf seine typisch coole, witzige Art.
»Wie bitte?«
Bernadette tippt Charly auf die Schulter. »Das ist dein Betreuer«, raunt sie ihm zu. »Der Typ mit dem goldenen Regenschirm. Erinnerst du dich an sein Gezeter bei dem Einführungstag, als die Kamera umfiel? *Hilfe! Hilfe! Ich fürchte, ich verliere das Gleichgewicht!*«

Charly kichert. Bernadette ist einfach super im Imitieren von Stimmen.
»Mein Name ist Titus Underglow der Dritte«, stellt er sich vor. »Ich bin der persönliche Betreuer von Charles Fairmile. Mein Erscheinen war ursprünglich bereits für gestern vorgesehen, doch leider wurde ich … aufgehalten. Als ich nachmittags eintraf, sagte mir die Direktorin, Charles sei bereits gegangen. Ist das hier die Klasse von Mr. Floyd?« Weitere zögerliche Schritte, Mr. Underglow betritt das Klassenzimmer.
Es gibt Stimmen, denkt Charly, die immer zu lächeln scheinen. Dann gibt es noch die anderen, die wie eine gerunzelte Stirn klingen, Adrienne fällt ihm ein. Wenn Mr. Underglow den Mund aufmacht, hat man das Gefühl, er würde dir mit jedem Wort sanft den Kopf tätscheln. Als er am Orientierungstag hilflos in einem Haufen von Leuten lag, hörte er sich an, als wolle er jedem Einzelnen gern etwas Gutes tun.
»Ich bin Floyd. Wollen Sie Charly gleich mitnehmen, Mr. Underglow?«
»Nein, das wird nicht nötig sein. Ich benötige lediglich Ihre Aufzeichnungen, Mr. Floyd, damit ich sie für Charles braillen kann.«
»Braillen?«
»Ja, ich muss sie aus Ihrer Schrift in die Braille-Schrift übertragen, damit Charles seine Hausaufgaben machen kann. Haben Sie meine diesbezügliche Nachricht nicht erhalten?«
Bernadette tippt Charly noch einmal auf die Schulter.
»Er hat schon wieder seinen goldenen Regenschirm dabei. Und er klingt noch immer wie ein selbstverliebter Bob The Snob.«
»Wie wer?«
»*Bob The Snob*!«
»Psst!«

Schritte nähern sich. Erster Fuß, zweiter Fuß, das Klicken des Regenschirms auf dem Boden. Charly lächelt in die Richtung, aus der die Schritte kommen.

»Hallo Mr. Underglow«, sagt er freundlich und streckt ihm eine Hand entgegen.

»Hallo Charles. Es freut mich sehr, dich wiederzusehen.« Underglows Hand fühlt sich sanft an. »Ich werde am Nachmittag wiederkommen. Bis dahin habe ich alle Texte übertragen, die du brauchst. Aha, ich sehe, du verwendest einen *Louis Light 200.* Soll ich dir auch die Notizen deiner Lehrer von gestern übertragen?«

»Ja, gern.« Auf Knopfdruck wirft sein Gerät eine CD aus und Charly gibt sie ihm.

»Sehr gut, mein Junge.« Charly spürt förmlich die Hand, die seinen Kopf tätschelt. »Ich begleite dich dann auch gern bis zum Parkplatz und warte mit dir auf deine Eltern. Holen sie dich ab oder hat man einen Transportservice für dich organisiert?«

»Weder noch«, erklärt Charly. »Ich fahre mit Bernadette im Bus.«

»Wie bitte? Ach ja, Bernadette. Ich glaube, ich erinnere mich.« Der Ton seiner Stimme hat sich leicht verändert. Ein etwas weniger sanftes Tätscheln für Bernadette. »Wann kommt sie denn?«

»Ich bin schon da.«

Ihre Stimme klingt laut und etwas biestig, verglichen mit der von Mr. Underglow.

»Hallo! Hier bin ich. Juuuhu! Erinnern Sie sich an mich?«

Charly kichert in sich hinein. Bernadette kann es nicht ausstehen, wenn man sie ignoriert.

»Ach. Hallo Bernadette. Ich bin Mr. Underglow.«

»Ja, ich weiß. Der dritte von Ihrer Sorte.«

Eine kurze Pause, nicht länger als ein Schlucken. »Ich warte dann in meinem Büro, direkt neben dem der Direktorin. Glaubst du, du wirst es finden?«
»Wird zu schaffen sein«, schnappt Bernadette ihn an. »Und wenn ich mich verlaufe, kann ich ja jemanden um Hilfe bitten. Würden Sie mich jetzt bitte entschuldigen? Ich würde gern meine Mathematikaufgabe beenden. Charly, wir suchen die Variable für X, wenn Y gleich vier ist.«
Mr. Floyd schmunzelt versteckt. »Genau, Bernadette. Macht weiter. Wenn Sie sich noch ein wenig umschauen wollen, Mr. Underglow, tun Sie sich keinen Zwang an. Ja, Rachel? Was gibt's?«
Er verlässt seinen Platz vorn an der Tafel. Mr. Underglows Schritte bewegen sich in Richtung der letzten Reihe.
»Wo ist eigentlich Gideon?«, flüstert Bernadette. »Er ist ziemlich spät dran heute.«
»Er war gestern auch schon ziemlich spät dran«, antwortet Charly.
Bernadette hat nicht vor, Charly und seiner inneren Uhr zu widersprechen. »Das ist komisch. Er sagt zwar nicht viel, aber trotzdem vermisse ich ihn.« Vielleicht liegt es daran, dass sie gerade in Franks Richtung geschaut hat. Der Schläger ballert mit Popelgeschossen um sich. Er hat seinen Kopf nach hinten gebeugt, hält sich ein Nasenloch zu und feuert aus dem anderen. Kleine, harte Rotzklumpen fliegen um ihn herum.
Er bemerkt ihren Blick, grinst sie an und dreht den Kopf so, dass die Raketenabschussbasis auf sie gerichtet ist. Sie schüttelt sich und wendet den Blick ab.

Szene 14a: Rachels Aufsatz

Da war ich also, im Camp Lake Silver, und es war traumhaft. Der ganze Juli war einfach wundervoll. Es war wie die Erfüllung all meiner Wünsche. Ich war das beliebteste Mädchen im ganzen Camp. Von dem Moment an, als ich aus dem Bus stieg, war ich so etwas wie die Prinzessin. Ihr hättet sehen sollen, wie die anderen Mädchen mich angegafft haben. Wie neidisch sie auf meine Kleidung waren und darauf, wie gut mir alles stand. Nicht eine Einzige von ihnen hat gesagt, meine Shorts sähen albern aus, und niemand kam auf die Idee, mich Salami-Hüfte zu nennen.

Ich war im besten Haus von allen untergebracht. Wir hatten den Namen ›Die Falken‹ und nur die tollsten Mädchen gehörten dazu. Alle fanden mich hübsch und niemand hat sich darüber lustig gemacht, wie ich gehe oder mein Müsli esse. ›Wow, Rachel‹, sagten sie immer. ›Ich wünschte, ich könnte mein Müsli auch so toll essen wie du! Wie bist du nur auf die Idee gekommen, den Löffel so zu halten?‹ Und ich? Ich lächelte nur und sagte: Tja.

Es soll ja manchmal Feriencamps geben, in denen man von Mückenplagen genervt wird. Aber in Camp Lake Silver – keine Spur. Und die ganzen drei Wochen lang hat es nicht ein einziges Mal geregnet. Eines Morgens, als ich bei strahlendem Sonnenschein von einem erfrischenden Bad im See zurückkam, fand ich die anderen Mädchen in heller Aufregung. Überall krochen eklige Käfer herum, überall! Die anderen heulten, schlugen nach den Käfern und kratzten sich. Ihre Arme und Beine waren übel angeschwollen und voller Pustel. Die Armen, dachte ich nur und sagte: Tja.

Ich war der Star des ganzen Camps. Bei jedem Wettbewerb wurde ich Erste. Während des Lagerfeuers am ersten Abend fand ein Wettschwimmen statt. Ich schwamm einmal durch den ganzen

See – kein Problem für mich. Und wieder zurück. Das hatte noch niemand vor mir geschafft. Die Lagerleiter waren richtig beeindruckt. Beim Kanurennen wollten alle mit mir in einem Kanu fahren. Ich entschied mich für Stacey, weil sie die größte und hübscheste von den anderen war. Sie war mir von allen Mädchen noch am ähnlichsten. Wir ruderten richtig, richtig schnell über den See und lagen weit in Führung, und wir hätten auf jeden Fall gewonnen, wenn Stacey nicht kurz vor dem Ziel ins Wasser gefallen wäre. Das Kanu kenterte und wir mussten die anderen vorbeiziehen lassen. Die arme Stacey. Wie nass sie war und wie sie sich geschämt hat! Hundert Mal hat sie sich bei mir entschuldigt, und wisst ihr, was ich gemacht habe? Ich lachte nur und sagte, das sei schon in Ordnung. Ich habe ihr verziehen und wir blieben die besten Freundinnen.
Das ist meine Geschichte von den Dingen, die im letzten Sommer nicht passiert sind. Aber so hätte es kommen können, und ich wünschte es wäre so.

Rachel Danowski

Rachel räuspert sich und setzt sich wieder hin. Mr. Floyd bedankt sich bei ihr und fragt in die Klasse, ob es irgendwelche Fragen oder Kommentare gebe. Lewis meldet sich.
»Eine Sache habe ich nicht verstanden. Was heißt *Salami-Hüften*?« Er lehnt sich nach vorn und schaut Rachel neugierig an. »Meinst du damit, dass die Hüften fett waren? Oder schmierig? Oder wie sahen die aus? Kapier ich nicht ganz.«
Niemand sagt etwas. Rachel hat den Kopf gesenkt. Adrienne seufzt laut. Jetzt meldet sich Bernadette. »Mich würde interessieren, wie Rachel ihr Müsli isst.«

Gideon taucht den ganzen Tag lang nicht auf. Mr. Underglow III. begleitet Charly durch den Flur nach unten. Bernadette geht allein zu ihrem Schließfach. Abrupt bleibt sie stehen. Sie kann nicht fassen, was sie da sieht.

Szene 15: Strichmännchen

Angewidert steht Bernadette vor ihrem Spind. Die Tür ist von oben bis unten mit ekelhaften Strichmännchen beschmiert. Alle Figuren haben lockige Haare, so wie sie. Die Münder sind weit geöffnet und schreien. *AAAH!* Überall sind Sprechblasen. Wie in Comics: *AAAH!*

Frank.

Sie sieht sich um. Er ist nicht da. Weiter unten im Gang werden Türen zugeschlagen. Die Schule ist aus und alle wollen nach Hause.

Jede der Figuren ist unvollständig – verletzt, könnte man sagen. Bei zweien fehlt ein Bein, eine hat nur einen Arm. Eine andere besteht nur aus dem Kopf mit Locken und offenem Mund: *AAAH!*

Bernadette spürt, wie ihre Kehle austrocknet. Sie muss es sich eingestehen: Sie hat Angst. Angst vor ihm.

Noch einmal sieht sie sich um. Er ist nicht da.

Charly ist bei Titus *Der Regenschirm* Underglow dem Dritten. Sie warten darauf, dass sie kommt, um Charly beim Tragen seiner Bücher zu helfen.

Was soll sie jetzt machen? Sie steckt die Hände in die Taschen, damit sie aufhören zu zittern. Sie ist auf sich allein gestellt, wie

immer. Und sie hat keine Ahnung, wie sie mit der Situation umgehen soll.
Sie muss wieder an Gideon denken. Warum war er nicht in der Schule? Sie schluckt.
»Was ist *das* denn?«, fragt Wie-hieß-sie-noch-gleich, das Blondchen. Rachel.
»Graffiti«, sagt Bernadette knapp und schließt ihren Schrank.
»Ach du … oh mein …«, stammelt Rachel. Ihre kleine Stupsnase legt sich in Falten und sie verzieht den Mund. »Das ist ja furchtbar. Du solltest das sauber machen.« Sie verschwindet in Richtung Ausgang.
»Tolle Idee, vielen Dank.«
Adrienne die Mürrische kommt vorbei, eine braune Ledertasche lässig über der Schulter. Verdutzt starrt sie auf Bernadettes Schließfach. »Wer war *das* denn?«, fragt sie. »Was für 'ne Sau.«
»Frank, schätze ich.«
Adrienne schüttelt den Kopf. »O-oh. Na dann, viel Spaß.« Und schlendert weiter.
Bernadette hat den Eindruck, die Dinge wachsen ihr über den Kopf. Ihr Alltag ist auch so schon kein Zuckerschlecken: In der Schule kümmert sie sich um Charly, zu Hause um ihre Mutter. Dann ist da ständig die Frage, was ihr Vater macht. Und zu all dem kommen jetzt auch noch Charlys Vater und die Sache mit dem Umzug.
Da bleibt kein Platz mehr für einen Frank. Und trotzdem ist er da. Wie soll sie ihn sich vom Leib halten? Wie soll sie es anstellen, dass sie sich nicht ständig fragt, was er sich als nächstes ausdenkt? Er ist stärker und brutaler als sie, und er hat es darauf abgesehen, ihr wehzutun. Wie sollte sie sich da keine Sorgen machen?

Sie packt ihre Bücher ein und läuft die Treppe runter. Aber ruhig ist sie nicht. Vor sich sieht sie die Sprechblasen: *AAAH!*

»Nun, Charles«, sagt Mr. Underglow, »da wir das ganze Jahr über miteinander zu tun haben werden, meine ich, wir sollten uns ein bisschen besser kennenlernen. Ein paar Dinge weiß ich bereits von dir, und ich nehme an, du möchtest auch gern mehr über mich erfahren.«
Seine Stimme ist sehr nah an Charlys Ohr. Scheinbar beugt er sich zu ihm herunter. Ein starker Duft nach Seife.
»Mein Großvater, Titus Underglow der Erste, gehörte zu den bedeutendsten und einflussreichsten Männern dieser Stadt. Ein Drittel aller Tacker Nordamerikas stammten aus seiner Fabrik. Sie nannten ihn den Rockefeller des Büromaterials. Als meine Großmutter am Grauen Star erkrankte, spendete er einen Großteil seines Vermögens an Blindeneinrichtungen. Ich habe die Braille-Schrift gelernt, als ich sechs Jahre alt war, auf dem Schoß meiner Großmutter.«
»Aha«, sagt Charly.
»Ich war ihr Lieblingsenkel. Ich versprach ihr, Blinden zu helfen, wenn ich erwachsen wäre. Möchtest du wissen, wie ich aussehe? Du darfst gern mein Gesicht berühren. Großmutter hat das oft getan. Sie sagte, ich hätte das Gesicht eines Heiligen.«
»Aha«, erwidert Charly.
»Hast du irgendwelche Fragen? Ganz egal zu welchem Thema. Möchtest du vielleicht etwas über die Entwicklung der Tacker hören? Meine Großmutter hat mir so vieles darüber erzählt. Wusstest du, dass der erste Tacker für Ludwig den Fünfzehnten von Frankreich entwickelt wurde? Natürlich verging danach noch viel Zeit, ehe er gegen Ende des 19. Jahrhunderts perfek-

tioniert wurde. Der Underglow-Patent-Tacker war das offizielle Standardprodukt der 1940er Jahre. In allen Filmen dieser Zeit, in denen Schauspielerinnen wie Rosalind Russell oder Ida Lupino Sekretärinnen spielten, werden immer nur Underglow-Tacker benutzt.
»Und Titus Underglow der Zweite?«, fragt Charly.
»Wer?«
»Ihr Vater.«
»Ich rede nicht gern über meinen Daddy.«

Es klopft an der Tür, zweimal kurz, zweimal lang. Dann öffnet sich die Tür. »Na bitte«, sagt Bernadette. »Ich wusste doch, dass ich es finde. Charly, du glaubst nicht, was dieser Schwachkopf Frank gemacht hat.«
Mr. Underglow legt Charly die Hand auf den Arm, um zu signalisieren, dass er mit ihm spricht. »Also, du hast die CD mit den Hausaufgaben. Mit dem Sprachprogramm kannst du dir die Aufgaben auch vorspielen lassen. Du hast doch ein Sprachprogramm, oder?«
»Ähm, ja«, sagt Charly.
»Gut. Also, es gibt eine Menge zu tragen. Kannst du gemeinsam mit … ähm …«
»Bernadette«, sagt sie laut und deutlich.
»Könnt ihr alle Bücher in euren Rucksäcken unterbringen?«
Braille-Texte sind viel länger als gedruckte. Allein Charlys Mathe-Buch nimmt einen großen Teil im Regal hinter Mr. Underglows Schreibtisch ein. Bernadette war darauf vorbereitet. Seit der ersten Klasse trägt sie schon Braille-Bücher aus der Schule nach Hause. Sie packt den Rucksack bis oben hin voll und steht auf. Die Ecken der Bücher pieken durch den Stoff in ihre Schulter.

»Auf Wiedersehen, Charles«, sagt Mr. Underglow. »Bis morgen.« Bernadette verabschiedet sich mit betont lauter Stimme von ihm. Keine Reaktion.

Sie schlendert durch den Flur. Charly hält sich an ihrem Arm fest und beeilt sich, mit ihr Schritt zu halten. »Mr. Underglows Oma war blind«, sagt er. »Deshalb interessiert er sich für mich.«
»Na, für mich interessiert er sich jedenfalls nicht, *Charles*«, sagt sie mit seiner Stimme.
»Hey! Pass doch auf!«
Charly rempelt jemanden an. »Entschuldigung«, sagt er. Bernadette zieht ihn weiter.
»Tür.« Sie hält sie für Charly auf. »Treppe runter.« Sie geht langsam, damit er die ersten Stufen in Ruhe gehen und sich an die Abstände gewöhnen kann. »Noch zehn Stufen«, sagt sie und geht zügig weiter.
»Ist das der Weg zum Ausgang?«, fragt Charly.
»Nein, Blödmann, das ist der direkte Weg in die Hölle.«
»Ich frage mich, warum Mr. Underglow nicht über seinen Vater sprechen will. Glaubst du …« Charly stolpert fast, als sie unten sind. »Hey! Das waren elf Stufen.«
»Sorry, meine Schuld.« Sie zieht ihn weiter. »Tür. Ah, Lewis wartet auf uns. Gut, dann kann er gleich ein paar Bücher tragen.«

Szene 16: Operation Jodelschmidt

Um halb vier am Nachmittag ist der Flur in ihrem Haus leer. Holzvertäfelte Wände, ein schmutziges Fenster, eine schlaffe Zimmerpalme, zwei Kunstleder-Sofas und ein Teppich in gedämpftem Braun mit ein paar Brandlöchern. Küchenduft hängt schwer in der Luft. Charly, Bernadette und Lewis stehen beim Fahrstuhl. Die Geräusche verraten, dass er gerade herunterkommt.

»Okay, Lewis«, sagt Bernadette. »Du hast gesagt, du hättest einen Plan. Da sind wir also. Wie geht's jetzt weiter?«

Lewis lässt seine Blicke aufmerksam durch den Flur schweifen.

»Hört zu«, sagt er geheimnisvoll. »Wir beginnen mit der *Operation Jodelschmidt*.« Er greift in seine Tasche und zieht eine dunkle Sonnenbrille heraus. »Ihr beiden geht rauf und sprecht mit ihr. Ich warte hier unten.«

»Verstehe ich nicht«, sagt Bernadette.

Lewis fährt fort. »Du und Charly, ihr besucht Mrs. Jodelschmidt in ihrer Wohnung. Euch kennt sie, euch lässt sie rein. Wenn ihr drin seid, seht euch gut um. Vielleicht liegt irgendwo Geld herum, vielleicht sogar eine schwarze Strumpfmaske. Quetscht sie aus: ›Woher haben Sie denn diesen tollen Pelzmantel?‹, und so Sachen. Bringt sie aus der Fassung, verunsichert sie. Und dann geht ihr wieder. Sobald sie die Wohnung verlässt, hefte ich mich an ihre Fersen. Sie wird mich entweder zum Geld oder zu einer Kontaktperson führen.«

Er hört sich an wie ein Bürgermeister, der der Stadt verkündet, wie er sie reich machen wird.

Bernadettes Mund steht offen.

»Das war's? *Das* ist dein Plan?«

»Yep! Operation Jodelschmidt. Hier, Mantel und Sonnenbrille habe ich dabei«, sagt er stolz und klopft auf seine Manteltasche. »Ich habe sogar das Handy meiner Mutter dabei, damit wir in Verbindung bleiben können. Sie wird denken, dass mein Vater es mitgenommen hat.«
»Du Idiot!«, schimpft Bernadette. »Und wie willst du …«
»Psst!« Die Fahrstuhltür öffnet sich. »Vielleicht ist sie das«, zischt Lewis und schlendert betont lässig durch den Flur zum Fenster.
Bernadette klappt den Mund zu und zieht Charly zur Seite. Desiree Danton kommt aus dem Fahrstuhl.
»Hallo Charly. Wie geht's?«
»Gut, danke.«
»Ach, hallo Bernadette. Ich hab dich gar nicht gesehen. Du bist aber auch so dünn. Von der Seite aus betrachtet bist du wahrscheinlich völlig unsichtbar, haha.«
Normalerweise wäre das eine der Situationen, in denen Bernadette auf das breite Grinsen für Erwachsene umschaltet, aber sie findet den Knopf nicht. Sie nickt nur und sagt gar nichts.
»Schön, ihr beiden. Ich gehe dann mal. Prima Wetter für einen kleinen Nachmittagsspaziergang, findet ihr nicht?«
Sie trägt eine leuchtend bunte Bluse. Bauschig an den Schultern und um die Hüften sehr eng geschnitten. Dazu eine Hose, die aussieht, als wäre sie an die Beine angeklebt. Ihre Hüften schwenken bei jedem Schritt hin und her.
Die Fahrstuhltür schließt sich, er fährt wieder aufwärts.
»Was ist los?«, fragt Lewis erstaunt. »Warum seid ihr nicht raufgefahren? Wollt ihr nicht zu Mrs. Jodelschmidt?«
Bernadette nimmt Charlys Hand und geht mit ihm hinüber zu Lewis. Das Fenster, vor dem er steht, ist zu schmutzig, um gut hindurchsehen zu können. Sie kann nur vage Umrisse der vor-

beifahrenden Autos und des Friedhofszauns gegenüber erkennen. Draußen ist es windig, ein Blatt Papier wird gegen die Scheibe geweht und segelt dann weiter. Direkt danach kommt ein grüngraues Laubblatt angeflattert, landet an der Scheibe und bleibt daran kleben.

»Könntest du deinen Jodelschmidt-Plan noch einmal etwas genauer erklären?«, fragt Bernadette kritisch.

»Wieso? Was meinst du?«

»Geh einfach noch mal alle Punkte durch. Ich will nur sicher sein, dass ich alles richtig verstanden habe.«

Lewis verschränkt die Arme vor der Brust. »Also, ihr geht in ihre Wohnung und fragt sie nach Strich und Faden aus. Das wird sie so sehr beunruhigen, dass sie daraufhin das Haus verlassen wird, um nach ihrem Geld zu schauen, ihren Komplizen aufzusuchen oder was auch immer. Hier komme ich ins Spiel und beschatte sie.«

Wieder hören sie, wie der Fahrstuhl abwärts fährt. Lewis zuckt zusammen. Diesmal könnte sie es sein.

Mit seiner Sonnenbrille sieht er vollkommen lächerlich aus, aber Bernadette beschließt, es für sich zu behalten. Sie beschäftigt etwas anderes. »Du hast diese Frau doch nur einmal ganz kurz gesehen. Würdest du sie überhaupt wiedererkennen?«

Schweigen. Die Fahrstuhltür öffnet sich, aber niemand steigt aus.

»Hmm … ich glaube nicht«, muss Lewis zugeben.

»Und wie soll dein Plan dann funktionieren? Woher willst du wissen, wen du verfolgen sollst?«

Lewis nimmt seine Sonnenbrille ab und kaut nachdenklich auf einem der Bügel herum. »Stimmt, das ist eine Schwachstelle in meinem Plan«, gibt er zu.

Bernadette klopft ihm auf die Schulter. »Komm schon. Lewis,

streng dich an. Wir müssen nur noch das Jodelschmidt-Problem lösen.«

»Sie ist nicht schwer zu erkennen. Warte einfach auf eine ältere Dame in Pelzmantel«, schlägt Charly vor. »So viele Pelzmäntel werden schon nicht vorbeikommen, nicht im September.«

Lewis schaut durch das verschmierte Fenster. Mit dem Ärmel reibt er eine Stelle sauber, reckt den Hals nach vorn und kneift die Augen zusammen, um besser sehen zu können.

»Nein! Jetzt seht euch das an!« Er zeigt auf das Blatt, das noch immer an der Scheibe klebt. »Und wie erklärt ihr euch *das*?«

»Herbst, Lewis«, sagt Bernadette. »Kommt jedes Jahr vor.«

»Ach ja?« Lewis hat die Augen weit aufgerissen. Er läuft durch den Flur zur Haustür und ruft ihnen über die Schulter zu: »Dann kannst du mir bestimmt auch sagen, welcher Baum solche Blätter hat!«

Bernadette sieht noch einmal genauer hin.

»Das ist kein Blatt, Charly«, flüstert sie. »Das ist ein Geldschein! Sieht aus wie ein Zwanziger.«

Sie schnappt sich Charly und folgt Lewis zur Haustür. Als sie die Tür öffnet, weht ihnen der warme, schwüle Wind direkt ins Gesicht, angereichert mit Autoabgasen und Fabrikgestank. Ein paar Blätter tanzen im Wind. Nach Geldscheinen sehen sie allerdings nicht aus.

Den Weg von der Haustür zur Straße säumen dichte Büsche auf beiden Seiten. Bernadette zwängt sich durch die Sträucher und zieht Charly hinter sich her. »Vorsichtig«, warnt sie ihn. Auf dem unebenen Boden setzt er langsam einen Fuß vor den anderen.

Lewis hockt unter dem Fenster vor der Hauswand und durchwühlt den Müll und die Blätter, die sich dort angesammelt haben.

»Das scheint der einzige gewesen zu sein«, sagt er. Er schaut auf

und beobachtet kurz ein Laubblatt, das um ihn herumflattert – diesmal ein echtes. Dann setzt er seine Arbeit fort.
»Denkt an die Geschichte, die Uria uns erzählt hat«, sagt Bernadette. »Heute kommt der Wind ebenfalls von Osten. Vom Friedhof. Sie schaut über die Straße hinüber zur letzten Ruhestätte der Toten ihrer Stadt.
»Woher kommt das Geld?«, murmelt sie vor sich hin. »Woher kommt nur dieses verflixte Geld?«
»Schscht«, macht Charly. »Da ist jemand.«

Als sie die Stimmen hören, verstecken sie sich hinter einem Busch. Zwei Stimmen. Zuerst eine Frau.
»Was für ein braver Junge du bist«, hören sie. »So ein braver Junge. Und sogar zwei Bündel hast du heute gefunden. Wenn wir oben sind, bekommst du etwas Schönes zum Knabbern.«
Die zweite Stimme kommt von einem Hund. Er kläfft dreimal.
Geduckt schleichen die drei sich näher an den Weg heran, um durch die Büsche spähen zu können. Eine ältere Dame in Pelzmantel mit einem kleinen Pudel an der Leine kommt langsam den Weg herauf. Bernadette kneift Lewis in den Arm und beugt sich zu ihm hinüber.
»Mrs. Jodelschmidt und Casey. Er scheint also wieder da zu sein.«
Mrs. Jodelschmidt spricht immer noch mit ihrem Hund. »Jaja, etwas ganz Feines hast du dir verdient. Käse und Leber … hmmm. Das ist doch viel besser als diese ewigen Knochen. Du bekommst dein Leckerchen und Frauchen nimmt ein schönes Bad, um sich den scheußlichen Dreck abzuwaschen.«
Sie bemerkt die drei hinter den Sträuchern nicht. Aber Casey. Er winselt und zieht so stark an der Leine, dass sein Frauchen ihn mit aller Kraft ins Haus ziehen muss.

Charly, Bernadette und Lewis hocken hinter den Büschen im Gras und denken darüber nach, wie sie weiter vorgehen sollen.
»Wenn sie jetzt baden will, habe ich keine Lust, ihr einen Besuch abzustatten«, sagt Bernadette.
»Wie lange wird sie wohl dafür brauchen?«, fragt Charly. »Wir könnten ja warten und danach zu ihr gehen.«
»Ich kann heute nicht so lange bleiben«, sagt Lewis. »In ungefähr einer Stunde muss ich zu Hause sein. Reicht gerade noch für einen kleinen Snack. Wie wär's mit einem Besuch in dieser *Speisekammer*? Immerhin haben wir massig Kohle in der Tasche!«
Bernadette legt Charly eine Hand auf den Arm. »Ich weiß, dass du ungeduldig bist«, sagt sie. »Aber ich glaube, heute kommen wir nicht weiter.«
»Gut. Dann morgen ...«, sagt Charly. »Einverstanden? Morgen gehen wir zu ihr.«
»Einverstanden«, sagt Lewis und setzt sich in Bewegung. Bernadette und Charly folgen ihm.
»Lass mich raten, Lewis. Das wird heute die heiße Schokolade – extragroß.«, sagt Bernadette.
»Worauf du dich verlassen kannst!«

Szene 17: **Noch einmal Junior**

Beim ersten Ton seines Weckers wacht der Strumpfmasken-Dieb auf. Mit einem gezielten Schlag bringt er ihn zum Schweigen. In einer fließenden Bewegung gleitet er aus dem Bett, die Decke verschiebt sich kaum. Er zieht das Laken glatt, richtet das Kopfkissen und steckt die Bettdecke ordentlich zwischen Matratze und Bettrahmen. Auf Zehenspitzen geht er zum Kleiderschrank und zieht sich an. Das Badezimmer ist frei. Vorsichtig schließt er die Tür, rasiert sich in Ruhe und schleicht dann auf Socken in die Küche.

Verdammt! Er war nicht leise genug. Voller Schuldgefühl zuckt er zusammen.

»Entschuldige, Papa. Ich wollte dich nicht wecken.«

Still und trübsinnig kauert der alte Mann am Tisch.

»Na, du warst sicher sowieso schon wach, oder?«

Keine Antwort.

»Bestimmt warst du schon wach.«

Er schaltet das Radio ein. Sein Vater muss immer auf dem neusten Stand sein, er ist unzufrieden und mürrisch, solange er nicht gehört hat, was in der Welt los ist. Es läuft ein Bericht über eine neue Therapieform gegen Prostata-Krebs. Langweilig, denkt Junior. Ich bin zu jung und Papa zu alt.

Er füllt eine Schale mit Müsli und gießt Milch darüber.
Der alte Mann beobachtet ihn schweigend. Ständig muss er ihn beobachten.
»Möchtest du auch etwas? Siehst ganz so aus. Soll ich dir eine Schale geben? Na, sag schon.«
Keine Reaktion. Aber er hört, wie sich der alte die Lippen leckt. Er liebt Müsli. So war es schon immer.
»Schokoflocken, Papa. Mit Früchten. Erinnerst du dich an die Werbung? Nein, das ist ja nichts für dich, Werbung ist was für Kinder.«
Hat er da ein verächtliches Schnaufen gehört? Er will es nicht zugeben, aber er mag Schokoflocken mit Früchten. Gestern standen zwei benutzte Schalen auf dem Tisch, als Junior nach der Arbeit nach Hause kam.
»Schon gut, Papa. Ich mache dir welche und dann frühstücken wir zusammen.«
Er nimmt eine zweite Schale aus dem Regal, füllt sie mit Müsli und Milch und stellt sie vor seinem Vater auf den Tisch.
Der Alte rührt sich keinen Zentimeter. Junior löffelt in aller Ruhe sein Müsli aus, als im Radio ein Bericht über den aktuellen Stand der Ermittlungen im Fall des Strumpfmasken-Diebs gebracht wird.
Die Polizei steht kurz vor der Auflösung des Falles. Unter Verdacht steht ein ortsansässiger Mann. Aus gut unterrichteten Kreisen wurde gemeldet, es läge ausreichendes Beweismaterial gegen ihn vor. Dem sogenannten Strumpfmasken-Dieb wird angelastet, in der jüngsten Vergangenheit mindestens dreizehn Geldautomaten hiesiger Banken …
Junior legt den Kopf in den Nacken und lacht laut auf. Er ist erleichtert. Die Sache mit dem Taxi gestern wäre beinahe schief-

gegangen. Der Gedanke an den unschuldigen Mann, den es erwischt hat, überfordert ihn. Er kann gar nicht aufhören zu lachen: Er hat es wieder einmal geschafft.
Bevor er zur Arbeit geht, räumt er den Tisch ab. Beide Schalen sind leer. Dieser durchtriebene Alte! Er hat ihn gar nicht essen sehen. Er spült die Schalen ab und stellt sie ins Regal. Der ruhige und schweigsame alte Mann sieht ihm vom Tisch aus zu.

Szene 18: **Promi**

Geschmeidig bahnt sich der Bus seinen Weg durch den dichten Berufsverkehr. Alle Ampeln sind grün und jede Haltestelle wird sanft angefahren. Romola hat ein beeindruckendes Gefühl für das Geschehen auf der Straße. (Alf entdeckte heute Morgen violette Linien, die sich von seinem entzündeten Zeh das Bein hinauf in Richtung Knie zogen, und befindet sich gerade auf dem Weg ins Mount Sinai Hospital.) Sie scheint im Voraus zu wissen, wann der Fahrer des Lieferwagens vor ihr plötzlich abrupt stehenbleibt, um seine Waren auszuladen, wann ein selbstmörderischer Radfahrer unmittelbar vor ihr bei Rot über eine Ampel fährt, wann ein PKW ohne zu blinken aus seiner Parklücke ausschert, oder wann ein Auto auf der Gegenfahrbahn unvermittelt über ihre Spur abbiegt, weil der Fahrer gerade über das Handy erfahren hat, dass seine Frau genau in diesem Moment *verdammt noch mal* Himbeereis braucht. Niemand im Bus verschüttet an diesem Morgen auch nur einen einzigen Tropfen Kaffee, so ruhig fährt sie.

Roger Fairmile sitzt zwischen Charly und Bernadette. Er will sicher sein, dass sie auch pünktlich zur Schule kommen. Heute Morgen hat er alle Zeit der Welt. Seine Bank hat ihn beurlaubt. Nur beurlaubt, noch nicht gekündigt – das könnten sie nur, wenn eine Anklage gegen ihn vorläge.
Bernadette hat bemerkt, dass der Vater ihres besten Freundes sich seit gestern verändert hat. Er hat noch keinen einzigen Witz erzählt. Ohne ein Wort zu sagen, sitzt er auf seinem Platz und hält den Kopf gesenkt, als wolle er jeden Blickkontakt mit den anderen Fahrgästen vermeiden. Er ist frisch rasiert, auch der Anzug ist einer von denen, die er normalerweise trägt. Und trotzdem ist er nicht derselbe wie sonst.
Immer wieder muss sie daran denken, dass man ihn bald vor Gericht auf die Anklagebank setzen und möglicherweise sogar verurteilen wird. Und das würde bedeuten, dass Charly von hier wegziehen und sie ihn nie wiedersehen würde.
Der Bus schwenkt ruhig in die Haltestelle vor Lewis' Haus ein. Heute hat er sein Pausenbrot nicht vergessen. Bernadette stellt ihn Charlys Vater vor.
»Freut mich, Sie kennenzulernen«, sagt Lewis lächelnd. »Ich habe Sie gestern Abend in den Nachrichten gesehen. Der berühmte *unbekannte, ortsansässige Mann.* Sie sehen genauso aus wie er. Aber klar, warum sollten Sie auch anders aussehen? Das waren ja Sie, oder?« Er lacht ein sehr von sich selbst überzeugtes Lachen. »Entschuldigen Sie, ich quassle normalerweise nicht so vor mich hin. Aber hey! Das ist immerhin das erste Mal, dass ich einen echten Promi kennenlerne. Ich meine, einen *echten* Promi. Letztes Jahr habe ich den Liliputaner aus der Fernsehwerbung für das neue Bowling-Center auf der Straße gesehen, aber das zählt eigentlich nicht.«

Bernadette stupst ihm mit dem Ellbogen in die Rippen. »Sei still, Lewis.«
»Ich weiß gar nicht mehr, wie der hieß. Das war direkt vor dem Club, in dem mein Vater manchmal spielt. Der Liliputaner war wegen irgendeiner Veranstaltung da. Harry, der Chef des Clubs, ist ein Freund meines Vaters. Er hat mich ihm vorgestellt.«
»Schsch.«
»Schon okay, sorry.«
Einige der Fahrgäste drehen sich zu ihnen um. Ein paar Reihen hinter ihnen steht ein Mann auf und kommt auf sie zu.
»Hey, das ist er wirklich!«, zischt er seinem Freund zu. »Ich hab ihn an dem Anzug erkannt.« Jetzt steht sein Freund auch auf. Zwei große, stämmige Männer mit nach vorn gereckten Köpfen und Unterkiefern so breit wie die Stoßstangen der Trucks, die sie wahrscheinlich fahren.
Der Bus steuert die nächste Haltestelle an. Eine Frau auf der anderen Seite des Ganges nutzt die Gelegenheit und steht auf. In der Hand hält sie eine Ausgabe der Lokalzeitung. »Das sind doch Sie, oder?«, fragt sie. »Würden Sie mir ein Autogramm geben? Bitte hier, unter dem Foto.«
Roger schaut sie mit großen Augen an. »Aber ich bin nicht der Strumpfmasken-Dieb. Ich bin unschuldig.«
»Aber das auf dem Bild sind Sie doch, oder? Und der, der gestern in den Nachrichten gezeigt wurde. Waren Sie gestern Abend im Fernsehen, oder nicht?«
»Ja, das stimmt schon, aber …«
»Das reicht vollkommen«, sagt sie und legt ihm die Seite mit dem Foto auf den Schoß. Charlys Vater nimmt einen Stift aus seiner Jackentasche und unterschreibt. Sie setzt ihre Brille auf und liest den Namen.

»Richard?«
»Roger.«
»Roger. Alle mal herhören!«, ruft sie. »Hier sitzt der Kerl aus den Nachrichten. Der Strumpfmasken-Dieb!« Sie schaut sich seine Unterschrift noch einmal an. »Roger, der Strumpfmasken-Dieb. Wissen Sie«, fährt sie mit leiserer Stimme fort, »ich hasse diese Geldautomaten auch! Letzte Woche habe ich vierhundert Dollar bei so einem Ding eingezahlt und sie sind nie auf meinem Konto aufgetaucht. Und meine Karte hat er auch nicht wieder rausgerückt. War ich wütend! Glauben Sie mir, Roger, wenn ich eine Axt dabei gehabt hätte …«
»Der Automat in meiner Filiale hat vor kurzem meine Karte geschluckt«, schließt sich ein älterer Mann mit Schweißflecken auf dem Hemd an. »Außerdem hat er meine PIN-Nummer geändert, ohne mir etwas zu sagen. Plötzlich kam ich nicht mehr an mein eigenes Geld, können Sie sich das vorstellen? Das Gerät haben Sie sich im Juli vorgenommen. Als ich davon hörte, habe ich mich schlappgelacht.«
»Aber das war ich nicht«, protestiert Roger.
Charly beugt sich zu Bernadette hinüber, um ihr etwas zuzuflüstern. »Siehst du, das meinte ich mit Medienrummel und all dem. Es geht schon los.«
»Wir müssen den Kerl so bald wie möglich schnappen«, flüstert sie zurück. »Wir können nicht tatenlos zusehen, wie jeder deinen Vater verdächtigt!«
So weit darf es nicht kommen, denkt Charly.
»Wo haben Sie denn nun Ihre Axt?«, fragt eine Dame mit vorstehenden Zähnen und Brille. »Im Fernsehen haben sie gesagt, man habe sie noch nicht gefunden. Haben Sie sie wirklich im Taxi gelassen, wie einige Leute sagen?«

»Ich habe sie nirgendwo gelassen«, erwidert Charlys Vater. »Ich sage Ihnen doch: Ich bin unschuldig.«
»Natürlich«, sagt sie. »Und ich bin Madonna.«

Der Bus biegt um die letzte Ecke und hält vor der Schule. Bernadette steht auf und zieht Charly hinter sich her. Charly dreht sich noch einmal zu seinem Vater um und winkt ihm zum Abschied.
»Habt ihr das gesehen?«, ruft jemand. »Was sind das für Kinder? Gehören sie zu ihm? Hey, das sind die Kinder des Strumpfmasken-Diebs!«
Bernadette beeilt sich, aus dem Bus zu kommen, gefolgt von Lewis. Eine Sekunde später ist Roger von einer Traube von Fahrgästen umringt.
Als sie auf dem Gehweg stehen, erinnert sich Charly, dass sein Vater eigentlich mit zur Schule kommen wollte, um Mr. Floyd zu treffen. Als er es Bernadette erzählt, sagt sie nur: »Ich würde sagen, dein Vater wurde aufgehalten.«

Szene 19: **Der Mann im Mond**

Bernadettes Schultag verläuft einigermaßen erträglich: nicht wirklich angenehm, aber auch nicht zu schlimm. Anderen geht es schlechter. Die arme Rachel scheitert an vierzehn Matheaufgaben nacheinander. In Chemie stößt ein Mitschüler im perfekten Moment gegen Pauls Arm und eine Lösung H_2SO_4 – Schwefelsäure – ergießt sich über seinen Tisch, den Stuhl und seine brandneue Jeans.

Dicke weiße Wolken haben sich schon den ganzen Vormittag lang am Himmel zusammengebraut, und jetzt, in der letzten Stunde, ist in einiger Entfernung ein finsteres Grollen zu hören. Sie haben Französisch und Monsieur Noël versucht, einen Witz zu erzählen, aber niemand hört ihm zu.
»Psst!«
Bernadette dreht sich um. Frank hält eine Zeichnung hoch, die er gerade gemacht hat: ein unvollständiges Strichmännchen mit einer wirren, lockigen Mähne. Er zeigt auf das Bild, dann auf sie. Sein Gesicht verzieht sich zu einem gemeinen Grinsen und sie sieht das Piercing in seiner Zunge. Er zeigt noch einmal auf das Bild. Ja, es ist ein Bild von ihr. Sie hat es kapiert. Während des Vormittags hat sie kaum an Frank gedacht, wahrscheinlich, weil Gideon heute da ist. Er hat ein anderes T-Shirt und eine andere Hose an, aber die Weste ist die gleiche. Er zwinkert ihr zu.
Monsieur Noël beendet seinen Witz. Niemand lacht. Wayne aus der letzten Reihe ist eingeschlafen. Monsieur Noël wendet sich der Tafel zu.
»Psst, Bernadette!«
Frank zerknüllt das Bild langsam und genüsslich zu einer kleinen Kugel. Breit grinsend öffnet er den Mund und wirft es hinein.
Bernadette wird schlecht. Das ist *sie*, die er da gerade zerkaut. Frank lässt seinen Blick durch die Klasse schweifen, bevor er schließlich wieder bei ihr landet. Mit seinem runden Gesicht glotzt er sie herausfordernd an. Er sieht aus wie der Mann im Mond.
Gideon beobachtet die Szene still und schüttelt betrübt den Kopf.
Als es läutet, springt Paul als Erster auf. Offensichtlich hat er es eilig, nach Hause zu kommen und sich umzuziehen. Beim Gehen achtet er darauf, dass sein Rucksack die verfärbte Stelle verdeckt.

Frank scheint Probleme mit der Papierkugel in seinem Mund zu haben und würgt daran herum. Seine Augen werden immer größer. Er versucht sie runterzuschlucken, doch es gelingt ihm nicht. Sein Adamsapfel befindet sich auf einer Berg- und Talfahrt. Gequält würgt und krächzt er vor sich hin.
Gideon sitzt neben ihm. Ohne eine Regung zu zeigen, schaut er ihm zu.
Am liebsten würde Bernadette Frank einfach ignorieren. Soll er doch daran ersticken. Aber kann sie es soweit kommen lassen? Was wäre, wenn er tatsächlich ersticken würde? Könnte sie mit ihrem schlechten Gewissen leben?
Monsieur Noël ist schon gegangen und die anderen Schüler haben es ebenfalls eilig. Charly packt seinen *Louis Light* in den Rucksack und tastet nach seinem Stock.
Gerade hat Bernadette sich entschieden, zu Frank zu gehen und ihm helfend auf den Rücken zu klopfen, da gelingt es ihm, die Kugel mit schmerzverzerrtem Gesicht auszuspucken. Wie ein Geschoss aus einem Raketenwerfer fliegt sie aus seinem Mund und segelt durch den halben Raum. Hustend und keuchend fällt Frank vornüber auf seinen Tisch. Gideon sitzt immer noch ungerührt neben ihm. Er nickt kaum sichtbar, dann steht er auf und verlässt die Klasse.

»Beeil dich mal, Bernie!« Charly hält ihr seine freie Hand hin.
»Mr. Underglow wartet unten auf uns. Hast du Lewis gesehen?«
»Nein.«
»Dann ist er wohl schon nach Hause gefahren. Er hat mir jedenfalls versprochen, um vier Uhr auf seinem Posten zu sein.«
Bernadette packt ihre Sachen zusammen und legt Charlys Hand an ihren Ellbogen.

»Gehen wir.«
»Alles in Ordnung? Du hörst dich komisch an.«
Langsam kehrt wieder etwas Farbe in Franks Gesicht. Die Augen sind geschlossen.
»Ja. Kein Problem.«

Mr. Underglow spricht ausschließlich mit Charly und ignoriert Bernadette vollkommen – abgesehen von der Ehre, die er ihr erweist, indem er ihr zum Abschied kurz zunickt.
»Warum muss er immer so herablassend sein?«, fragt sie Charly im Flur. »Er benimmt sich wie der Showmaster in einer Quiz-Show, wenn der arme Kandidat nicht weiß, wie die Hauptstadt der Mongolei heißt. Natürlich weiß der Showmaster es auch nicht, aber es steht auf seinem Monitor.«
»Seine Oma hat ihm gesagt, er habe das Gesicht eines Heiligen«, erzählt Charly.
»Klar, der heilige *Bob The Snob.*«
Während sie über den Schulhof zur Bushaltestelle gehen, fängt es an zu regnen und als sie zu Hause aussteigen, schüttet es wie aus Kübeln. Bernadette hält sich den Rucksack über den Kopf. Charly schüttelt sich die Haare aus den Augen. Regentropfen prasseln gegen die dunklen Gläser seiner Brille.
»Siehst du Lewis irgendwo?«, fragt er.
»Nö.« Sie sucht mit ihren Blicken den Gehweg in beide Richtungen ab. »Ein blondes Mädchen an der Haltestelle, ein rothaariger Mann in einem parkenden Auto, Uria, ein Fettwanst, der etwas aus seinem Kofferraum holt – das war's.«
Charlys Eltern legen keine Zettel für ihn auf den Küchentisch, wenn sie weggehen. Aber auf dem Anrufbeantworter ist eine Nachricht von seinem Vater. Er ist einkaufen gegangen und Char-

ly soll bei Bernadette warten. »Keine Eile, mein Sohn. Ich hole dich ab, wenn ich wieder da bin.«
Bernadette lädt Charlys Bücher aus ihrem Rucksack auf den Küchentisch. »Es schüttet immer noch«, murmelt sie vor sich hin.
»Glaubst du, Lewis ist auf seinem Posten?«
»Er hat gesagt, er wolle um vier da sein. In sechs Minuten also.«
»Du willst also wirklich weitermachen?«
»Natürlich. Wenn wir einfach davon ausgehen, dass er nicht da ist, können wir überhaupt nichts machen. Ich *will* aber etwas unternehmen. Bring deine Sachen rüber und wir treffen uns in ... zwei Minuten am Fahrstuhl.«
Er hört, wie die Tür hinter Bernadette ins Schloss fällt und holt tief Luft.
»Bitte, Lewis. Du *musst* da sein!«, flüstert er.

Szene 20: **Der gelehrige Hund**

In Mrs. Jodelschmidts Wohnung riecht es nach Staub, Hund, alter Dame und irgendetwas, das Charly nicht einordnen kann. Ein bisschen wie Wachs, nicht unangenehm, aber auch nicht wirklich frisch.
»So, und jetzt erzählt mir, was ihr von mir wissen möchtet, Kinder.« Ihre Stimme klingt völlig anders, als man bei ihrem Namen vermuten würde. Jodelschmidt: Man stellt sich ein kehliges, lautes Trällern vor, direkt aus den Alpen. Charly ist immer wieder überrascht, wenn er ihre heisere Altstimme hört.
Sie sitzen im Wohnzimmer auf einem Zweiersofa. Charly, Berna-

dette und Mrs. Jodelschmidt zwischen ihnen. Das Sofa duftet, als wäre es gerade erst aus einer Verpackung geholt worden.
»Warst du überhaupt schon einmal in meiner Wohnung, Charly?«, fragt sie. Ihr Hund Casey scheint auf ihrem Schoß zu liegen. Charly hört ihn hecheln.
Jetzt ist der Moment gekommen, denkt er. Zeit für den Angriff.
»Ich möchte etwas ganz Bestimmtes von Ihnen wissen«, sagt er steif. »Was wissen Sie über den Strumpfmasken-Dieb?«
»Ach, der.« Sie bleibt völlig gelassen. »Ich weiß, wen du meinst. Das ist doch der, der diese automatischen Geldmaschinen ausraubt, die in der Bank stehen. Sie haben ihn verhaftet, das haben sie gestern in den Nachrichten gebracht. Ein ortsansässiger, unbekannter Mann, haben sie gesagt.«
»Und sind Sie sicher, dass Sie ihn nicht kennen?« Charly greift noch einmal an.
»In den Nachrichten haben sie gesagt, er sei unbekannt, und dort muss man es doch wissen. Aber vielleicht habe ich das auch falsch verstanden. Ich habe ein paar Mal umgeschaltet und habe ihn mir nicht genau angesehen. Außerdem sehe ich ja nicht mehr so gut wie früher.«
»Mrs. Jodelschmidt, der Mann, den sie festgenommen haben – der unbekannte Mann – ist mein Vater.«
»Nein wirklich? Diese unmögliche Mrs. Callagher, der ich heute in der Waschküche begegnet bin, hat auch irgendetwas über deinen Vater gesagt. Immer dieses Getratsche. Aber wir geben nichts auf solchen Tratsch, nicht wahr, Casey?«
»Ausnahmsweise ist aber an dem Tratsch etwas dran, Mrs. Jodelschmidt. Der Verdächtige ist wirklich mein Vater. Und ich würde alles unternehmen, um seine Unschuld zu beweisen. Ich würde sogar so weit gehen … Sie zu verdächtigen.«

Es entsteht eine unangenehme Pause.
»Das verstehe ich nicht, Charly«, sagt Mrs. Jodelschmidt. »Wieso würdest du denn mich verdächtigen? Ich habe doch noch nie im Leben eine dieser Geldmaschinen angefasst.«
Jetzt schaltet sich Bernadette ein.
»In ihrer Wohnung gibt es einige sehr schöne und teure Möbel, Mrs. Jodelschmidt. Und neu sehen sie auch aus.«
»Ach, danke schön, meine Liebe.«
»Der Fernseher ist ja gigantisch. Wie groß ist denn der Bildschirm?«
»50 Zoll, hat der Lieferant gesagt. Du kannst dir nicht vorstellen, wie groß darauf alles aussieht. Am liebsten sehe ich mir die Strongman-Wettbewerbe an, bei denen kräftige Männer große Steine hochheben müssen oder schwere Autos ziehen. Kennst du die?«
»Und das Sofa. Es ist so weich, sicher echtes Leder. Und Caseys Hundebett sieht auch nach Leder aus.«
»Richtig. Ich habe Casey aber doch auch schon so lange.«
»Die Sachen sehen nicht nur neu, sondern auch sehr teuer aus. Abgesehen von den Bildern da an der Wand. Die müsstest du sehen, Charly. Lustige alte Zirkusbilder. *Der Gelehrige Hund* steht unter einem. Sieht aus wie eine Dressurnummer.«
Casey jault und springt von Mrs. Jodelschmidts Schoß auf den Boden.
»Warum behalten Sie diese alten Bilder?«, möchte Bernadette wissen. »Mögen Sie den Zirkus?«
Casey läuft aufgeregt im Wohnzimmer hin und her. An seinen Krallen auf dem gefliesten Boden hört Charly, dass er wieder zum Sofa zurückkommt.
»Haben Sie all diese Zirkusnummern gesehen, Mrs. Jodel-

schmidt?«, fragt er. »Können Sie sich deshalb nicht von den Bildern trennen? Ich bin sicher, dass Sie sie gesehen haben.«
Casey steht neben Charly und schnüffelt an ihm herum, die Nase an seine Hüfte gepresst. Er beginnt zu knurren und an Charlys Hose zu ziehen. Charly versucht, den Hund wegzuschieben, aber er hört nicht auf.
Die alte Dame seufzt. Es hört sich an wie Luft, die aus einem großen Ballon entweicht. Über Charlys Beine hinweg versucht sie, Casey zu fassen zu kriegen. Zögerlich lässt der Hund von Charlys Hosenbeinen ab.
»Was haben Sie denn, Mrs. Jodelschmidt?«, fragt Bernadette. »Brauchen Sie ein Taschentuch?«
»Ach nein. Es geht schon, danke. All die Erinnerungen! Du fragst, ob ich all das gesehen habe?« Sie schnieft leise. »Oh ja, das habe ich. Warte mal … vier Vorführungen pro Tag, hundertfünfzig Tage im Jahr, und das … meine Güte, über so viele Jahre hinweg. *Der Gelehrige Hund* zum Beispiel. Ich habe diese Nummer bestimmt zwölftausend Mal gesehen. Aus, Casey! Lass Charly in Ruhe. Er hat kein Geld in der Tasche.«
»Haben Sie bei den Zirkusaufführungen mitgemacht?«, fragt Bernadette und erinnert sich daran, dass die beiden anderen Damen aus dem Haus etwas über den Pelzmantel gesagt haben: *Das sind keine Sachen, die man im Zirkus trägt.*
»Ja, ich habe einen großen Teil meines Lebens in dieser oder jener Show verbracht«, sagt Mrs. Jodelschmidt gedankenverloren. »Nichts Großes natürlich. Ich war nie wirklich talentiert. Aber ich liebte Tiere und ich liebte das Leben. Casey fand ich, als ich als Kassiererin bei *Pete Robertsons Zoo & Zirkus* gearbeitet habe. Wir waren irgendwo im Westen des Landes unterwegs und gastierten in einer kleinen Stadt mit einem deutschen Namen.

Casey wühlte im Müll unter der Tribüne. Er hatte einen Zehn-Dollar-Schein gefunden und wollte ihn gerade fressen.«
Ihre Stimme verschwindet immer weiter in der Ferne. Sie sieht jeden einzigen Augenblick genau vor sich, denkt Charly.
»Er sah so niedlich aus, wie der Schein an seiner Nase klebte und er mit der Zunge und seinen Pfoten verzweifelt versuchte, ihn zu schnappen. Ich ging zu ihm, nahm ihm den Schein ab, steckte ihn in die Tasche und gab ihm eine Scheibe Käse. Als er sie gefressen hatte, begann er an meiner Tasche herumzuschnüffeln. Ich war überrascht, aber scheinbar hatte der Geruch des Geldscheines es ihm angetan. Vielleicht hatte er ihn zwischen Resten von Pommes frites mit Ketchup oder sonst etwas gefunden. Da kam mir die Idee für die Zirkusnummer. Ich nahm Casey mit in meinen Wohnwagen und begann, mit ihm zu trainieren. Es dauerte nur ein paar Wochen, alles war so einfach …«
Mit dem verträumten Lächeln auf ihrem Gesicht sieht sie viel jünger aus. »Pete Robertson mochte diese einfachen Darbietungen. Er fand, das Publikum sollte verstehen, was in der Manege vor sich ging. Keine Geheimniskrämerei, keine magischen Verwandlungen. Für ihn war es wichtig, dass die Leute mit einem Lächeln im Gesicht aus dem Zelt gingen. Pete war kein besonders attraktiver Mann, aber er hatte das gewisse Etwas. Und groß war er. Wie die Männer bei den Strongman-Wettbewerben im Fernsehen.« Sie lächelt entzückt.
»Wie sah denn Ihre Darbietung aus?« Bernadette holt sie in die Realität zurück. »Was haben Casey und Sie da gemacht?«
»Wie? Ach … es war alles ganz einfach, wie ich schon sagte. Eine Dame im Publikum bemerkt, dass ihr das Portemonnaie gestohlen wurde, und sie schreit laut um Hilfe. Zu der Nummer gehört noch ein Taschendieb, der das Portemonnaie in seiner Tasche hat.

Die ist natürlich präpariert und duftet nach einem saftigen Knochen. Dann schicken wir *Den Gelehrigen Hund* ins Publikum, er stellt den Dieb, treibt ihn durch die Manege und zuletzt in unsere Arme. Wir überwältigen ihn, die Dame bekommt ihr Portemonnaie zurück und alle applaudieren.«

Nicht schlecht, denkt Charly.

Bernadette starrt auf eines der Bilder. »Und warum haben Sie im Zirkus aufgehört?«

Mrs. Jodelschmidt seufzt. »In einem kleinen Zirkus ist das Geld immer knapp. Irgendwann ging Pete das Geld aus und er konnte uns nicht mehr bezahlen. Das ist schon einige Jahre her. Ein paar Jahre lang lebte ich in verschiedenen Städten und schließlich bin ich hier gelandet.«

Sie rutscht unruhig auf dem Sofa hin und her.

»Und jetzt sind Sie reich.«

Charly hat alles schweigend mitangehört. Seine Worte klingen schroff. »Ein Pelzmantel, ein Ledersofa, ein großer Fernseher. Mrs. Callaghan und Desiree wundern sich schon, warum sie noch hier wohnen.«

»Aber ich bin gar nicht … ich meine, ich bin …« Mrs. Jodelschmidt kann den Satz nicht beenden. »Ihr solltet jetzt besser gehen. Ich fühle mich nicht wohl.«

»Mrs. Jodelschmidt!« Charly steht auf. »Woher haben Sie das Geld?«

Stille.

»Das ist sehr wichtig für mich, Mrs. Jodelschmidt. Ich möchte meinem Vater gern helfen. Sind Sie eine Komplizin des Strumpfmasken-Diebs?«

»Was? Nein! Ich … ich … Nein!«

»Casey findet das Geld, ist es nicht so? Und zwar irgendwo hier

in der Nähe, deshalb ziehen Sie nicht um. Wir haben gehört, wie Sie gestern mit ihm geredet haben. Wie Sie ihn dafür belohnen wollten, dass er Geld gefunden hat. Genau so, wie Sie es früher im Zirkus getan haben. Woher kommt das Geld, Mrs. Jodelschmidt? Wenn Sie es mir nicht sagen, kann ich auch zur Polizei gehen. Ich bin sicher, dass man die Geschichte dort sehr interessant findet. Also, wo findet Casey das Geld?«
»Aber ich weiß es doch nicht«, sagt sie verzweifelt. »Er findet es bei unseren Spaziergängen. Im Sommer hat es angefangen. Ganze Bündel mit Zwanzig-Dollar-Scheinen. Aber so wahr mir Gott helfe, ich weiß nicht, woher Casey das Geld hat«, schluchzt sie und bricht in Tränen aus.

Szene 20a: Ein stiller Entschluss

»Das war sehr beeindruckend, Charly«, sagt Bernadette. Die beiden stehen im Fahrstuhl und fahren zurück in den fünften Stock. »Hast du wirklich vor, sie bei der Polizei anzuzeigen?«
Charly schüttelt den Kopf. »Die würden mir ja doch nicht glauben. Wir müssen zuerst das Geld finden und dann versuchen, den wahren Dieb zu überführen. Vorher werden sie meinen Vater nicht gehen lassen.«
Das leuchtet Bernadette ein.
»Ich glaube, Mrs. Jodelschmidt hat die Wahrheit gesagt. Sie klang so, als hätte sie wirklich keine Ahnung, wo Casey das Geld findet.«
»Den Eindruck hatte ich auch.«

»Aber Tatsache ist, dass sie wirklich stinkreich ist. Du hättest den Flachbildschirm sehen sollen! Der ist riesig und hängt an der Wand wie ein großes Gemälde. Und noch was. Fandest du nicht auch, dass es in ihrer Wohnung eigenartig gerochen hat?«
»Ja, irgendwie nach Wachs. So ähnlich wie Kerzen, aber ekeliger.«
Rumpelnd beendet der Fahrstuhl seine Fahrt.
»Da sind wir. Kleiner Schritt abwärts.« Der Fahrstuhl hält selten genau da, wo er eigentlich sollte.
Die Tür zu Charlys Wohnung steht einen Spalt breit offen. Die Stimme seiner Mutter ist bis auf den Flur zu hören.
»Roger, Liebling, ich bin's!«, ruft sie. »Ich habe mir solche Sorgen gemacht, als du sagtest, dass du früher nach Hause kommen würdest. Gibt es Probleme mit der Polizei? Hast du … Oh!« Ihre Stimme nimmt einen anderen Ton an. »Roger, du schlimmer Junge! Aber was machst du denn da?«
Charly schnappt sich Bernadettes Ellbogen und zieht sie zur Treppe. Ihre Wohnung scheint im Moment der bessere Ort zu sein.

In Bernadettes Wohnung läuft der Fernseher. Wie immer. Sie geht in die Küche, um ihnen eine Kleinigkeit zum Essen zu machen. Charly begrüßt Bernadettes Mutter, die sich kurz zu ihm umdreht. Den Fernseher stellt sie nicht ab. Die Federn des Sofas quietschen, als sie sich bewegt.
»Charly, dein Papa war gestern Abend schon wieder in den Nachrichten. Was habt ihr denn vor, deine Mutter und du, wenn er im Knast ist?«
»Sein Vater ist unschuldig!«, ruft Bernadette aus der Küche.
»Ja, ja, dieser Kerl in der Gerichtssendung hat gerade auch behauptet, er wäre unschuldig. Er hätte nur den Rasen seiner Nachbarin gemäht, sagt er. Pah! Kein Wort glaub ich dem Kerl!«

Mrs. Lyall schnäuzt sich die Nase. »Der hat mehr als ihren Rasen gemäht! Ein Lügner ist er! Alle Männer sind Lügner! Weißt du was, Charly? An deiner Stelle würde ich denen sagen, sie sollten deinen Mann für zehn Jahre einlochen.« Ihre Stimme schlägt in wahre Begeisterung um.

»Ich habe aber keinen Mann, Mrs. Lyall.«

»Was? Habe ich *Mann* gesagt? Ich meinte, deinen *Vater.*« Sie schaltet zum nächsten Sender um. »Jaja, dein Vater. Ich sage dir, der ist so gefährlich wie die Schlange da. Oh mein Gott, hast du schon mal solche Zähne gesehen?«

Nein, hat er nicht.

»Wer will ein Hawaii-Toast?«, ruft Bernadette.

Charly sitzt gern mit Bernadette vor dem Fernseher. Ihre Beschreibungen sind tausendmal besser als die nüchternen Erklärungen, die man ihm im Kino per Kopfhörer zur Verfügung stellt: *Wyatt feuert auf Jesse. Jesse feuert zurück. Der bewaffnete Mann auf dem Dach feuert auf Frank. Jesse fällt nach links um. Der Doktor feuert auf den Mann auf dem Dach. Der Mann auf dem Dach stürzt in Zeitlupe hinunter. Nach einer ganzen Körperdrehung landet er auf dem Boden.*

Sie sitzen zusammen vor dem Fernseher. Bernadette steht auf, um einen Blick aus dem Wohnzimmerfenster zu werfen, und setzt sich wieder neben Charly auf das Sofa. Ihre Mutter ist die Herrin der Fernbedienung. Immer wieder springt sie zwischen drei Sendern hin und her. Im Angebot sind: eine Talkshow zum Thema Ehebruch, Riesenschlangen in ihrer natürlichen Umgebung und ein Autorennen. Kein leichter Job für Bernadette.

»Also«, beginnt sie, »eine junge Frau stampft in Stiefeln durch einen Raum und schreit einen muskulösen Mann an. Sie reißt

den Mund so weit auf, dass man ihre Zahnlücken sehen kann … Jetzt haben wir eine riesige Python, die ihr Maul weit genug aufsperrt, um eine Ratte verschlingen zu können. Igitt … Jetzt rasen Autos über eine Rennstrecke, immer mehr Wagen kommen ins Bild. Ziemlich schnell, ansonsten aber todlangweilig … So, der muskulöse Typ läuft über die Bühne, die Frau tritt den Mann und das Publikum applaudiert. Der Talkmaster grinst in die Kamera … eine Werbung für Windeln … Warte mal, ich schau noch mal schnell raus.«
Ihre Schritte entfernen sich vom Sofa.
»Und? Siehst du Mrs. Jodelschmidt?«
»Nein. Noch nicht.«
Klick, klick, klick. Die Windelwerbung verschwindet ins Nichts oder ins Kabel oder in ein schwarzes Loch oder woher auch immer die Fernsehsignale kommen.
»Jetzt«, fährt Bernadette fort, »hebt eine braungebrannte Frau mit gut sichtbaren Adern auf den Armen die Schlange mit einer Art Mistgabel auf. Sie dreht den Stock, als würde sie Spaghetti essen … die Autos fahren immer noch im Kreis. Eine Werbung mit einer laufenden Nase. Moment, die Schlange gleitet durchs Gras, die Autos rasen weiter – *wmmm, wmmm* – die Schlange kriecht weiter – *wusch, wusch* – die Nase läuft weiter – *tropf, tropf.* Mama, müssen wir uns das wirklich ansehen? Okay, der muskulöse Typ wird aus dem Studio geschoben und die Frau zieht ihr Oberteil aus, keine Ahnung, warum. Das Publikum ist völlig aus dem Häuschen. Der Typ dreht sich noch einmal um und hebt einen Arm. Die Kamera zeigt eine Großaufnahme von … seinem Schlangentattoo. Wonach riecht es hier eigentlich?«
»Nach Hawaii-Toast«, sagt Charly.

Bernadettes Mutter beschwert sich nicht über das ständige Flüstern im Hintergrund. Manchmal hört sie den Kommentaren zu und muss kichern.
»Also, ich könnte das nicht«, sagte sie vor einiger Zeit einmal. »Wie du ihm immer alles erzählst, was da zu sehen ist. Das würde ich nicht schaffen.«
»Es ist einfach eine Begabung, mehr nicht.«
»Was du alles für Charly tust. Ohne dich wäre er ziemlich aufgeschmissen.«
»Hmhm, glaube ich auch.«
»Meine Tochter! Ständig kümmert sie sich um die anderen. Du bist wirklich ein guter Mensch, Kleine. Ich muss schon sagen, wirklich ein guter Mensch.«
Sie hatte eine Menge getrunken. Natürlich. Wenn sie nüchtern ist, sagt sie solche Dinge nicht. Trotzdem spürt Bernadette, wie ihr Herz schneller schlägt, als sie sich daran erinnert.
Sie fasst einen stillen Entschluss: *Irgendwann bald werde ich etwas nur für mich tun.*

Szene 21: **Bogarts kleiner Bruder**

Sie gehen in die Küche, um zu essen. Charly setzt sich an den Tisch. Bernadette nimmt ihren Toast mit ans Fenster.
»Der Regen wird immer schlimmer«, berichtet sie.
»Bald kommt ein Gewitter, das spüre ich«, sagt Charly. Schon seit dem Morgen spürt er das Kribbeln auf der Haut. »Klasse Toast!«

»Ich habe eine frische Packung aufgemacht«, murmelt Bernadette. »Ich mag kein krabbelndes Essen auf meinem Teller.«
Ihre Mutter sitzt noch immer vor dem Fernseher. Das Sofa knatscht bei jeder Bewegung.
»Charly!«, ruft Bernadette und verschluckt sich fast an ihrem Toast. »Es ist soweit! Mrs. Jodelschmidt bricht zu ihrem Spaziergang auf. Pelzmantel, Casey, alles wie erwartet. Sie geht Richtung Süden. Und sie ist nicht allein!«
Charly sitzt kerzengerade auf seinem Stuhl. »Was heißt das?«
Er nimmt ein Lächeln in ihrer Stimme wahr.
»Sie hat einen merkwürdigen kleinen Kerl im Schlepptau.«
»Lewis?«
»Genau.«
Er streckt ihr die Hand entgegen und sie schlägt ein. »Operation Jodelschmidt geht in die zweite Phase.«
»Die Straße ist fast leer, kein Wunder bei dem Wetter. Ein Jogger, eine Frau, die mit ihrem kaputten Regenschirm kämpft, und Mrs. Jodelschmidt, verfolgt von ihrem unsichtbaren Schatten.« Bernadette lacht laut auf.
»Was ist los?«
»Lewis sieht so beknackt aus. Der Mantel ist ihm viel zu groß, und er hat den Kragen hochgeklappt. Er sieht aus wie der kleine Bruder von Humphrey Bogart. Alle paar Meter versteckt er sich hinter irgendetwas … da! Hinter einer Parkuhr! Was für ein Clown. Gut, dass sie sich nicht umdreht.«
Charly isst sein Toast auf.
»So, jetzt überquert sie die Straße. Lewis wartet noch. Er muss sich beeilen. Sie ist schon drüben und die Ampel springt auf Rot. Jetzt rennt er los.«
»Komm schon, Lewis!«, murmelt Charly.

Ein schwacher Luftzug an seinen Augenlidern. Bernadette japst leise.
»Ein Blitz«, sagt sie. »Und was für einer. Weiter drüben, über dem See.« Ein paar Sekunden später grollt der Donner. Charly spürt das Prickeln auf seiner Haut.
»Wo sind sie jetzt?«
»Weiß ich auch nicht. Der Regen wird immer stärker. Ich kann kaum noch … ooh!«
Ein krachender Donner unterbricht sie. Das Gewitter ist direkt über ihnen. Charly springt auf. Drüben im Wohnzimmer flucht Mrs. Lyall.
»Der Fernseher ist aus!«, kreischt sie. »Nichts mehr zu sehen!«
Nichts mehr zu sehen. Ihre Worte klingen, als beschreibe sie eine grausame Foltermethode.

Wie ein dichter Schleier hängt der Regen vor dem Küchenfenster. Bernadette nimmt sich ein zweites Toast. Ihre Mutter stürmt polternd in die Küche.
»Verdammter Fernseher!«, schimpft sie. »Jetzt werde ich nie erfahren, wie dieser Mistkerl sie betrogen hat.« In ihrem eng anliegenden schwarzen Jogginganzug mit weißen Punkten sieht sie aus wie ein kleiner Killerwal.
»Zu dumm«, sagt Charly.
Bernadette steht noch immer am Fenster und sucht nach Lewis. Draußen wütet ein heftiger Sturm. Regenwasser fließt in Sturzbächen über die Straße, Autos kriechen im Schneckentempo vorbei, Scheibenwischer arbeiten auf Hochtouren, immer wieder blinken rote Bremsleuchten auf. Über ihnen donnert es heftig.
»Hey, Toasts! Darf ich?« Ohne die Antwort abzuwarten, langt Bernadettes Mutter kräftig zu. »Mmh, ich liebe den Geschmack

von zerlaufenem Käse im Mund. Als ich ein Kind war, hat meine Mutter uns immer irgendetwas in den Mund gesteckt, damit wir ruhig waren. Meistens Süßigkeiten. Edna, die Kassiererin vom Money-Markt, hat mir erzählt, dass sie es genauso gemacht hat. Bis ihre Tochter einmal Magenkrämpfe bekommen hat, weil sie ihr was Verdorbenes gegeben hat. Seitdem prüft sie ständig das Ablaufdatum. Nicht Edna, ihre Tochter. Ich glaube, es war Erdbeermarmelade. Stopft deine Mutter dich auch manchmal mit Süßigkeiten voll, damit du still bist, Charly?«
»Ähm … nein!«
»Ich kann mich noch gut an mein erstes Hawaii-Toast erinnern. Die waren gerade erst in Mode gekommen. Und was heißt das? Na? Ich bin ein Original! Hawaii! Hulla-hulla!«
Alt, denkt Bernadette. Das heißt, dass du alt bist.
Das Telefon klingelt.
»Hallo?«, meldet sich Bernadette. »HALLO?«, diesmal lauter. »Was sagst du? Der Empfang ist miserabel. *Wo* bist du?«
Sie presst sich den Hörer fest ans Ohr.
»Das ist Lewis«, raunt sie Charly zu.
»Welcher Lewis?«, fragt ihre Mutter mit besorgter Stimme. »Der Kerl, der neulich hier war? *Der* Lewis? Bernadette, hast du was mit dem?« Ihre Mutter stemmt die Hände in die Hüften. »Ich warne dich, Kleine. Überleg dir gut, was du machst. Jungs sind alle gleich.«
Bernadette ignoriert sie.
»Ich verstehe kein Wort, Lewis. Wo steckst du denn?«

Szene 22: **Friedhof**

»Auf dem Friedhof!« Lewis bemüht sich, so deutlich wie möglich zu sprechen. Gleichzeitig erlaubt er sich nur ein Flüstern. Verdammtes Handy! Verdammtes Gewitter! »Ich rufe vom Friedhof aus an. Ich bin noch an ihr dran.«
Über ihm teilt ein Blitz den Himmel in zwei Hälften. Gefolgt von dröhnendem Donnern. Lewis zittert. Nicht nur vor Kälte.
»Was macht sie denn auf dem Friedhof?«
»Sie geht mit ihrem Hund Gassi. Was weiß ich. Moment, ich muss weiter … ich melde mich später wieder …«
Wo will sie bloß hin? Lewis läuft zu einem quadratischen Grabmal mit einem Kreuz darauf. Aus diesem sicheren Versteck späht er ihr nach. Seine Brille ist schon wieder völlig beschlagen. Er wischt sie sich am Ärmel ab.
Da geht sie. Eine kleine, ältere Dame mit Pelzmantel und tropfender Regenmütze. Sie geht auf dem asphaltierten Weg in Richtung Norden. Lewis folgt ihr wie ein Geist – von Grabstein zu Grabstein.
Bei diesem Wetter ist außer ihnen niemand auf dem Friedhof. Gemütlichkeit sieht anders aus. Er schnäuzt sich die Nase mit der nassen Hand – *Wenn Mama mich so sehen würde!* – und zittert. Er hätte nie gedacht, dass eine Beschattung so ein harter Job sein kann. Im Fernsehen sieht das immer viel leichter aus.
Er schleicht um die Ecke einer Gruft, auf der ein großer, goldener Engel prangt. Plötzlich zuckt er zurück – noch einen Schritt weiter, und er wäre in ein rechteckiges Loch gefallen, neben dem ein Erdhügel aufgehäuft ist. Ein frisch ausgehobenes Grab! Und um ein Haar wäre er darin gelandet. *Was habe ich hier eigentlich zu suchen?*

Der nächste Blitz erhellt den grauen Himmel. Jetzt schnell! Nur nicht die alte Dame aus den Augen verlieren. Er saust um den Erdhügel herum und entdeckt Mrs. Jodelschmidt.
Aber was ist das? Die Leine hält sie zwar noch in der Hand. Aber der Hund ist verschwunden. Was ist da los? Wo ist ihr schwarzer Pudel?
Lewis kämpft sich durch das aufgeweichte Gras voran, bis er das größte Grabmal erreicht, das er findet. Nein, das ist kein Grabmal. Das ist ein … wie nennt man das noch mal? Eine Gruft. Eine Familiengruft. In der näheren Umgebung stehen noch mehr davon. Die, vor der er steht, ist aus grauem, glatten Stein, davor stehen Säulen. An allen Seiten läuft das Wasser herab. Sie befindet sich auf der höchsten Erhebung des Friedhofs. Dahinter fällt der Boden steil ab. Der Septemberregen strömt den Abhang hinunter. Lewis versteckt sich hinter einer der Säulen und untersucht sie genauer. Die Tür der Gruft ist mit einer Kette und einem großen Schloss zugesperrt. Die Kette ist rostig, aber das Schloss sieht solide und neu aus.
Er hört, wie Mrs. Jodelschmidt mit ihrer kratzigen, heiseren Stimme nach ihrem Hund ruft. Ihr nasser Pelz hängt auf ihren Schultern wie ein Seufzer.
»Casey! Komm her, mein Schatz. Frauchen hat ein Leckerchen für dich!«
Lewis erschreckt sich und verliert das Gleichgewicht. Er will sich an einer Verzierung am Gemäuer festhalten, aber der Stein zerbröselt wie Zwieback in seinen Händen und schon schlittert er den Abhang hinunter. Auf halber Strecke rammt er die Fersen in den Boden und schafft es, die Rutschpartie zu beenden. Erschöpft lehnt er sich gegen die Rückwand der Gruft.
Wieder donnert es, aber diesmal schon leiser. Das Gewitter

scheint sich langsam zu entfernen. Es entlässt den Friedhof aus seinen Klauen und zieht weiter in Richtung der östlichen Vororte. Lewis hört, wie es im feuchten Laub neben ihm raschelt. Er spürt einen heißen Atem. Das Herz schlägt ihm bis zum Hals, er dreht sich um und – schreit. Wieder verliert er den Halt und rutscht schreiend den Rest des Abhangs hinunter. In einiger Entfernung entdeckt er ein Loch im Bretterzaun, der den Friedhof an dieser Stelle begrenzt. Ein Brett fehlt. Lewis rennt auf die Stelle zu, schneller als Bugs Bunny.

Szene 23: **Mit Charlys Augen**

Charly sitzt vor seinem Computer. Dank Mr. Underglow hat er alle Unterlagen aus der Schule auf einer CD, was die Bewältigung seiner Hausaufgaben deutlich erleichtert. Er kann mit seiner Tastatur arbeiten und pro Taste einen Buchstaben schreiben. Das ist wesentlich einfacher, als mit dem Braille-Code zu arbeiten, bei dem er mehrere Nummern für einen Buchstaben schreiben muss: 6, 1, 4 für ein großes *C*. 1, 2, 5 für ein *h* und so weiter.
Er sitzt gerade an seinem Aufsatz. Was ist das Wichtigste, das er sich gerade wünscht? Dass sein Vater frei ist. Dass er endlich den Makel des Verdachts los ist. Dass die Polizisten ihn in Ruhe lassen. Dass in der Waschküche und im Bus nicht mehr über ihn geredet wird. Dass Charly sich keine Sorgen mehr über eine mögliche Verhaftung machen muss. Aber darüber kann er nicht schreiben. Er könnte es nicht vor der ganzen Klasse vorlesen. Es ist zu persönlich, zu furchtbar und geht ihm zu sehr unter die

Haut. Außerdem soll es in dem Aufsatz um ihn selbst gehen. Also denkt Charly darüber nach, was er gern tun würde. Aber kann man das in Worte fassen?

Das Spannendste, was ich in diesem Sommer nicht erlebt habe, war die Entdeckung meiner verborgenen Kräfte. Ich war mit Bernadette am Strand. Als ich die Decke ausbreitete, verlor ich meine Brille. Normalerweise muss ich lange mit den Händen nach den Dingen tasten, die mir herunterfallen, aber heute war es anders. Ich fragte mich einfach, wo meine Brille sein könnte, streckte meine Hand aus und hob sie mit einem einzigen, sicheren Griff auf. Ein kurzes Nachdenken genügte und sofort wusste ich, wo sie war. Sehr merkwürdig.
Um mich herum duftete es nach einer Mischung aus Sonnencreme und Grillfleisch, ich hörte Musik, lachende Leute und – neben all dem – das Rauschen der Wellen auf dem Sand. Ich konzentrierte mich auf das Wasser, auf die nächste Welle, die sich gerade dem Strand näherte. In dem Moment, in dem sie sich am Ufer brach, fühlte ich es in mir. Ich brauchte nicht einmal das Geräusch, um zu wissen, wann es so weit war. Ich ›wusste‹ es, bevor ich es hörte. Wie lässt sich eine solche Kraft beschreiben? Alles zu wissen, schon bevor ich es hören oder spüren konnte, war wie ...

Eine Hand auf seiner Schulter. Erschrocken zuckt Charly zusammen. Normalerweise hört er es, wenn sich ihm jemand nähert. Er muss sehr in die Geschichte vertieft gewesen sein.
»Dad?«, fragt er.
Er erkennt die vertraute Hand seines Vaters. Auch am Duft erkennt er ihn. Aber es ist noch jemand im Zimmer.
»Hier sind ein paar Freunde von dir«, sagt sein Vater.

»Hi Charly«, sagt Lewis. »Wieso sitzt du hier im Dunkeln?«
»Lewis!«, zischt Bernadette und boxt ihm in die Rippen. Die gute, alte Bernie.
»Was denn? Ach so, ja. Tut mir leid.«
»Hi Leute«, sagt Charly.
»Sie scheinen dir etwas sehr Wichtiges mitteilen zu wollen«, sagt sein Vater. »Wir werden in einer halbe Stunde essen. Ich habe sie gefragt, ob sie mitessen wollen, aber Lewis sagt, er müsse nach Hause. Und Bernadettes Mutter hat auch gesagt, wir sollen sie gleich wieder rüberschicken.«
Dann lässt er die drei allein.
»Sag mal, können wir das Licht anmachen, Charly?«, flüstert Lewis. »Ist das okay? Weiß ja nicht, wie es *dir* geht, aber ich fühle mich ein bisschen unbehaglich.«
»Lewis!«
»Au! Das tut weh, Bernadette!«
Charly muss grinsen. Bernadette geht zur Tür und schaltet das Licht ein. Charly weiß, dass sie es ist, er erkennt ihre Schritte.
»Okay Lewis«, sagt sie. »Erzähl Charly von der Lösung unseres Rätsels.«

Lewis berichtet, wie er Mrs. Jodelschmidt auf den Friedhof gefolgt ist, die Familiengruft gefunden hat und dann von Casey überrascht wurde.
»Mann, hab ich geschrien, als er unter der Gruft hervorgekrochen kam. Ich hätte mir fast in die Hose gemacht. Taucht das Vieh da plötzlich vor mir auf und bläst mir seinen stinkenden Atem ins Gesicht. Ich bin einen Abhang runtergerutscht und dann abgehauen. Ich sag euch, das hat für mindestens zwei Alpträume gereicht.«

»Du scheinst gerade ein ziemliches Hundeproblem zu haben«, sagt Bernadette.
»Und wie ging es dann weiter?«, fragt Charly ungeduldig.
»Nichts. Ich bin hierher gerannt, habe bei Bernadette geklingelt und dann sind wir zu dir gekommen.«
»Aber sie hat gesagt, du hast die Lösung gefunden. Heißt das, du weißt tatsächlich, wo das Geld ist?«
»Yep.«
»Moment mal. Willst du damit sagen, dass Mrs. Jodelschmidt das Geld auf dem Friedhof findet? Das ist der geheimnisvolle Ort?«

Charly kennt sich auf dem Friedhof gut aus. Er gehört zu den Plätzen, an denen er am liebsten spazieren geht. Unter den Füßen ein gepflasterter Weg, um ihn herum Bäume, Gras und Stille. Manchmal verlässt er den Weg und geht zu einzelnen Grabsteinen, um mit den Fingern die Namen und Lebensdaten der Verstorbenen zu ertasten. Was bleibt von einem Menschen übrig, wenn man dort liegt? »FREDDA COLLINS 1891–1980.« Ein langes Leben. »DER GELIEBTEN EHEFRAU, MUTTER & GROSSMUTTER.«
Oder: »ROBBY CUPPLES 1956–1957.« Nicht so gut. Und lang schon gar nicht. »BIS WIR UNS WIEDERSEHEN.«

Charly verzieht das Gesicht. Hatte Mrs. Jodelschmidt nicht etwas von Knochen gesagt, als sie vor dem Haus mit Casey sprach? Was hat Casey nur angestellt?
»Das Geld ist nicht einfach *irgendwo* auf dem Friedhof versteckt«, fährt Bernadette fort. »Es befindet sich in genau der Gruft, zu der Mrs. Jodelschmidt Lewis geführt hat.«
»Woher wisst ihr das?«

»Ganz einfach, Charly«, sagt Lewis. »Weil er etwas ganz Bestimmtes im Maul hatte, als er aus der Gruft kam. Das glaubst du nie! Es war … das hier!«
Das Rascheln legt Charly nahe, dass er etwas aus der Tasche gezogen hat und es ihm vors Gesicht hält.
»Lewis, du Idiot!«, sagt Bernadette. »Er kann das nicht sehen! Es ist ein 20-Dollar-Schein, Charly.«
»Sorry«, sagt Lewis. »Ich vergesse es einfach immer wieder. Ja, ein Zwanziger. Der Hund hatte das ganze Maul voll davon. Und als er an mir rumschnüffelte, fiel einer auf den Boden. Bevor ich den Abhang runterrutschte, konnte ich ihn mir gerade noch schnappen. Nimm ihn mal, da sind noch die Spuren seiner Zähne dran.«
Er drückt ihm den Schein in die Hand und Charly tastet ihn aufmerksam ab. Am oberen Rand findet er das Zeichen für die Zwanzig, das sich so ähnlich anfühlt wie ein Dreieck. Tatsächlich! In der Ecke rechts oben haben Caseys Zähne eine deutliche Spur hinterlassen.
Das ist ein Beweis, etwas Greifbares! Ein wichtiger Schritt auf dem Weg, seinen Vater vor dem Gefängnis zu bewahren. Charly ist gerührt. Seine Augen blinzeln hinter der dunklen Brille.
»Danke, Lewis«, sagt er leise. »Vielen Dank.«
»Ich wusste doch, dass die *Operation Jodelschmidt* ein voller Erfolg sein würde.«
»Das kann man wohl sagen. Alles ist genauso eingetreten, wie du es vorhergesagt hast: Bernadette und ich haben mit ihr gesprochen, sie wurde unruhig, verließ das Haus und du bist ihr gefolgt. Bingo!«
»Aber eins verstehe ich immer noch nicht«, meldet sich Bernadette zu Wort. »Erinnerst du dich Charly? Als wir bei ihr waren,

hat sie gesagt: ›So wahr mir Gott helfe, ich weiß nicht, woher Casey das Geld hat.‹ Aber scheinbar weiß sie es *doch*.«

»Nicht unbedingt«, sagt Lewis. »Ich stand ja direkt hinter der Gruft. Sie aber nicht. Sie war irgendwo weiter oben auf dem Weg und rief nach ihrem Hund. Ich glaube nicht, dass sie weiß, aus welcher Gruft er es holt.«

»Könnte sein«, murmelt Bernadette.

»Ich kapiere etwas ganz anderes nicht«, sagt Lewis und setzt sich auf Charlys Bett. »Wieso kann dieser Hund *Geld* apportieren? Das gehört doch nicht zu den natürlichen Begabungen eines Hundes, oder? Ich dachte immer, Hunde rennen Stöcken und Tennisbällen nach und jagen Vögel oder Eichhörnchen. Aber Geld? Ist das eine neue Rasse? Geldhunde? Hab ich noch nie gehört.«

»Casey ist eine Ausnahme«, erklärt Bernadette. »Er wurde darauf dressiert.«

Charly überlegt, wie die weiteren Schritte aussehen könnten. Er hat bereits eine Idee. Wenn die Pressekonferenz erst am Montag stattfindet, bleibt noch genügend Zeit …

»Würdest du die Gruft wiederfinden, Lewis?«, fragt Charly.

»Klar«, sagt Lewis. »Sie steht auf dem größten Hügel, kann man gar nicht verfehlen.«

»Kannst du uns hinbringen?«

»Was hast du vor, Charly?«, fragt Bernadette. Er spürt geradezu, wie sie ihn mit großen Augen anstarrt.

Eine digital verzerrte Version eines schmalzigen Top-Ten-Hits aus den 70er-Jahren kommt Charlys Antwort zuvor.

»Mein Gott!«, quiekt Bernadette. »Was ist das denn für schreckliche Musik? Schalt das sofort ab!«

»Geht nicht!«, sagt Lewis. »Das ist das Handy von meiner Mutter.«

Der Refrain des Liedes wird ein paar Mal wiederholt, dann herrscht wieder Ruhe. Lewis seufzt erleichtert.
»Wer ruft denn jetzt deine Mutter an?«, fragt Bernadette.
»Keine Ahnung. Ich weiß sowieso nicht, wozu sie ein Handy braucht. Mein Vater ruft sie jedenfalls nie an.«

Gut gesättigt von Roastbeef, frisch geduscht und im Schlafanzug sitzt Charly vor seinem Computer und scrollt sich durch verschiedene Dialogfenster. Die synthetische PAMS-Stimme scheppert in seinen Ohren. PAMS steht für *Programm-Aktion mit Sprache.* Das Programm liest ihm die Inhalte von Software und Interneteiten vor. Charlys Finger gleiten über die wichtigsten Tasten: STRG, ALT, ENTER und die Funktionstasten. Er öffnet ein neues Fenster. *Tastaturhilfe aktiv,* erinnert PAMS ihn. »Danke sehr«, murmelt Charly. Er stellt die Worterkennung auf *ERWEITERT* und scrollt weiter. PAMS beginnt mit einem Vortrag über Grabstätten im Amazonas. Sehr interessant, aber nicht gerade das, wonach er gesucht hat. Er will das nächste Fenster öffnen, erwischt aber die falsche Taste. *Unterer Bildrand erreicht,* sagt PAMS. Charly versucht es noch einmal. *Position nicht gefunden*, beanstandet PAMS. Er drückt STRG-H, um um Hilfe zu bitten. *Wähle F1 für Hilfe*, erinnert PAMS ihn.
Zwanzig Minuten später hat er noch immer nicht gefunden, wonach er sucht. PAMS hat ihm Broschüren von Bestattungsunternehmen und Auflistungen verschiedener Ausgrabungen vorgelesen und er hat eine Menge über Begräbnisverordnungen erfahren und statische Details innerhalb der Architektur von Grüften gelernt. Und all das in der eintönigen und unbeteiligten Stimme von PAMS. PAMS interessiert sich für gar nichts. PAMS brummt einfach vor sich hin.

Bernadette kann PAMS nicht leiden. »Das ist, als würdest du mit einem Außerirdischen sprechen. Hinter dieser Stimme steckt gar nichts, sie ist vollkommen leblos.«

Charlys Zimmertür öffnet sich. Er hört, wie seine Eltern hereinkommen, und nimmt die Stöpsel aus den Ohren.
»Gute Nacht, Charly«, sagt seine Mutter von der Tür aus. »Bis morgen früh.«
Sein Vater kommt zu ihm.
»Was machst du denn gerade? Sind das Grüfte?«
»Genau. Grabkammern, Mausoleen und Krypten. Aber vor allem Familiengrüfte.«
»Interessant.« Sein Vater ermuntert ihn bei allem, was er macht. »Na ja, solche Phasen durchlebt jeder mal. Also, gute Nacht.« Seine große, warme Hand landet auf Charlys Schultern.
»Machst du dir Sorgen darüber, dass du vielleicht ins Gefängnis musst?«, fragt Charly.
»Ja, das kann man wohl sagen«, antwortet er und seine Hand zittert leicht. »Heute Abend hat meine Anwältin davon gesprochen, was wir tun können, wenn wir vor Gericht verlieren.«
»Ich will nicht, dass du ins Gefängnis musst.« Er greift nach der Hand seines Vaters. »Und ich will nicht, dass wir nach Seattle oder Winnipeg ziehen müssen.«
»Hmm. Von diesen Plänen habe ich auch schon gehört. In Winnipeg soll es verdammt kalt sein. Aber es ist eine trockene Kälte, du wirst sie kaum spüren. Ich dagegen werde irgendwo in einer feuchten Zelle kauern.«
»Sag so was nicht!«
»War nur ein Witz.«
»Aber ein schlechter.«

»Hmm, stimmt wohl. Die sind meine Spezialität.«
Zaghaft müssen sie beide lachen. Roger beugt sich zu Charly hinunter und küsst ihn auf die Stirn. »Nacht, mein Sohn.«

Charly widmet sich wieder seinen Grüften. *Gibt es besondere Öffnungszeiten für Grüfte?*, fragt er. PAMS erzählt ihm, dass es in Irland eine Gruft gibt, die seit 1600 Jahren nie geschlossen wurde. In Kalifornien dagegen gibt es welche, die nie geöffnet sind. Sie sind mit einem Spezialschloss und zusätzlicher Spracherkennung gesichert. STRG + N, STRG + N, STRG + N.
Charly gähnt. Es ist schon spät. HERUNTERFAHREN.
Auf Wiedersehen, sagt PAMS.

Szene 24: **Der echte Junior**

Es ist immer das gleiche. Seit er sich erinnern kann. Immer nur Geld, Geld, Geld. Das war alles, woran sein Vater gedacht hat. Aber er konnte tun, was er wollte, es war ihm nie genug. Das ist der einzige Unterschied zwischen uns, hat er immer gesagt. Zumindest was den wohlhabenden Teil der Familie betrifft.
Junior hat nie verstanden, warum sein Vater sich nicht mit seiner Großmutter verstanden hat. Irgendetwas musste passiert sein. Etwas, worüber nie gesprochen wurde. Und er wusste, dass es sinnlos gewesen wäre, danach zu fragen. Wenn er sie besuchte, lächelte er immer. Auch dem Chauffeur und den Zimmermädchen gegenüber war er freundlich. Er machte Oma Komplimente.

Und sie freute sich darüber. »So ein höflicher Junge«, sagte sie immer. »Bewahre dir deinen Charme.«
Wenn der Chauffeur ihn dann in ihre kleine Wohnung im Westen der Stadt zurückfuhr, begrüßte sein Vater ihn mit Hasstiraden und Flüchen. Aber seine Mutter fragte ihn jedes Mal aus: »Was hat sie angehabt?« Oder: »Was gab es zu essen?« Arme Mama.
Als er zwölf Jahre alt war, begann Junior zu arbeiten. Er machte den Abwasch in einem Restaurant und bekam jeden Abend seinen Lohn ausbezahlt. Behutsam nahm er die Scheine entgegen und hielt sie ehrfürchtig in der Hand, wie er es bei seinem Vater gesehen hatte. Sie fühlten sich schmierig an. Er hielt sie sich an die Wange. Sie rochen nach Schweiß und Leder. Er starrte sie an und versuchte herauszufinden, worin ihr Zauber lag. Was machte sie so wichtig? Unmöglich, den Blick von ihnen abzuwenden. Als würden sie ihn hypnotisieren. Und plötzlich tauchte – als stünde er wirklich vor ihm – das Gesicht seines Vaters auf den Scheinen auf. An den Seiten standen die Zahlen, eine Fünf, eine Zehn oder eine Zwanzig. Aber in der Mitte der Scheine erschien das wütende, geifernde, zupackende Nussknackergebiss seines Vaters. Höhnisch fauchte es ihn an, als wollte es sagen: *Das ist nicht genug!* Dann schrie er vor Entsetzen und schleuderte die Scheine von sich. Manchmal flogen sie in den Suppentopf, aber meistens landeten sie im Mülleimer.

»Du Drecksack!«, schimpft er. »Du mieser, alter, nie zufriedener Drecksack!«
Der alte Mann schweigt wie immer. Geschniegelt und gestriegelt grinst er ihn aus seiner versiegelten Urne heraus an. Wie er es immer getan hat. Junior kippt das nächste Glas seines teuren

Whiskys herunter. »Morgen«, sagt er. »Morgen werde ich dich endgültig los!«
Den Lohn der nächsten Woche hob er auf. Den der Woche darauf ebenso, und immer gab er ihr das Geld. Er fand heraus, dass sie ihn besser bezahlten, wenn er lächelte und Witze machte. Also übte er sich darin, immer lustig zu sein. Und zu Hause gab er ihr das Geld. Sie hatten viele Geheimnisse. Mit dem Geld, das sie vor dem Alten versteckt hielt, lud sie ihn in Restaurants ein. Sie hatte ihm auch den Job in der Restaurantküche besorgt.
Sie gingen zusammen einkaufen. Er wollte ihr etwas schenken. »Zeigen Sie mir den teuersten Artikel, den Sie haben«, sagte er dem Verkäufer, kaum in der Lage, über den Verkaufstisch zu schauen. Das Geschäft duftete nach Parfüm, Gewürzen und poliertem Holz.
»Aber Junior, das sollst du doch nicht.«
Ihre Stimme. Mamas Stimme. Er hat sie seit vielen Jahren nicht gehört. Zuletzt war es immer nur die seines Vaters.
»Junior, bitte.«
»Das Teuerste, was Sie haben«, wiederholte er und hob die Augenbrauen. Der Verkäufer lächelte auf ihn herab, öffnete eine Schublade und entnahm ihr eine schmale, rechteckige Schachtel. Und hier, in dieser Schachtel, befand sich das Schönste, das Weichste, was er in seinem ganzen Leben berührt hat. Seine Fingerspitzen kribbelten. Er hörte das leise Seufzen seiner Mutter und wusste sofort, dass er das Richtige gefunden hatte. Das war es! Dafür war Geld eigentlich da. Nicht, um es zu horten und sich ständig Sorgen darum zu machen, sondern für schöne Dinge wie die, die hier vor ihm lagen.
»Vierzig Dollar das Paar«, sagte der Verkäufer mit sanfter Stimme.

»Oh Junior, das darfst du nicht.«
»Ich nehme … drei.«
Ein weiteres Geheimnis zwischen ihnen. Strümpfe aus echter Seide.

■■■■■

Es ist mitten in der Nacht. Das einzige Licht im Wohnzimmer kommt vom Fernseher. Bläulich-graue Schatten tanzen auf der Wand gegenüber. Junior schluchzt. Immer muss er schluchzen, wenn er die Stimme seiner Mutter hört. Er trocknet sich die Augen mit einem Taschentuch und leert sein Glas.

Szene 25: **Schlaf**

Charly träumt, dass er auf dem Friedhof Casey jagt. Lewis ist bei ihm. Und Bernadette und Frank der Schläger und Mrs. Jodelschmidt und Uria. Alle jagen sie den kleinen lockigen Pudel, der weiß, wo das Geld ist. Sie laufen schneller, schneller und noch schneller. Charly kann das Hecheln des rennenden Hundes hören. Dann bleibt Casey plötzlich stehen. Charly hört das Rauschen der Blätter im Wind. Ein Blatt fällt herunter und landet in seiner Hand. Es ist kein Ahorn- oder Eichenblatt. Es ist rechteckig und hat gerade Ränder. Ein Geldschein. Er tastet ihn ab, sucht nach dem Aufdruck und seine Hände beginnen zu brennen. Der Schein steht in Flammen.
Die anderen beginnen zu schreien und zu fluchen. Er erkennt

die Stimme seines Vaters, zuerst panisch laut, dann immer leiser werdend. Uria schreit, das Feuer habe ihm seinen Feind ausgeliefert. Mrs. Jodelschmidt wimmert leise. Bernadette fragt Frank, ob alles in Ordnung sei. Unterdessen regnet es brennende Geldscheine vom Himmel herab. Charly wacht auf. Sein Schlafanzug ist nass geschwitzt.

2:42 Uhr, sagt ihm seine innere Uhr. So ziemlich die schrecklichste Zeit zum Aufwachen. Charly geht ins Badezimmer und trinkt Wasser, die Hände hält er wie eine Schale unter den Wasserhahn. Er geht langsam durch den Flur, durch die Küche, durchs Esszimmer und Wohnzimmer. Nirgends auf der Welt kennt er sich so gut aus wie hier. Das polierte Holz unter seinen nackten Füßen vermittelt ihm das Gefühl von Sicherheit. Er lässt sich in den Lieblingssessel seines Vaters fallen, den weichen mit dem Riss an der Seite. Jetzt nur nicht daran denken, wie es seinem Vater im Gefängnis gehen wird. Aber er kann nichts dagegen tun. Die Anwältin kümmert sich nicht um ihn. Sie will nur, dass ihr Name in der Zeitung steht. Weiß sein Vater das? Macht er sich deshalb Sorgen? Er hat nichts im Gefängnis zu suchen.
Soweit darf es nicht kommen.
Charly ist müde. Seine Gedanken werden so weich wie Schaum im Badewasser. Der Gedanke an seinen Vater im Gefängnis verwandelt sich. Er denkt an eine andere Person, die ebenfalls fehl am Platz ist. Fehl am Platz in dieser Nachbarschaft. Hmm.
Mit beiden Händen reibt er sich die Stirn. Langsam, ganz langsam entfaltet die Behaglichkeit des weichen Sessels ihre Wirkung. Der Schlaf schleicht sich ins Wohnzimmer. Er legt ihm seine schwebenden Hände auf die Schultern und heißt ihn willkommen in der Welt des Vergessens.

Szene 26: **Mrs. Ellieff**

Nach der ersten Pause betritt Mr. Floyd die Klasse mit einem strahlenden Lächeln. Er hebt die rechte Hand und streckt den Zeigefinger in die Luft.

»Ayy!«, begrüßt er seine Klasse.

»Ayy!« Die meisten lachen anerkennend.

»So, bevor wir mit Mathe anfangen, haben wir noch Zeit für einen Sommer-Aufsatz. Wer hat Lust? Ich erwarte etwas mit Sinn fürs Dramatische und vielleicht einer Prise Pathos.«

Bernadette hört, wie um sie herum gemurmelt wird. *Was hat er gesagt? Pathos? Kenn ich nicht. Was ist* das *denn?*

»Ich dachte, Pathos wäre einer von den *Drei Musketieren*«, ruft jemand aus der letzten Reihe.

Alle lachen und Mr. Floyd schließt sich an.

»Okay. Dann eben jemand, der zumindest weiß, was *Pathos* heißt.« O-oh, denkt Bernadette. Jetzt bin ich wohl reif.

Doch er richtet seinen Zeigefinger wie eine Pistole auf Adrienne und drückt ab. Bernadette fühlt, wie sich eine unerklärliche Leere in ihr breitmacht. Denkt er etwa, *sie* wüsste nicht, was *Pathos* bedeutet?

In diesem Moment wird die Tür aufgerissen und ein stämmiger, gedrungener Drache stampft in die Klasse. Hinter einem Schleier aus Tränen funkeln Blicke so scharf wie Dolche. Sie durchkämmen den Raum.

»Mein Sohn wird verhungern!«, gellt es durch die Klasse.

»Was ist da los?«, flüstert Charly Bernadette zu.

»Eine etwas wirre Frau ist reingekommen. Sie hat eine Supermann-Brotdose in der Hand.«

»Mein Sohn!«, ruft die Frau. »Er wird verhungern, wenn er dies hier nicht bekommt!«

»Irgendwo habe ich sie schon einmal gesehen«, sagt Bernadette.

»Und gehört«, ergänzt Charly.

»Um Viertel nach acht ist er aus dem Haus gegangen. *Vergiss deine Brote nicht,* habe ich ihm gesagt. *Sie liegen auf dem Tisch.* Er sagte, er würde sie einpacken und ich habe ihm geglaubt. Als ich um neun Uhr sah, dass sie immer noch auf dem Tisch lagen, blieb mir fast das Herz stehen! Ich rannte zum Bus, aber der war gerade weggefahren. Mein armer, dummer, vergesslicher Lewis! Also kam ich hierher. Ich kann meinen Sohn doch nicht verhungern lassen! Die Sekretärin sagte mir, wo ich ihn finden würde, aber … aber ich sehe ihn nirgends. Lewis! Wo bist du?«

Lewis' Gesicht ist dunkelrot angelaufen. Er hat die Augen geschlossen.

»Hier, Mama. Hier bin ich«, stöhnt er.

Seine Mutter wendet den Blick zum Himmel. »Gott sei Dank!«, schluchzt sie. »Aber Lewis, wo … wo um Himmels willen sitzt du denn?« Kritisch sieht sie sich seine Umgebung an. »Was tust du denn da? Nur Faulpelze und Nichtsnutze sitzen in der letzten Reihe. Das hat sicher mit den Schmierereien auf deinem Arm zu tun, nicht wahr? Habe ich recht? Ich habe deinem Vater gesagt, er sollte dich bestrafen!«

»Ich *will* aber in der letzten Reihe sitzen, Mama.«

»Papperlapapp! Was weißt du schon darüber, was du willst? Und jetzt komm her zu mir.«
»Ähm, Mama …«
»Wie bitte? Bist du dir zu gut, die Pausenbrote deiner Mutter anzunehmen? Lewis, ich habe den ganzen Weg hierher auf mich genommen, ganze vier Stationen, mit lauter Perversen im Bus, die mich angestarrt haben. Komm sofort hierher!«
Langsam und gequält steht er auf, seine Mutter kommt ihm entgegen. Sie ist ungefähr so groß wie er, aber um einiges massiger und aggressiver. Sie lehnt sich nach vorn, die Spitze ihres Kinns berührt sein Gesicht.
»Nein, wie niedlich, Charly«, säuselt Bernadette. »Sie nimmt ihn in die Arme.«
Ein kollektives Raunen geht durch die Klasse.
Mrs. Ellieff tritt einen Schritt zurück.
»Und *das*« – sie verpasst ihm eine knallende Ohrfeige – »ist dafür, dass du schon wieder deine Brote vergessen hast! Du wirst immer mehr wie dein Vater. Manchmal glaube ich, du kommst wirklich nach ihm.«
Frank brüllt vor Lachen. Der Rest der Klasse schweigt betreten. Kopfschüttelnd verlässt Mrs. Ellieff die Klasse. Lewis sieht ihr kleinlaut nach, während auf seiner Wange ein roter Fleck zurückbleibt.
»Ayy!«, meldet sich Mr. Floyd zu Wort und richtet seinen Pistolenfinger auf die Tür.

Szene 26a: Adriennes Aufsatz

Der Morgen war so trüb und trostlos wie eine Schaufel voller Schlamm und ich spürte, wie das Gefühl eines unergründlichen und verzweifelten Verdrusses von mir Besitz ergriff, als mit einem Mal eine Verwandlung, oder vielmehr: eine Metamorphose solcherart vonstatten ging, dass die Sonne mit ihrer strahlenden Schönheit den finsteren Wolkenmantel durchbrach und mit der Gewalt einer Supernova den Himmel erhellte, als wäre nichts Geringeres als ein göttlicher Funke der Urheber dieses Schauspiels. Als es geschah, befand ich mich in der Spülküche, vor dem Waschbecken stehend, gepeinigt vom heißen Wasser an meinen Armen und dem rauchenden Ofen hinter mir. Nichts aber verdross mich in dieser schweren Stunde mehr als die quälende Ungerechtigkeit meiner Situation. Sie war der Ursprung meiner üblen Verfassung. Die Tochter eines Ministers, vom Schicksal vergessen, gebildet und strebsam und doch – ach – so arm. Ich wusste, dass dies nicht der Ort war, an den ich gehörte, doch besaß ich weder eine Familie noch Vermögen. Die Gespräche mit Gerald waren mein einziger Trost, doch heute würde auch er mich verlassen und zurück nach Oxford gehen. Er hatte mir versprochen, aufrichtig zu mir zu sein, aber was sind solche Versprechen schon wert? Gerald war der einzige Sohn eines Grafen, und ich war ... eine Küchenmagd. Ich richtete meine Blicke durch das beschlagene Glas des Küchenfensters und verlor mich im Anblick der ozeanischen Klarheit des Himmels. Die schwarzen Mächte der Melancholie erfüllten meinen Körper wie ein feindseliges Heer und zerschlugen endgültig alle meine Hoffnungen. Das Schicksal spielte ein böses Spiel mit mir. Es würde mich, dessen war ich gewiss, wie so viele vor mir, achtlos zur Seite stoßen und dem Vergessen anheim geben. Mein Leid war groß wie nie zuvor, als ich reglos dastand und in den Himmel starrte.

In diesem Moment flog die Tür auf und Geralds tiefer, reiner Bariton erfüllte die rauchgeschwängerte Küche. »Dorothea!«, rief er. »Trockne deine armen, zerschundenen Hände und folge mir hinauf. Soeben ist ein Anwalt aus London eingetroffen – und er bringt wunderbare Neuigkeiten! Dein verschollener Onkel Percy ist gestorben und hat dir ein Vermögen hinterlassen. Eine Million Pfund in Wertpapieren und einen Herrensitz mit einem Park voller Rotwild. Ein Park, Dorothea! Jetzt wird Vater es nicht länger wagen, nach weiteren fadenscheinigen Gründen zu suchen, um unsere Heirat zu verhindern! Von jetzt an können wir ihn auslachen, wenn er von seiner Familienehre und den siebzehn Generationen in ihren Gräbern vermodernden Vorfahren spricht. Komm, Dorothea! Komm mit!«

Mit einem Schlag war meine Melancholie verschwunden, die schwarze Armee war durch das unerwartete Auftauchen der anderen, der guten Seite in die Flucht geschlagen. Ich schleuderte meinen Schwamm zu Boden, nahm die erniedrigende Schürze ab und schüttelte mein langes, wallendes Haar. Erlöst eilte ich zur Tür, Gerald entgegen, der darauf wartete, mich in seine Arme zu schließen. Als unsere Blicke sich trafen, verlor ich das Gleichgewicht und rutschte auf dem glatten Boden aus. Ich stürzte und schlug so unglücklich zu Boden, dass mein Kopf in die offene Feuerstelle geriet. Sofort fingen meine Haare Feuer und in Sekundenschnelle befand ich mich inmitten eines wütenden Flammenmeeres. Verzweifelt schrie ich um Hilfe und schon eilten Gerald und seine Bediensteten mir zu Hilfe. Doch das Feuer breitete sich in Windeseile aus. Zuerst ergriff es mein Kleid, von dort sprang es über auf sein Hemd und schon bald hatten die züngelnden

Flammen die Petroleumleuchten auf dem Küchentisch erreicht. Die Küche verwandelte sich in ein flammendes Inferno. Wir alle stürzten zur Tür, trampelten übereinander her und trugen so nur dazu bei, dass das Element sich mit jedem Gegenstand, den wir berührten, nur umso schneller ausdehnte.

Als es den furchtlosen Feuerhelfern schließlich gelungen war, die lodernden Flammen zu bezwingen, war die Nacht bereits hereingebrochen. Vom großen, herrschaftlichen Haus war nichts übriggeblieben als eine dampfende Ruine. Gerald und seine gesamte Familie waren tot. Wie durch ein Wunder war ich mit dem Leben davongekommen. Doch ich wusste, dass mir, der durch die Flammen entstellten Jammergestalt, nichts mehr bliebe, als den Rest meiner Tage in nie endenden Höllenqualen zuzubringen.

Als Adrienne sich hingesetzt hat, herrscht zehn Sekunden lang vollkommene Stille.

»Also ich … ähm … ich fand das gut«, meldet sich Rachel zu Wort. »Aber ich … na ja … ich habe …«

»Keine Ahnung«, hilft Bernadette aus.

Rachel lächelt ihr dankbar zu. »Ja, genau. Ich habe keine Ahnung, worum es in deinem Aufsatz eigentlich geht. Ich meine, du bist so klug und du sagst immer so intelligente Sachen, über die ich nur staunen kann, normalerweise. Aber das hier, das war irgendwie … ich meine, das war … ähm …«

Adrienne sieht Rachel abfällig an.

»Ähm?«

»Ja! Wie soll ich sagen … *Der Morgen war so trüb und trostlos* blablabla … *Gerald* blablabla … *tiefer, reiner Bariton* blablabla … *flammendes Inferno* – was auch immer das heißen soll. Weißt du, was ich meine?«

Adrienne sieht sich angewidert in der Klasse um. Ihre schlanke, markante Nase legt sich in Runzeln. Die Mundwinkel sind nach unten gezogen.
»Das war ein Witz«, sagt sie verächtlich. »Einfach ein Witz.«
Bernadette dreht sich zur Seite, um ihr Lachen zu verbergen. Als sie Charlys offen stehenden Mund sieht, hält sie inne. Er hat eine Idee, ganz klar. In einem Comic würde jetzt eine Glühbirne über seinem Kopf schweben.
»Was ist los?«, fragt sie ihn flüsternd.
»Deshalb also«, erwidert er.
»Deshalb *was*?«
»Deshalb ist es da«, sagt er.
»Was ist da?«
»Das Geld. Psst, ich erkläre es dir nachher.«

Szene 27: **Kekse**

Als Bernadette und Charly in die Kantine kommen, ist das übliche Chaos bereits in vollem Gange. An einer Wand stehen Siebtklässler in einer Schlange und bedienen sich aus verschiedenen Vitrinen mit Getränken und warmen Gerichten. An der gegenüberliegenden Wand bieten verschmutzte Fensterscheiben einen unklaren Blick auf den Schulhof. Dazwischen stehen rechteckige Tische, an denen sich die Schüler über ihr Essen beugen.
Der Lärm und die Gerüche sind beinahe greifbar. Schreie, Gelächter, heißes Fett, scharrende Stuhlbeine, Rauch. Bernadette

zieht unwillkürlich die Schultern hoch. Plötzlich erstirbt der Lärm. Wie eine ausgeblasene Kerze.
Jeder einzelne Kopf – und es sind mindestens hundert – ist auf sie gerichtet, während sie Charly durch den Raum führt. Sein Stock klackert laut auf dem gefliesten Boden. Vor einer Sekunde wäre es kaum aufgefallen, wenn jemand einen Presslufthammer angeschaltet hätte, jetzt aber herrscht Totenstille. Genauso war es gestern, und am Dienstag ebenfalls. Scheinbar hat das Neue seine Faszination noch nicht verloren.
Sie legt seine Hand auf die Lehne eines Stuhles. Charly zieht ihn zurück, setzt sich hin und schält sich aus den Trägern seines Rucksacks.
Um sie herum erhebt sich ein Murmeln. *Ist er das? Das ist er doch, oder? Ja, das ist er!*
»So, mal sehen, was meine Mutter mir heute eingepackt hat«, sagt Charly betont laut. Er greift in eine Papiertüte. »Ah, sehr gut, Karotten!«
Von irgendwo her hört er lautes Schnaufen.
Bernadette lächelt Charly an. »Nicht schlecht. Mit viel Vitamin A. Sehr gut für die Augen.«
Ein Kichern hier und da. Bald darauf kichert die ganze Kantine. Die Gespräche untereinander werden fortgesetzt, der Geräuschpegel steigt wieder.

Gegen Ende der Mittagspause kommen ein paar Schüler zu Charly. Einige stellen sich vor und verlieren ein paar freundliche Worte. Ein Junge bietet ihm eine Tüte mit Keksen an. »Kannst du so was essen?«, fragt er. »Die sind aus Hafermehl.«
»Warum sollte ich die nicht essen können?« Der Junge schweigt und Charly fährt fort. »Ich bin blind, das ist alles. Aber ich kann

Hafermehl-Kekse essen. Ich kann auch Fußball spielen und Papierboote falten. Ich bin genau wie du.«
»Tut mir leid«, sagt der Junge betreten.
»Schon okay«, nuschelt Charly, den Mund voller Kekse.
»Du kannst nicht Fußball spielen«, raunt Bernadette, als der andere weg ist.
»Klappe halten.«
»Letztes Jahr habe ich gesehen, wie du gespielt hast. Ihr hattet diesen besonderen Ball mit Rasseln drin. Weißt du noch? Du warst im Tor und hast keinen einzigen Ball gefangen.«
»Nimm dir einen Keks und halt die Klappe.«
Lewis kommt an ihren Tisch. Allein. Er setzt sich neben Charly, sein Gesicht ist so lang wie ein Gottesdienst am Karfreitag.
»Sie haben mich aus der letzten Reihe verbannt«, brummt er. »Wayne und die anderen. Haben gesagt, ich wäre nicht cool genug.« Er öffnet seine Dose mit Kohlrouladen, nimmt ein Tütchen mit Pfeffer und eine Plastikgabel und fängt an zu essen.
Langsam leert sich die Kantine. Die Vitrinen der Essensausgabe sind schon verschlossen, der Geräuschpegel sinkt.
»Dürfen sie das denn?«, fragt Bernadette. »Dich einfach vertreiben?«
»Na klar dürfen sie das«, mischt Charly sich ein. »Unter den Rebellen der letzten Reihe herrscht ein strenger Verhaltenskodex. Und nach allem, was Lewis heute Morgen über sich ergehen lassen musste …«
Lewis lässt den Kopf hängen. »Meine Mutter. Jetzt ist sie endgültig zu weit gegangen. Sie haben gesagt, ich hätte nichts mehr bei ihnen zu suchen. Und kein Wort davon, dass es ihnen leid tue. Ich sitze jetzt in der Nähe der Tür, direkt bei euch.«
»Willst du einen Keks?«, fragt Charly.

»Darf ich? Danke.« Charly hört das Rascheln der Tüte, während Lewis darin herumwühlt, wahrscheinlich auf der Suche nach dem größten Keks. »Vielen Dank.«
»Ich will doch, dass du bei Kräften bleibst. Die wirst du noch brauchen, wenn du uns nachher die Gruft zeigst. Ich habe da übrigens einen Plan. Wie war noch mal der Name?«
»Welcher Name?«
»Der auf der Gruft.«
»Welche Gruft?« Eine große Ladung Krümel landet auf dem Tisch.
»Was glaubst du wohl, von welcher Gruft ich rede? Jedenfalls nicht von der mit siebzehn Generationen vermodernder Vorfahren aus Adriennes Aufsatz. Ich meine Caseys Gruft. *Unsere* Gruft. Die mit dem Geld. Welcher Familienname steht darauf?«
»Ach so ... ähm ... keine Ahnung. Ich habe mich ja an der Rückseite versteckt. Und dann bin ich so schnell es ging abgehauen. Aber warte mal. Ich habe einen Namen gesehen, allerdings auf der Gruft daneben. Ich hab noch gedacht: Was für ein Zufall! Aber an den Namen kann ich mich auch nicht mehr erinnern.«
»Und den auf unserer Gruft hast du gar nicht gesehen?«
»Nein, tut mir leid.«
Bernadettes Aufmerksamkeit lässt nach. Oder vielmehr, sie verschiebt sich in Richtung einer vertrauten Person, die die Kantine betritt. Sie greift nach Charlys Arm.
»O-oh.«

Charly hört ein schweres, rasselndes Atmen, noch ein paar Meter entfernt. Es klingt wie ein altmodisches Tauchgerät, angereichert mit einer Prise Darth Vader.
»Aha, da steckt ihr also! *Hua-hua-hua!*«

Die kratzige Stimme klingt ebenfalls vertraut. Frank.
Charly steht auf, auch wenn er sich gleich fragt, warum eigentlich. Frank ist mindestens einen Kopf größer als er. Er könnte ihn mühelos wie einen Basketball hochheben und in den nächsten Papierkorb stopfen.
Der Duft von heißem Fett wird von Schweiß, Dreck und zu lange nicht gewaschenen Kleidern übertönt.
»Er kommt her, oder?«
»Allerdings.«
»Ist noch irgendjemand da, den wir um Hilfe bitten könnten?«
Bernadette sieht sich um. Die Kantinenaufsicht ist schon gegangen. Alle Türen sind geschlossen. Die Essenszeit der siebten Klassen ist vorbei und es wird eine Weile dauern, bis die nächsten kommen.
»Nö«, antwortet Bernadette.

Szene 28: Der wahre Frank

»Na ja, ich bin ja auch noch da«, sagt Lewis.
Bernadette starrt ihn an. »Super. Du hast noch ungefähr fünf Sekunden, um dir ein paar Bizeps wachsen zu lassen.« Sie weiß nicht, was sie machen soll. Wenn sie allein wäre, würde sie einfach weglaufen.
Frank bleibt an ihrem Tisch stehen. Er baut sich vor ihnen auf wie ein mächtiger Fabrikschornstein neben einem Gartenhäuschen. In seiner Hand hält er ein Stück Pizza. Er kaut mit weit geöffnetem Mund und gibt Einblick in das, was er bereits abgebissen

hat. Dann schleudert er den Rest seiner Pizza wie einen Frisbee in ihre Richtung und trifft Lewis an der Brust. Er gibt ein klägliches Winseln von sich.

Mit einem bananenartig gebogenen Finger zeigt Frank auf Bernadette.

»Du hast mich geschlagen«, faucht er mit seiner merkwürdigen, feucht-lispelnden Stimme.

»Hmm.«

»Am ersten Tag. In der Klasse. Da hast du es gewagt, mich zu schlagen.«

»Na ja, davor hast du Charly geschlagen.«

Frank stutzt. Kauen und Schlucken setzen aus. Er denkt zurück. Es ist ein längerer Prozess. Bernadette kann fast beobachten, wie sich die Szene vom ersten Schultag noch einmal in seinem Kopf wiederholt. Nach einiger Zeit schüttelt er den Kopf. Sein gepierctes Ohrläppchen flattert vor und wieder zurück.

»Hab ich nicht.«

»Du weißt, dass das nicht stimmt«, raunt Charly ihr leise zu.

»Psst!«

»Er hat mich nicht geschlagen. Und dich auch nicht. Er hat niemanden geschlagen.«

»Pssst!«

»Doch du hast ihn geschlagen«, mischt Lewis sich unterstützend ein.

»Sei still, Lewis.«

»Ich will nur klarstellen, was passiert ist.«

»Das hilft uns nicht weiter.«

»Hau ab«, grunzt Frank.

»Wer? Ich?«, fragt Lewis.

»Ja, verschwinde.«

»Aber ich … also … ich gehöre sozusagen zu ihnen«, sagt Lewis. Für eine echte Solidaritätsbekundung fehlt es seinen Worten an Überzeugungskraft, aber Bernadette erkennt, wie schwer es ihm gefallen ist, überhaupt etwas zu sagen. Man könnte es fast einen heldenhaften Zug nennen.

»Willst du auch einen Keks, Frank?« Als Lewis ihm die Tüte hinhält, schlägt Frank sie ihm wortlos aus der Hand.

»Kekse? Pah!«, blafft er und spuckt auf den Boden. Charly hört, wie die Tüte auf dem Boden landet, was immerhin noch besser ist, als es nicht zu hören.

»Lewis, warum gehst du nicht und holst Hilfe?«, flüstert er. »Die Kantinenaufsicht, die Direktorin, egal wen. Ich würde ja selbst gehen, aber ich fürchte, ich würde nicht sehr weit kommen.«

»Okay«, raunt Lewis zurück. »Guter Plan.«

Er läuft zum linken Ausgang. Charly hört kurz seine Schritte auf dem Boden. Aber eben nur kurz, da nach weniger als zwei Sekunden ein lautes Scheppern aus seiner Richtung zu hören ist. Ist ein Tisch umgefallen? Als nächstes hört er ein tiefes Stöhnen.

»Was ist passiert, Bernie?«

»Lewis ist gegen einen Stuhl gerannt und gestolpert.«

»Aha.«

»Und dann ist der Tisch umgefallen, an dem er sich festhalten wollte.«

»Aha.«

»Und dann sind ein paar Tabletts mit Tellern und Gläsern lawinenartig auf ihn niedergegangen. Da liegt er jetzt. Er sieht ziemlich mitgenommen aus.«

»Aha«, sagt Charly.

»Und jetzt mache ich euch fertig«, sagt Frank grinsend. »Ich werd's euch so richtig geben. Zuerst dir, Blindfisch. Du wirst nicht mehr wissen, wo oben und unten ist. Hua-hua-hua! Und dann kommst du dran, Bernadette.«

Sie fängt an zu zittern. Das war das erste Mal, dass er ihren Namen gesagt hat. Sie macht einen Schritt zurück und zieht Charly mit sich. »Tut mir leid«, sagt sie, »aber ich hab keine Ahnung, was ich tun soll.«

»Wir können immer noch um Hilfe schreien«, schlägt er vor.

»Ja, aber wer soll uns hier hören?« Sie sieht sich noch einmal um. »Es ist niemand mehr da. Niemand.«

Da öffnet sich die Tür und Mr. Floyd wirft einen Blick in die Kantine. Gerettet! Bernadette hat das Gefühl, die Welt erstrahle in hellem Licht. »Mr. Floyd!«, ruft sie.

»Ayy!« Er lächelt, als würde er sich wirklich freuen, sie zu sehen. »Na, wie geht's denn immer so?«

»Hilfe, Mr. Floyd!«, ruft sie. »Helfen Sie uns bitte!«

Er grinst. »Kann grad nicht. Ich soll die 8a abholen und irgendjemand meinte, die wären auf dem Weg hierher. Okay, macht's gut, Leute. Ciaooo!«

Er winkt und dreht sich um. Die Kantinentür fällt hinter ihm ins Schloss.

Bernadette seufzt. Der nächste Erwachsene, der sie im Stich gelassen hat.

Frank kommt mit einem großen Schritt auf sie zu. Seine linke Hand ist zur Faust geballt. Das Brandmal auf seinem Handrücken ist gut zu erkennen. Bernadette bereitet sich auf ihre Verteidigung vor.

Plötzlich bemerkt sie das Klopfen an der Scheibe. Als sie sich umdreht, sieht sie einen Fensterputzer in Uniform, der vor dem Fenster der Kantine in der Luft zu schweben scheint, tatsächlich aber auf einer kleinen Bühne steht, die vom Dach herunterhängt.

Er lässt seinen Wischer in den Eimer fallen, um den Fensterflügel von außen zu öffnen. Dann schlängelt er sich aus seinem Sicherheitsgurt und steigt auf das Fensterbrett. Ganz leise strömt von draußen eine Art Chormusik in die Kantine, als sein beturnschuhter Fuß sich anschickt, auf dem gefliesten Boden zu landen.
»Hey! Ich weiß, wer das ist!«, sagt Charly.
Elegant landet Gideon auf dem Boden. Er hat einen Overall an, auf dem sein Name steht. Er schließt das Fenster, klopft Charly auf die Schulter und bedenkt Bernadette mit einem Zwinkern. Er ist so ruhig, als wäre er gerade zu Hause ins Wohnzimmer geschlappt.
Frank stemmt die Hände in die Hüften. »Für wen zum ...«, setzt er an. Gideon unterbricht ihn auf seine typische Art: »*Gideon*.«
Frank beendet seine Frage.
»... hältst du dich eigentlich?« Aber Gideons Name steckt in der Mitte, sodass der Fluch ziemlich schwach daherkommt und sich anhört wie »Für wen zum Gideon hältst du dich eigentlich?«
Gideon grinst.
Frank funkelt ihn an. »Was zum ...«
»*Gideon*«, wirft Gideon schnell ein.
»... ist hier eigentlich los?«, wütet Frank weiter.
»Hör zu, du kleiner ...«
»*Gideon*«, sagt Gideon.
Das Ganze erinnert an eine Partie Tischtennis. Bernadettes Blick wandert zwischen dem kleinen und dem großen Kontrahenten hin und her. Gideon ist die Ruhe selbst. Frank dagegen wird immer wütender.
»Ich rede mit dir! Antworte endlich auf meine ...«
»*Gideon*.«
»... Fragen, du Stück ...«

»*Gideon.*«
»Jetzt reicht's! Zum …«
»*Gideon.*«
»… mit dir!«
Sein Timing ist perfekt. Charly lacht laut auf. Aber er kann Frank nicht sehen. Bernadette bleibt eingeschüchtert. Der Kopf des bulligen Kerls ist angeschwollen wie ein Heißluftballon.
Jetzt hält er sich nicht länger zurück. Mit seiner ganzen Körpergewalt schnellt er nach vorn und schleudert seine Faust – mächtig wie ein großer Schinken – in Gideons Richtung. Gideon weicht nach rechts aus und der Schinken landet im Leeren. Frank holt mit der anderen Hand aus, aber Gideon wendet den Kopf nach links und der Schlag verfehlt sein Ziel erneut. Frank tritt einen Schritt zurück, versprüht blutrünstige, funkelnde Blicke und setzt zu einem Tritt an, der seinen schmächtigen Widersacher durchs Fenster katapultieren würde – wenn er ihn denn träfe. Mit einem schnellen Schritt zur Seite weicht Gideon aus und Frank kann sich gerade noch auf den Beinen halten.
»Was passiert da, Bernadette?«
»Die Schlacht hat begonnen.«
Frank ist schon wieder bereit und langt erneut zu. Gideon scheint sich gar nicht zu bewegen, und dennoch verfehlt auch dieser Schlag sein Ziel. Frank keucht inzwischen heftig. Gideon grinst noch immer.
»Sollten wir irgendwie helfen?«, fragt Charly.
»Frag ich mich auch.«
Jetzt versucht Frank es noch einmal mit dem Fuß. Sein klobiger Stiefel saust durch die Luft genau auf den Kopf seines Gegners zu. Und da reagiert der Kleinere plötzlich. Seine Hand schnellt in die Höhe – so blitzartig, dass Bernadette der Bewegung gar

nicht folgen kann. Als nächstes sieht sie, dass Franks Tritt offensichtlich ins Leere ging und er schwankend und sehr unentspannt dasteht. Hat er sich verletzt?
Gideon hält einen Stiefel in der Hand. Lässig lässt er ihn an den Schnürriemen hin und her baumeln.
Deshalb steht Frank so unbequem da. Sein rechter Fuß steckt in einer blauen Socke, aus der ein schmutziger großer Zeh herausschaut.
Bernadette kann kaum glauben, was ihre Augen ihr da vorgaukeln. Es kann nur eine Schlussfolgerung geben: In der Zehntelsekunde, in der Franks Stiefel vor seinem Gesicht schwebte, ist es Gideon gelungen, die Schnürriemen zu lösen und sich den Stiefel zu schnappen.
»Wow«, staunt Bernadette.
Gideon ist immer noch die Ruhe selbst. Der Stiefel an seiner Hand baumelt hin und her. Frank schüttelt den Kopf und setzt fast stolpernd einen Fuß vor den anderen. Er schaut auf seine Füße, dann wieder auf seinen Gegner.
Ein Stöhnen entfährt ihm, gefolgt von einem erstaunlich langen Ausatmen, bis man den Eindruck hat, er sei vollkommen leer. Seinem Stöhnen liegt mehr als nur eine körperliche Erschöpfung zugrunde. Er ist zwar immer noch kräftiger als die drei anderen zusammen, aber er ist deutlich geschrumpft. Sein Kontrahent hat ihn gedemütigt. Die Götter haben ihn verlassen. Er betrachtet seinen strümpfigen Fuß und schüttelt den Kopf.
Bernadette empfindet fast – *fast* – so etwas wie Mitleid.
»Mein Gott«, sagt Charly. »Woher kommt denn dieser … Duft?«
»Glaub mir, das willst du nicht wissen«, antwortet Bernadette.
Es läutet. Der Zeitpunkt ist perfekt, der Kampf ist vorbei. Frank steht einfach da, schlapp und ohne jede Regung. Als Gideon ihm

den Stiefel vors Gesicht hält, nimmt er ihn, lässt ihn auf den Boden fallen und schlüpft hinein. Bei all dem spricht er kein Wort. Er sieht Gideon nicht einmal an.

Kurz nach dem Läuten öffnen sich die Türen und die achten Klassen betreten die Kantine. Die Vitrinen öffnen sich wieder und die Aufsicht erscheint. Sie heißt Donna. Ihre rote Perücke sitzt leicht schief.

»Was passiert jetzt?«, fragt Charly.

»Frank geht gerade«, antwortet Bernadette.

»Gut.«

»Das hoffe ich auch.« Bernadette hat schon viele Filme gesehen, in denen das Böse bereits besiegt zu sein scheint, und sich dann doch noch ein letztes Mal aufbäumt. Und tatsächlich, Frank dreht sich noch einmal um, zeigt mit dem Finger auf sie und öffnet den Mund, um eine Drohung von sich zu geben. Dann bricht er ab und runzelt die Stirn, scheinbar von etwas anderem abgelenkt. Er bückt sich, um seinen Stiefel auszuziehen, und als er ihn umdreht, fällt ein kleiner Gegenstand heraus. Ein kleiner, bunter Flummi. Er landet auf dem Boden und prallt am Bein eines Tisches ab. Frank sinkt wieder in sich zusammen. Dann zieht er seinen Stiefel wieder an und schleicht benommen davon.

Unter seinem Berg von Geschirr und Besteck beginnt Lewis sich zu regen. Donna, die Aufsicht, betrachtet ihn und ruft einen Krankenwagen.

»Alles in Ordnung«, erklärt Lewis. »Ich will nicht ins Krankenhaus.«

»Sei still.« Donna möchte nicht noch einmal wegen fahrlässigen Verhaltens gerügt werden.

Szene 29: **Ein Fehler**

Bernadette und Charly stehen in Mr. Underglows Büro und stopfen die Braille-Version des Erdkundebuches in ihre Rucksäcke. Die Bände stehen gestapelt auf dem Schreibtisch. Bernadette nimmt ein Buch zu viel, verliert das Gleichgewicht und wirft einen Tischkalender und einen Tacker auf den Boden.
»Upps.« Sie beugt sich hinunter, um die Sachen aufzuheben, aber Mr. Underglow lässt sich auf die Knie fallen und kommt ihr zuvor. Behutsam hebt er den Tacker auf und überprüft sorgfältig seinen Zustand. Dann atmet er erleichtert auf.
»Das nenne ich solide Arbeit«, sagt er und steht auf. »Hervorragend konstruiert. Toplade-Vorrichtung mit Platz für einhundertfünf Klammern. Und hier, der bewegliche Amboss zum Klammern und Heften. Hundert Prozent Stahl, abgesehen vom rutschfesten Gummiboden.« Er stellt den Tacker zurück auf den Schreibtisch und klopft sich sorgfältig den Staub von den Knien. Dann zieht er ein Hosenbein hoch, um ein paar Staubflocken von seinem Strumpf zu entfernen. Bernadette schluckt. Sie hat noch nie einen Mann gesehen, der Strumpfbänder trägt.
Charly hält den Kopf zur Seite geneigt, wie er es immer macht, wenn er besonders aufmerksam zuhört.
»Mr. Underglow weiß alles über Tacker«, erklärt er. »Sein Vater war der Eigentümer eines Unternehmens, das …«
»Nicht mein *Vater*«, unterbricht Mr. Underglow ihn schroff und mit bestürzter Miene. »Kein Wort über meinen Vater. Er hat meiner Großmutter das Herz gebrochen. All sein Geld hat er verloren und musste für andere Leute arbeiten. Mein Vater war ein Versager. Ihr könnt jetzt gehen. Auf Wiedersehen, Charles.«
Erst jetzt bemerkt Bernadette, dass sie den Kalender noch immer

in der Hand hält. Ein Werbegeschenk einer Bank, illustriert mit Wildtieren in ungewöhnlichen Umgebungen. Sie stellt ihn zurück auf den Schreibtisch.

Während des Heimwegs ist Charly sehr still. Sie sitzen nebeneinander hinten im Bus, die Rucksäcke auf ihren Beinen. Bernadettes Rucksack schneidet in ihre Oberschenkel. Sie will ihn anders hinstellen, findet aber keine bessere Lösung. Das ist eine der Situationen, die sie nicht vermissen würde, wenn Charly tatsächlich nach Winnipeg ginge.

Als der Bus über ein Schlagloch holpert, erwacht Charly aus seinen Tagträumen.

»Ich glaube, ich weiß jetzt, wer der Strumpfmasken-Dieb ist«, murmelt er.

»Hat das was mit Adriennes Aufsatz von heute Morgen zu tun?«

Er nickt.

»Ich habe mich gefragt, wer sich wohl einfallsen lassen könnte, Geld in einer Familiengruft zu verstecken. Ich würde jedenfalls nicht auf so eine Idee kommen. Und du sicher auch nicht. Aber wir blicken auch nicht auf eine Familiengeschichte von siebzehn Generationen zurück, wie der Typ in Adriennes Geschichte. Zumindest haben wir uns nie damit beschäftigt.«

Bernadette versucht sich die weiblichen Vorfahren ihrer Mutter vor Augen zu führen. Alle in schwarzer Unterwäsche und mit zu viel Make-up. Eine schaurige Vorstellung.

»Also kam ich auf die Idee, dass der Täter sich die Gruft als Versteck ausgedacht hat, weil sie ihm viel bedeutet.«

Bernadette will vermeiden, auf eine falsche Fährte zu geraten.

»Moment, Charly. Wir wissen noch gar nicht, ob das Geld, das Lewis gefunden hat, tatsächlich die Beute des Strumpfmasken-

Diebs ist. Das kann auch die Beute ganz anderer Leute sein, vielleicht von Drogendealern oder so.«
»Nein«, widerspricht Charly, scheinbar ohne jeden Zweifel. »Was waren es für Scheine, die Uria zugeflattert sind? Und was für Scheine hat Lewis gefunden? Alles Zwanziger. Drogendealer bewegen sich in anderen Dimensionen. Vielleicht Fünfziger, auf jeden Fall Hunderter. Bankomaten sind voller Zwanziger. Das ist ganz sicher die Beute des Strumpfmasken-Diebs. Und das Geld ist auf dem Friedhof, weil die Gruft ihm viel bedeutet.«
»Heißt das, du glaubst, es gehört seiner Familie?« Sie denkt kurz nach. »Hast du Lewis deshalb nach dem Namen auf der Gruft gefragt?«
Der Bus hält an, um ein paar Leute aussteigen zu lassen. Jetzt haben sie mehr Platz. Bernadette stellt ihren Rucksack in den Gang und rückt ein wenig zur Seite, damit Charly mehr Platz hat. Schon besser.
»Also? Wer ist es?«
»Ich bin noch nicht ganz sicher«, sagt er. »Ich habe einen Verdacht, aber wissen kann ich es erst, wenn wir den Namen auf der Gruft sehen. Zu blöd, dass Lewis im Krankenhaus ist. Ich hatte gehofft, dass er sie uns heute zeigen würde.«
»So, so, nicht sicher genug, um es mir sagen zu können. Pah! Du hörst dich schon an wie ein Detektiv aus einem Krimi. Würde dir recht geschehen, wenn du überfahren würdest und dein Geheimnis mit ins Grab nähmest, dann würde man den Dieb nie finden. Hey, schau mal!«
Sie greift nach seinem Arm und lehnt sich über ihn und seinen Rucksack, um auf seiner Seite aus dem Fenster sehen zu können. »Da drüben! Das ist mein Vater! Oder … nein.«
»Was? Wo ist dein Vater?«

»Da … nein. Ich dachte, er wäre es. Aber es ist Monsieur Noël, unser Französischlehrer. Er hat sein Auto vor der kleinen Bäckerei mit dem Marzipanherz im Schaufenster geparkt. Daneben steht eine Polizistin und schreibt ihm gerade einen Strafzettel.«
Es hat sie wieder einmal übel erwischt. Am liebsten würde sie aus dem Bus springen und mit ihm sprechen, sehen, wie er sie anlächelt und ihren Namen nennt. Er sieht ihrem Vater so ähnlich, dass sie nur noch weinen möchte.

Als der Bus in die Copernicus Street einbiegt, verschwindet die Sonne schon fast hinter den hohen Bürogebäuden im Westen. Lange Schatten senken sich über die Straße. Der Bus hält an der Haltestelle gegenüber ihrem Haus. Sie nimmt Charlys Hand und bahnt sich wie ein Schneepflug einen Weg durch die Leute.
Charly spürt ihre Unruhe. Er kennt das schon, sie ist immer aufgewühlt, wenn es um ihren Vater geht. So gut es geht folgt er ihr und entschuldigt sich hier und da, wenn sein Stock herumgewirbelt wird und jemanden trifft.
»Nichts passiert, Charly«, hört er eine Stimme, die von unten kommt. Eine vertraute Stimme.
»Uria?« Charly ist verwirrt. »Bist du das?« Er tastet mit seinem Stock nach der Bordsteinkante. »Sitzt du nicht sonst immer auf der anderen Straßenseite?«
»Bin vertrieben worden«, sagt er kurz angebunden.
»Charly!« Bernadette zupft an seinem Ärmel. Irgendetwas ist anders an ihrer Stimme. »Charly, wir haben ein Problem.«
Angst – das ist es. Sie hat Angst.
»Fledermäuse?«, fragt er. Er weiß, dass sie Panik vor der Vorstellung hat, Fledermäuse würden sich in ihren Haaren festkrallen.
»Ich wünschte, es wären Fledermäuse«, antwortet sie leise.

Plötzlich befinden sie sich in einer Höhle, stinkend und feucht, und alles ist voller Fledermäuse, deren kreischendes Geschrei von den Tropfsteinen widerhallt. Lederne Flügel peitschen durch die Luft, rauschen knapp an ihnen vorbei, über sie hinweg. Schwärzeste Dunkelheit.

»Nein, das nehme ich zurück. Ich wünschte *nicht*, es wären Fledermäuse«, sagt Bernadette. »Aber wir haben ein ernstes Problem. Auf der anderen Straßenseite steht Frank.«
»So heißt der Kerl?«, fragt Uria. »Der bullige Halbstarke da drüben? Er hat mich getreten.«
Bernadette schluckt. Sie wusste, dass das passieren würde. Und diesmal ist kein Gideon in der Nähe.
»Er hat einen harten Tritt, dieser Frank«, sagt Uria. »Ich werde ja oft getreten, kenn' mich da aus. Aber dieser Kerl ...«
Charly rückt sich seinen Rucksack zurecht.
»Komm mit, Bernie. Wir gehen.« Er wirkt sehr entschlossen. Bernadette lässt sich mitziehen. Es fühlt sich seltsam an, plötzlich diejenige zu sein, die sich führen lässt. Sie denkt daran, dass die beiden auch für andere einen merkwürdigen Anblick abgeben müssen.
Charly tastet sich bis zur Kante des Gehwegs vor. Die Autos vor ihnen haben angehalten und die Ampel gibt den Fußgängern grünes Licht.
»Was hast du vor, Charly?«
»Ich habe genug von diesen Schlägertypen. Im Moment habe ich wirklich andere Sorgen.«
Er schreitet voran, hält seinen Stock wie einen Degen nach vorn und zieht sie hinter sich her.
»Frank!«, ruft er. «Frank Sponagle! Keinen Schritt weiter!«

Bernadette versucht, ihn zurückzuhalten. Aber er ist stärker als sie, oder zumindest entschlossener. Er geht über die Straße und sein Stock stößt gegen die Stoßstange eines Wagens. Das Auto rollt einen Schritt zurück, um ihm Platz zu machen. Unbeirrt geht er weiter und wedelt mit seinem Stock durch die Luft.

»Sind wir schon in der Mitte der Straße?«, fragt er Bernadette.

»Nein«, antwortet sie. »Charly, das ist vollkommen verrückt. Lass uns umdrehen.«

Er ignoriert ihre Worte.

»Achtung, Charly!«, ruft sie. »Du rennst gegen einen Geländewagen!«

Er fuchtelt weiter mit seinem Stock durch die Luft und erwischt einen silbergrauen Kotflügel. Die Fahrerin drückt wütend auf die Hupe. »Das war der vordere Kotflügel«, sagt Bernadette. Wie viel Zeit wird ihnen noch bleiben, ehe die Ampel auf Grün für die Autos springt? »Ein Stück nach rechts.«

Er geht um den Geländewagen herum und schlägt noch einmal mit seinem Stock dagegen. Bernadette folgt ihm. Die Fahrerin lässt die Scheibe herunter.

»Pass doch auf, wo du hinläufst!«, schnauzt sie ihn an.

Bernadette explodiert. »Er *kann* nicht aufpassen, wohin er läuft, Sie blöde Kuh!«, schreit sie sie an und findet endlich ein Ventil für ihre Gefühle. »Sehen Sie, was er da in der Hand hat? Das ist ein Blindenstock! Er kann nichts sehen. Und wenn ihr bescheuertes, riesiges Auto ein bisschen weniger Platz brauchen würde, könnten wir auch die Straße überqueren!«

Das Gesicht der Frau wird bleich vor Schreck. Sie sieht Charly an und schlägt die Augen nieder. »Der Wagen gehört meinem Mann«, sagt sie und fährt ihre Fensterscheibe wieder hoch. Charly geht weiter.

»Jetzt sind wir über die Hälfte hinaus«, sagt Bernadette. »Und die Ampel ist gerade umgesprungen.«
Er geht unbeirrt weiter. Eigentlich müssten die Autos schon weiterfahren, aber alle scheinen nur Augen für ihn zu haben. Bernadette fühlt sich wie auf einem Laufsteg. Charly zieht sie weiter mit sich, jetzt hat er den Gehweg erreicht.
»Frank!«, ruft er. »Wo bist du?«
»Er kommt auf uns zu«, kommentiert Bernadette. Sie weiß noch nicht, ob sie vor ihm Angst haben, sich über die Fahrerin des Geländewagens ärgern oder darüber froh sein soll, dass sie es heil über die Straße geschafft haben. Ihre Gefühle überschlagen sich. Sie fühlt sich wie betäubt. Hinter ihnen setzt sich der Verkehr wieder in Bewegung.
»Hör jetzt gut zu, Frank«, sagt Charly und fuchtelt mit seinem Stock durch die Luft, um seine Worte zu unterstützen. »Du gehst jetzt nach Hause und lässt uns in Ruhe. Hast du verstanden?«
Frank steht nicht genau dort, wohin Charlys Stock zeigt.
»Etwas nach rechts, Charly«, hilft Bernadette aus. »Im Moment bedrohst du eine Parkuhr.«
Frank sieht verwirrt aus. Schwer zu sagen, ob sein Magen ihm zu schaffen macht oder er eine religiöse Erleuchtung hat.
Charly korrigiert seine Haltung und fährt mit lauter Stimme fort. »Lass uns Klartext reden, Frank. Du bist der typische Schläger. Du suchst dir immer schwächere Gegner, die du fertigmachen kannst.«
Franks Lippen und Zähne sind nass, aber er spuckt nicht aus. Er nickt und sucht verzweifelt nach Worten. In seinem Inneren scheint sich ein Kampf abzuspielen.
»Ich bin …«
»Ein Schläger. Ja, ich weiß. Vom ersten Tag an hast du versucht,

uns in die Schranken zu weisen. Du hast Bernadettes Schließfach beschmiert und heute Mittag hast du wieder versucht, uns fertigzumachen. Und jetzt lauerst du uns auch noch vor unserem Haus auf. Es reicht jetzt, Frank. Ich will, dass du uns in Ruhe lässt!«
Bernadette kann sich nicht erinnern, ihn schon einmal so wütend gesehen zu haben. Normalerweise ist er immer so ruhig und ausgeglichen. Man kann sich nicht vorstellen, dass er sich über irgendetwas aufregt. Jetzt hämmert er mit seinem Stock auf den Boden.
»Ich habe für Typen wie dich im Moment keinen Platz in meinem Leben, Frank! Mein Vater muss vielleicht ins Gefängnis, und ich habe einfach keine Lust, meine Zeit mit Leuten wie dir zu verschwenden. Such dir jemand anderen aus.«
»Es tut mir leid«, sagt Frank.
»Warum hast du es ausgerechnet auf Bernadette abgesehen? Sie mag dich, du Idiot! Kennst du sonst noch jemanden, von dem du das behaupten kannst? Sie hat sogar gesagt, du sähest gut aus. Warum … Moment mal! *Was* hast du da gerade gesagt?«
»Es tut mir leid, Charly. Ähm … entschuldige, Bernadette. Ich habe einen Fehler gemacht.«
Die Worte strömen aus seinem Mund wie widerwillige Tränen. Er wehrt sich dagegen, kann sie aber nicht aufhalten.
»Dann habe ich also doch richtig gehört.« Charly lässt seinen Stock sinken und bemüht sich, in die richtige Richtung zu sehen. »Heißt das, du bist hierher gekommen, um dich zu entschuldigen?«
»Ich habe es versprochen«, sagt Frank. »Deshalb bin ich hier.«
»Sei still, Charly!« Bernadette schubst ihn zur Seite. Ihr Gesicht glüht wie ein Sonnenuntergang. »Was redest du da eigentlich, du Lügner! Ich habe nie gesagt, dass er …«

»Hast du nicht gesagt, eigentlich könnte er ganz gut aussehen, wenn er …«
»Ich habe gesagt, du sollst *aufhören*!«
Sie weiß nicht, was sie noch sagen soll, und entscheidet sich, stattdessen Charly noch einmal zu schubsen. Er stolpert, findet aber Halt an einer Laterne.
»*Hua-hua-hua!*«
Bernadette ist verwirrt. Zuerst sagt Frank, dass es ihm leid tut, und dann sagt Charly, sie würde Frank *mögen*! Lächerlich! Ekelhaft!
»Versprochen?«, fragt Charly, der sich immer noch an der Laterne festklammert. »Wem? Meinst du Gideon?«
»Hey!« Frank starrt auf ein Auto und den Mann, der darin sitzt. »Das ist Detektive Culverhouse. Hi Culverhouse!«
Der Mann in dem Auto ist ziemlich jung und frisch rasiert. Seine Haare haben die Farbe von Tomatensuppe. Beschämt wendet er den Blick zur Seite. Dann versucht er, den Wagen zu starten, was ihm allerdings misslingt. Nach ein paar Versuchen schafft er es und fährt davon.
Frank lacht. »Klar, das war Culverhouse. Ich kenne ihn von der Wache. Wollte mich mal wegen geringfügigen Diebstahls einbuchten, hatte aber keine Beweise. Was hat der denn hier zu suchen?«
Die graue Limousine verschwindet um die Ecke. Frank schaut ihm nach.
»Vielleicht sollte er hier jemanden beschatten? Hua-hua-hua. Das wäre ja witzig.«
»Hua-hua«, klingt es in Bernadettes Ohren nach.
Die Nachmittagssonne ist weiter Richtung Westen gezogen und strahlt ihr Haus an. Die Straße liegt im gedämpften Licht

des späten Nachmittags. Ohne ein weiteres Wort verschwindet Frank. Bernadette will die Situation klarstellen.
»Frank!«, ruft sie ihm nach, aber er dreht sich nicht um. »Frank! Damit das klar ist: Ich mag dich *nicht*. Das war ein Witz von Charly!«
Er wendet ihr den Kopf zu, sagt aber nichts. Eine Ladung Spucke landet auf dem Boden und er geht weiter.

Szene 30: **Allein**

»Na, wer hätte das gedacht?«, sagt Charly. »Ich hatte nicht damit gerechnet, dass Frank sich einmal für irgendetwas entschuldigen würde. Was ihn wohl dazu bewogen hat?«
Bernadette weiß genauso wenig, was sie von all dem halten soll. Sie ist noch voller Adrenalin, als sie Charly zum Haus führt und sie den Fahrstuhl betreten.
»Du hättest ihm nicht sagen sollen, dass ich ihn mag.«
In Charlys Wohnung packen sie die Erdkundebücher aus den Rucksäcken und Charlys Vater stellt ihnen eine Kleinigkeit zu essen hin, ein bisschen Käse, Kekse und ein paar Apfelschnitze. Charly ruft bei Lewis an und ist erleichtert, als er hört, dass er zu Hause und gesund ist.
»Die Kantinenaufsicht hat befürchtet, es könnte eine Gehirnerschütterung sein«, erzählt er. »Aber im Krankenhaus haben sie sofort festgestellt, dass alles in Ordnung ist. Mir geht's total gut. Und meine Mutter sagt, dass ich morgen zur Schule gehen kann.«

»Ähm, du weißt aber, dass morgen Samstag ist, oder?«, fragt Charly.
»Ich meine, am Montag.«
»Klar.«
»Ich habe keine Gehirnerschütterung.«
»Klar. Schon okay.«
»Es tut mir leid, dass ich heute nicht mit euch zum Friedhof gehen konnte, um euch die Gruft und den Eingang zu zeigen«, sagt er. »Aber was rede ich da eigentlich? Nein, es tut mir kein bisschen leid. Ich bin absolut nicht scharf drauf, diesen Horror noch einmal zu erleben. Habe ich euch eigentlich erzählt, was für eine Panik ich geschoben habe, als ich mich umdrehte und plötzlich diesen stinkenden Atem in meinem Gesicht spürte?« Er lacht nervös. »Aber hör dir an, wie ich plappere. Jetzt glaubst du bestimmt, dass ich eine Gehirnerschütterung habe. Egal, heute Abend ruhe ich mich aus und morgen zeige ich euch die Gruft. Ist das in Ordnung? Morgen früh um halb zehn, gleich nach *Cosmo und Wanda*. Hast du bestimmt schon mal gesehen, oder? Die sind einfach klasse.«
Charly hört die Stimme seiner Mutter im Flur. Sie spricht mit seinem Vater und er hört, wie er sagt, irgendetwas sei in Ordnung. Sie fragt ihn, ob er auch sicher sei, dass es in Ordnung sei.
»Okay, Lewis, ich muss Schluss machen«, sagt Charly.
»'Tschuldige, Charly«, sagt Lewis, »das war blöd. Ich meine, ich weiß, dass du *Cosmo und Wanda* noch nie gesehen hast. Ich wollte fragen, ob du es schon mal *gehört* hast. Hast du?«
Charly muss grinsen. Typisch Lewis. »Also dann. Wir sehen uns morgen.« Er legt auf.
»Wie geht es ihm?«, fragt Bernadette. »Hat er eine Gehirnerschütterung? Hat er sich am Kopf verletzt?«
»Nö«, grinst Charly. »Er hört sich an wie immer.«

Mrs. Fairmile sagt Charly, dass sie mit ihm einkaufen gehen möchte. Sie sagt, er brauche neue Kleider.
»Ich will aber nicht einkaufen gehen«, protestiert es. »Ich brauche keine neuen Sachen.«
»Doch, du brauchst einen neuen Wintermantel. Meine Kollegin Stella hat mit ihrer Schwester in Winnipeg gesprochen. Anfang des nächsten Jahres wird dort eine Stelle frei. Ich habe beschlossen, mich dort zu bewerben.«
»Und was ist, wenn wir gar nicht umziehen müssen?«
Er hört, wie sie seufzt.
Die Beine von Bernadettes Stuhl kratzen über den Boden, als sie aufsteht. »Ich gehe dann mal besser. Bis morgen, Charly.«
Seine Mutter wartet, bis sie die Wohnung verlassen hat, ehe sie fortfährt.
»Charly, ich weiß, dass du nicht umziehen möchtest. Ich möchte es ja auch nicht.«
»Was ist, wenn die Polizei den richtigen Bankräuber findet?«, fragt Charly. »Und das erbeutete Geld? Was ist dann? Dann müssen wir nicht umziehen und ich brauche keinen neuen Wintermantel.«
Sie seufzt noch einmal und legt ihm eine Hand auf die Schulter. »Wenn wir nach Winnipeg gehen, brauchst du einen neuen Mantel. Und in der Stadt habe ich einen im Angebot gesehen. Komm, Charly, lass uns gehen. Wo ist dein Stock?«

Bernadettes Wohnung ist leer. Es ist Freitag, da nimmt ihre Mutter sich frei. Eigentlich wie an allen anderen Abenden in der Woche auch. Wer weiß schon, wo sie ist oder wann sie nach Hause kommt? Bernadette schlendert zum Fenster und schaut raus auf den Friedhof. Irgendwo da unten ist das Geld. Lewis weiß, wo

es ist – wenn er nicht im Koma liegt. Wenn er es nicht vergessen hat. Sie überlegt, ob sie ihn anrufen soll. Die beiden könnten das Geld finden, der Polizei Bescheid sagen und dann … dann müsste Charly vielleicht nicht wegziehen.
»Scheiße!« Sie sagt es laut. Dann nimmt sie ihren Rucksack und geht in ihr Zimmer. Obwohl sie keine Erdkundehausaufgaben aufhaben, nimmt sie den Atlas heraus und blättert darin herum. Sie sucht nach Winnipeg. Kanada ist ziemlich groß.
Die Decke fällt ihr auf den Kopf und sie schaltet den Fernseher ein, um etwas Unterhaltung zu haben. Mit der Fernbedienung in der Hand zappt sie durch die Kanäle – Captain Kirk, Die Simpsons, Werbung. All das macht keinen Spaß, wenn sie es niemandem beschreiben kann.

Zur gleichen Zeit vermisst Charly Bernadette. Nicht nur, weil er jemanden zum Reden braucht. Seine Mutter schreitet voran, die Ellbogen so nah an den Körper gepresst, dass es schwierig ist, an ihnen Halt zu finden. Außerdem hat sie die Angewohnheit, den Arm immer wieder ruckweise nach vorn zu ziehen, sodass er ihr ein paar Mal in die Fersen läuft. Sie entschuldigt sich jedes Mal, aber ein paar Minuten später ist es wieder das Gleiche. »Rolltreppe«, sagt sie und zieht ihn vorwärts.
Er geht einen Schritt nach vorn und rechnet damit, dass sie ein Stockwerk höher fahren. Es geht aber abwärts. Er stolpert und fällt auf jemanden unter ihm, der den Duft eines teuren Parfums verströmt und hart ist wie ein Sack Zement. Schwer zu sagen, ob es ein Mann oder eine Frau ist. Er – oder sie – fängt Charly auf und stellt ihn scheinbar mühelos wieder auf die Füße. Die Rolltreppe fährt weiter.
»Danke«, keucht Charly.

»Mm-hmm.«
»Um Himmels willen. Es tut mir so leid«, sagt seine Mutter von hinten. »Ist alles in Ordnung, Charly? Entschuldige bitte. Ich hätte dir sagen müssen, dass wir abwärts fahren.«
Charly fragt sich, wie lang sie wohl noch fahren werden. Er kann die Leute hören, die ein Stockwerk tiefer auf und ab laufen, und macht sich bereit, die Rolltreppe zu verlassen. Mit der rechten Hand umklammert er die Halteschiene. Im letzten Moment hebt der Gewichtheber ihn hoch, als wäre er eine Tüte Milch, und setzt ihn behutsam auf den Boden.
»Nochmals danke«, sagt Charly.
»Mm-hmm.« Und er oder sie ist weg.
»Kommst du, Charly? Zu den Wintermänteln geht es hier entlang.«
Seine Mutter legt seine Hand an ihren Ellbogen und schreitet voran. Er bemüht sich, mit ihr Schritt zu halten.

Szene 31: **Harry**

Die Idee mit dem Bowling-Center kam seinem Vater, als er beim Abendessen bemerkte, dass sein Sohn bald anfangen müsste, sich zu rasieren. »Du hast Haare auf der Oberlippe. Hast du das gesehen, Lucille? Der Junge hat Haare auf der Oberlippe.« Er schlug mit der Hand auf den Tisch, dass die Teller und Schüsseln schepperten. »Als mir die ersten Haare auf der Oberlippe wuchsen, wusste ich, dass ich ein Mann bin. Und was habe ich gemacht? Ich habe mir einen Job gesucht. Es waren harte Zeiten, aber ich habe einen gefunden. So machte man das damals, wenn man ein Mann war.«

Er stand auf, mit einem Mal erschreckend entschlussfreudig. »Und deshalb brauchst du jetzt auch einen Job. Und zwar auf der Bowling-Bahn. Heute Abend gehen wir hin. Iss deine Wurst auf und los geht's.«

Seine Mutter konnte noch so eindringlich erklären, dass es Lewis nicht gut ging. Sein Vater schnaufte nur ungläubig. »Er sieht doch gut aus. Hör auf, ihn ständig zu verhätscheln. Er ist kein Baby mehr. Nicht mit Haaren auf der Lippe.«

»Der Junge war heute Nachmittag im Krankenhaus, du Schwachkopf!«

»Schwachkopf? Von mir aus. Auch ein Schwachkopf kann sehen, dass er jetzt nicht mehr im Krankenhaus ist. Wird also nicht so schlimm gewesen sein! Komm schon, Lewis!«

Sie machen sich auf den Weg zur Bushaltestelle. Ein Junge, sein Vater und eine Sporttasche. Das Pinewood Bowling Center liegt in einem kleinen Einkaufszentrum beim Don River. Mr. Ellieff öffnet geräuschvoll die Tür und atmet tief ein.

»Ahh! Als ich so alt war wie du, hatte ich einen Job, und jetzt sieh mich an.« Er schlendert zu seiner Lieblingsbahn, setzt sich hin und öffnet die Tasche. »Sieh mich an, Lewis!« Er zieht Lewis am Arm zu sich auf die Bank. »Sieh mich an. Was siehst du?«

»Ähm, meinen Vater auf einer Bank, der sich gerade die Bowlingschuhe anzieht?«

»Erfolg, Lewis. Das siehst du.«

Grunzend steht sein Vater auf. Sein Bowlinghemd ist zerknittert und am Kragen fehlt ein Knopf. »Erfolg. Und weißt du auch, warum? Weil ich einen Job hatte, als ich so alt war wie du.«

Mr. Ellieffs Plan ist durchschaubar. »Schau dir den Kerl da drüben an«, sagt er und nickt beiläufig in die Richtung des Schuhverleihs. »Da drüben, vor den Regalen – nicht umdrehen, Junge. Nicht so auffällig. Wirf ganz unauffällig und beiläufig einen Blick auf ihn.« Er nimmt seine Kugel.
Unauffällig? Lewis dreht sich um. »Der Typ da hinten? Aha.«
»Genau. Schau ihn dir an. Achte auf jede seiner Bewegungen.«
»Warum?«
»Weil du, mein Junge, bald dieser Kerl da drüben sein wirst.«
Mr. Ellieff steckt seine Finger in die Löcher seiner Kugel, fixiert die Bahn vor sich, holt Schwung und wirft einen Strike.
Der Typ an der Schuhausgabe sieht nicht so aus, als befände er sich auf dem direkten Weg zu großem Ruhm und Erfolg. Im Moment beobachtet Lewis ihn dabei, wie er sich mit einer Spielkarte ein paar Essensreste aus den Zähnen pult.

Nach der ersten Runde trinken sie eine Cola. Der Schuh-Typ bedient sie und Mr. Ellieff boxt Lewis unauffällig in die Rippen. »Sieh genau hin.« Lewis nickt.
Harry, der Geschäftsführer, kommt zu ihnen an die Bar. Er ist so etwas wie ein Freund der Familie und war schon ein paar Mal zum Essen bei ihnen zu Hause. Er sieht aus wie immer, als wäre er gerade auf dem Weg in die Disco. Die Koteletten sorgfältig gekämmt und gegelt, Sonnenbrille und Fingernägel frisch poliert. Sein Bauch ist unübersehbar und das maßgeschneiderte Hemd hat er ordentlich in die etwas zu enge Hose gesteckt. Lewis trinkt seine Cola. Bei jedem Schluck spürt er die Beule an seinem Hinterkopf.
»Danke, mein Freund!«, sagt Mr. Ellieff und klopft Harry kumpelhaft auf die Schulter. »Hast du gehört, Lewis? Harry sagt, er

will es für den Anfang hinter dem Tresen mit dir versuchen. Es gibt Arbeit im Pinewood Bowling Center, mein Sohn.«
»Klare Sache«, sagt Harry und rückt den Kragen seines Hemds zurecht.
»Wenn er einen Job hat, wird seine Mutter endlich aufhören, ihn zu verhätscheln.«
»Worauf du dich verlassen kannst.« Harry grinst breit. »Sag ihr einen schönen Gruß von mir, Hank. Sie ist eine tolle Frau. Oh, Moment mal eben.«
Er greift sich in die Hosentasche. Sein Telefon läutet.
Lewis zuckt zusammen.
»Hallo?«, sagt Harry und hält sich das Handy ans Ohr. »Hi Baby.« Er zwinkert Lewis' Vater zu. »Geht grad nicht, Baby. Ich habe einen Kunden hier … Ja, klar … Ich ruf dich zurück, okay?«
»Alter Draufgänger!«, flüstert Mr. Ellieff bewundernd. »Immer ein Mädchen am Start, was?«
»Ich kenne die Melodie«, sagt Lewis zu Harry.
»Na klar kennst du die, Kleiner.« Harry steckt das Handy wieder ein. »Das ist ein Klassiker, *Knock three times* von Tony Orlando.«
»Mamas Handy hat den gleichen Klingelton«, sagt Lewis.
Harry erstarrt zu Eis.
»Was?«, brüllt Mr. Ellieff.
Mist! Wie kann ich nur so saublöd sein, denkt Lewis.
»Tut mir leid, Papa«, entschuldigt sich Lewis und versucht zu lächeln. »Ich habe mir neulich Mamas Handy ausgeliehen. Ich dachte, sie braucht es bestimmt nicht.«
Aber sein Vater beachtet ihn gar nicht. Er starrt Harry an. Sein Blick verfinstert sich, das Gesicht läuft knallrot an. Nur das Rollen einer Bowlingkugel und das Fallen der Kegel in weiter Ferne durchbrechen die plötzlich eingetretene, aufgeladene Stille.

Mit einer lässigen Bewegung weicht Harry einen Schritt zurück. Doch schon schnellt Mr. Ellieffs Arm energisch nach vorn und greift nach dem Ärmel des bunten Seidenhemds. »Ich wusste nichtmals, dass meine Frau überhaupt ein Handy hat«, blafft er. »Geschweige denn, dass sie dein Lied als Klingelton verwendet. Raus mit der Sprache, mit wem hast du da gerade gesprochen? War das Lucille?« Auf seiner Stirn zeigt sich eine Ader.

»Was meinst du damit?«

»Meine Frau, Harry. Die tolle Frau, mit der ich zusammenlebe. Hast du gerade mit ihr gesprochen?«

»Jetzt komm schon, Hank«, sagt er mit einem nervösen Lächeln. »Mein alter Kumpel. Ich weiß nicht … was ich sagen soll.«

Er versucht sich aus dem Griff zu befreien, aber Mr. Ellieff lässt nicht locker.

»Worum geht es in dem Lied, Harry?«, sagt er sanft. »Ist da nicht die Rede von einer Affäre? *Knock three times on the ceiling if you want me.* So heißt es doch in dem Lied, oder?« Jetzt sieht man deutlich, wie ihm das Blut in der Ader auf der Stirn pulsiert. »Klartext, Harry. Habt ihr beiden was miteinander? Spuck's aus, du Stinktier!« Er stößt den Geschäftsführer gegen seine eigene Bar. Das Hemd zerreißt.

»Papa, lass doch!« Lewis tritt einen Schritt zurück.

»Geh nach Hause, mein Junge«, zischt sein Vater durch die Zähne. »Geh jetzt, ich komme bald nach. Und vergiss die Grüße, die Harry ausrichten lassen wollte.«

Als Lewis zu Hause ankommt, wird es bereits dunkel. Seine Mutter wundert sich, ihn allein zu sehen.

»Das ist ja mal wieder typisch für deinen Vater«, zetert sie. »Schickt dich allein nach Hause, um sich zu amüsieren. Wenn er

nicht ganz so selbstsüchtig wäre, könnte man ihn einen Egomanen nennen.«
»Als ich nach Hause ging, war er gerade dabei, sich mit Harry zu prügeln«, erklärt Lewis.
»Was? Eine Prügelei? Sie haben sich geschlagen?«
»Ich würde es jedenfalls so nennen.«
»Und worum ging es?«
»Das weiß ich nicht genau. Sie haben über dich geredet.«
Ihr Gesicht verzieht sich zu einem grimmigen Lächeln. Sie ist wütend, aber gleichzeitig macht sie einen zufriedenen Eindruck.
»Er sollte ihm besser nichts antun«, flüstert sie. »Nein, das sollte er nicht!«
Lewis ist sich nicht sicher, wen sie mit *er* meint.
Das Telefon klingelt.
»Geh du ran«, sagt sie. »Und wenn es dein Vater ist, dann mach ihn zur Schnecke.«
Aber es ist nicht sein Vater. Es ist Charly.
»Lewis, wir brauchen deine Hilfe«, sagt er atemlos. »Kannst du zu Bernadette kommen? Die Polizei war gerade hier und hat meinen Vater festgenommen.«
Lewis' Mutter stampft durch den Flur und knallt die Tür ihres Schlafzimmers hinter sich zu.
»Ich hoffe, ich störe dich gerade nicht bei etwas Wichtigem.«
»Nein, nichts Wichtiges«, antwortet Lewis.
Er legt auf.
Die beiden haben doch wohl nicht vor, im Dunkeln auf den Friedhof zu gehen? Ein Schauer läuft ihm über den Rücken. Gruselige Vorstellung – aber vielleicht auch nicht gruseliger, als zu Hause zu bleiben.

Die Sonne ist längst untergegangen. Die Reklameschilder der Geschäfte auf der Grant Street sind hell erleuchtet. An der Haltestelle gegenüber wartet gerade ein Bus. Die Fahrerin lässt ihn einsteigen, nickt ihm freundlich zu und reiht sich in den Verkehr ein. Am Ärmel ihrer Jacke, die sie über die Lehne des Fahrersitzes hängt, trägt sie ein schwarzes Trauerband.

Szene 32: **Winnipegonier**

»Die Polizei hat neue Beweismittel gefunden«, erklärt Charly. »Ich habe keine Ahnung, was für Beweise das sein sollen oder was sie mit meinem Vater zu tun haben, aber sie behaupten, sie seien sehr belastend. Als meine Mutter und ich vor einer halben Stunde nach Hause kamen, hatten sie ihn bereits abgeholt und ein Polizist war gerade dabei, unsere Wohnung auf den Kopf zu stellen. Er zeigte uns seinen Ausweis, den Durchsuchungsbefehl und so weiter. Meine Ma hat mich hierher gebracht und ist gleich zur Wache gefahren.«

Die drei sitzen im Wohnzimmer. Charly und Bernadette auf dem großen grünen Sofa und Lewis im Sessel gegenüber. Charly macht einen entschlossenen Eindruck, vielleicht, weil er so gerade sitzt. Bernadette dagegen sieht betrübt aus, vielleicht, weil sie ein ausgewaschenes T-Shirt mit einem Saftfleck am Halsausschnitt anhat.

»Wir brauchen deine Hilfe, Lewis«, fährt Charly fort. »Du musst uns noch heute Abend zeigen, wo die Gruft ist. Morgen kann es schon zu spät sein. Wenn wir das Geld heute finden und es zur

Polizei bringen, können wir sie vielleicht noch davon abhalten, morgen eine Pressekonferenz zu veranstalten und meinen Vater zum Staatsfeind Nummer 1 zu erklären.«
»Und dich zu einem Winnipeger machen«, murmelt Bernadette.
»Zu einem was?«, fragt Lewis.
»Oder heißt es Winnipegonier?«
»Ruhe, Bernadette.« Charly dreht sich nicht zu ihr um. Sein Gesicht ist noch immer unbeirrt in Lewis' Richtung gewandt. »Schaffst du das, Lewis? Glaubst du, du findest die richtige Gruft auch in der Dunkelheit?«
Lewis schüttelt sich. Er kann nichts dagegen tun, es ist die Kombination der beiden Worte *Gruft* und *Dunkelheit*, die ihn zusammenzucken lässt.
»Ich bring euch hin«, sagt er.
»Danke«, erwidert Charly. »Und danke, dass du sofort gekommen bist. Ich hatte schon befürchtet, du hättest keine Lust.«
»Machst du Witze? Ich war froh, dass ich da weg konnte. Meine Eltern führen sich heute Abend noch idiotischer auf als sonst. Richtig durchgeknallt, sogar für ihre Verhältnisse. Keine Ahnung warum, vielleicht liegt es am Vollmond.«
»Wann sollen wir aufbrechen? Es ist jetzt zwei Minuten vor neun. Ist es noch zu früh? Draußen ist noch sehr viel los. Ich möchte nicht, dass uns irgendjemand ...«
Ein lautes, ausgiebiges Gähnen unterbricht ihn mitten im Satz. Es kommt aus der Küche und scheint die ganze Wohnung unter einer Welle aus Müdigkeit begraben zu wollen.
»Apropos Eltern«, seufzt Bernadette. »Das ist meine Mutter. Sie schläft in der Küche.«
»Aha? Hat sie ihr Schlafzimmer für Charly geräumt?«, fragt Lewis. »Wow, das nenn' ich mal großzügig.«

»Klar, großzügig. Meine Ma ist die großzügigste, barmherzigste Frau der Stadt. Jede Minute, die sie nicht mit ehrenamtlicher Arbeit verbringt, nutzt sie für die innere Einkehr und das Gebet.«

Bernadette sieht ihre Mutter im Ornat einer Nonne vor sich, wie sie aus einer Suppenschüssel Essen für Obdachlose schöpft. Schwester Chantal. Die runtergekommenen Männer und Frauen stehen in einer Reihe und empfangen die edle Gabe wie einen Segen. Da bemerkt Schwester Chantal, dass der nächste Mann vor ihr Bernadettes Vater ist. Ihr Gesicht verfinstert sich. Sie umfasst die Schöpfkelle mit festem Griff, holt weit aus und lässt sie wie den Hammer Gottes auf den überraschten, ungeschützten Kopf ihres Mannes niedersausen. Er stolpert rückwärts und schlägt auf dem Boden auf. Zufrieden betrachtet sie ihr Werk, fährt mit der Hand in ihre Kutte und fördert eine Schachtel Zigaretten zutage.

»Das mit dem Gebet war ein Scherz«, flüstert Charly Lewis zu.
»Und das mit der ehrenamtlichen Arbeit ebenfalls«, ergänzt Bernadette. »Um ehrlich zu sein, meine Mutter ist in der Küche eingeschlafen, als sie sich ihren nächsten Drink holen wollte.«
Charly steht auf. Die Hände hat er in den Taschen. Man kann ihn sich gut als jungen, coolen Firmenboss vorstellen, der seinen Angestellten eine wichtige Mitteilung zu machen hat.
»Wir dürfen nicht vergessen, dass es nicht nur darum geht, das Geld zu finden«, beginnt er. »Wenn wir die Gruft mit einer Million Dollar finden, beweist das noch gar nichts. Wir müssen beweisen, dass es das Geld des Strumpfmasken-Diebs ist. Das heißt, wir müssen ihn überführen. Und ich glaube, das kann ich.« Er legt eine Pause ein, um seine Worte wirken zu lassen. »Im Moment kann ich noch nichts beweisen, aber ich bin mir absolut

sicher, dass der Strumpfmasken-Dieb niemand anderes ist als Mr. Underglow.«

»Underglow?«, fragt Lewis. »Ist das nicht dieser …«

»*Das* war also dein Geheimnis?« Bernadette sieht Charly mit großen Augen an. »Underglow? Und das konntest du mir im Bus nicht sagen?«

»Ich habe mir gedacht, dass ein Mensch, der auf die Idee kommt, sein Geld in einer Familiengruft zu verstecken, eine Menge über Familiengrüfte weiß, da er aus einer reichen Familie stammt. Und dann fiel mir ein, dass Uria am Tag des letzten Überfalls vor dem Friedhof von einem Mann mit einem Regenschirm geschlagen wurde.«

»Na toll«, unterbricht Bernadette ihn. »Darf ich dich daran erinnern, dass viele Menschen mit einem Regenschirm herumlaufen?«

»Aber nicht, wenn die Sonne scheint.«

»Ich verstehe immer noch nicht, warum du mir das heute Nachmittag noch nicht sagen konntest«, schnaubt sie weiter. »Ich hätte es ja verstanden, wenn du an irgendeine Berühmtheit gedacht hättest, sagen wir den Bürgermeister oder Steve Metworthy aus den Nachrichten oder Michael Stipe. Was sollte denn diese ganze Geheimnistuerei?«

»Michael Stipe von R.E.M.? Warum sollte gerade der der Strumpfmasken-Dieb sein?«, fragt Charly.

»Ich mag R.E.M. Und im letzten Sommer haben sie hier ein Konzert gegeben.«

»Nochmal zurück zu Underglow, bitte«, meldet sich Lewis.

»Du kennst ihn«, erklärt Charly. »Er ist mein Betreuer in der Schule. Hat immer einen Regenschirm bei sich. Der, der mich *Chaals* nennt.«

»Ich weiß nicht, ob das wichtig ist, aber mir ist da gerade etwas eingefallen«, sagt Lewis. Der Name Underglow stand auf der Gruft neben der, hinter der ich mich versteckt habe.«
Die Stille, in der nur das Atmen der drei zu hören ist, wird durch ein lautes Lachen der Mutter unterbrochen.
»Hab ich dich!«, tönt es aus der Küche. »Du kleiner …« Ihre Stimme verebbt leise und weicht einem ausgedehnten Schnarchen.

Szene 32a: **Juniors Mutter**

Der Strumpfmasken-Dieb ist in Hochstimmung. Er kann es kaum aushalten, so gut geht es ihm. Sein Herz hüpft vor Vergnügen, seine Handflächen sind feucht. Er klebt den Deckel seines Vaters fest und wickelt ihn in Plastikfolie ein. Dann umhüllt er die Urne mit ein paar Lagen Zeitungspapier und faltet die Enden sorgfältig zusammen, damit an den Rändern keine Ecken überstehen. Jetzt noch eine Schicht Klebeband und ein Stofftuch. Zuletzt packt er das Bündel in einen ledernen Aktenkoffer. Er muss vorsichtig sein. Man weiß nie, was alles passieren kann.
Er zieht sich komplett schwarz an. Schwarzer Anzug und Schuhe, schwarze Handschuhe. Bevor er aufbricht, steckt er noch einen schwarzen Seidenstrumpf in die Tasche, sicher ist sicher. Wahrscheinlich wird er ihn nicht brauchen, aber er fühlt sich sicherer, wenn er ihn dabei hat. Außerdem erscheint es ihm irgendwie passend. Etwas, das seiner Mutter gehört hat. Es ist einer von denen, die er ihr vor langer, langer Zeit gekauft hat. Er hat ihn

in ihrer Schublade gefunden, nachdem sie … nach dem Unfall. Das Gefühl der weichen Seide auf der Haut, ihrer Seide, hat ihm immer geholfen, sich an sie zu erinnern. Ein Lächeln erscheint auf seinem Gesicht, so wie jedes Mal, wenn er an seine Mutter denkt. Sie war eine schöne und würdevolle Frau. Und sie liebte ihren kleinen Junior. Was für ein Verlust.
Mit der schmerzhaften Erinnerung an sie tauchen die Bilder des Unfalls wieder vor ihm auf. Es herrschte reger Verkehr auf den Straßen. Sein Vater arbeitete in einem Eisenwarengeschäft und er und seine Mutter kamen mit gefüllten Einkaufstaschen vom Markt zurück. Es war ein warmer Nachmittag, die Sonne warf ihr grelles Licht durch die Häuserfluchten auf die Straße. Er erzählte ihr von einem Mädchen aus der Schule und seine Mutter war müde. Zu müde, um sorgfältig in beide Richtungen zu schauen. Zu müde, um den vierzehn Jahre alten Chevrolet zu bemerken, der mit hohem Tempo die Einbahnstraße in die falsche Richtung fuhr, als sie gerade schwer beladen mit Einkaufstaschen die Straße überqueren wollte. Wie alt das Auto war, erfuhr er während der Ermittlungen – es war genauso alt wie er. Deshalb erinnert er sich daran. Er sieht das Gesicht seiner Mutter vor sich, sieht, wie sie sich zu ihm umdreht. Er hört das gurgelnde, tuckernde Geräusch des Motors, die Hupe und das gequälte, schweinsartige Quietschen der Bremsen. Er sieht ihr Gesicht, ein letzter kurzer Blick. Und dann …
Was für eine Katastrophe. Zeugen berichteten später von Suppe und Bohnen und Tomaten, die wie Regen auf die Straße niedergegangen seien. Eine Dame auf der anderen Straßenseite wurde von einer Dose Büchsenfleisch am Hinterkopf getroffen. Sie war sofort tot. Ein Glas Erdnussbutter warf einen Fahrradkurier zu Boden und Passanten mussten ihn aus den Würgegriffen seines

Rucksacks befreien. Eingelegte rote Bete – eine große Schale aus dem Sonderangebot – verteilte sich über eine frisch gestrichene Wand und färbte sie in ein dunkles Violett; eine Dose mit Sardinen in Tomatensoße zerbrach ein Fenster im dritten Stock und ein Sack mit Chilischoten zerriss, verteilte sich über den Gehweg und bereitete den Hunden und Katzen der Nachbarschaft ein paar Tage lang großen Verdruss. Drei Autos wurde beschädigt, eins erlitt einen Totalschaden. Der Fahrer des Chevrolets wurde der groben Fahrlässigkeit, des rücksichtslosen Fahrens und des mehrfachen Totschlags angeklagt.

Von all dem bekam Junior nichts mit. Er hörte die Stimmen der Zeugen, aber was sie sagten, erreichte ihn nicht. Während die Leute um ihn herum schrien und die Sirenen von Polizei und Rettungswagen heulten, starrte er nur auf das Bein seiner Mutter in ihren Seidenstrümpfen, das unter dem Chevrolet hervorschaute. Er lauschte seinem eigenen Herzschlag und wunderte sich, warum die Welt um ihn herum nicht aufhörte, zu existieren.

Taxis sind zu teuer, sagte sein Vater immer. Nimm den Bus oder geh zu Fuß. Nimm den Jungen mit, er kann dir helfen, die Einkäufe zu tragen. Wir haben nicht genug Geld, um es für Taxis zu verschwenden.

In seiner Erinnerung vermischen sich der Tod seiner Mutter, der Geiz seines Vaters und das Mädchen aus der Schule, von dem er seiner Mutter erzählte, zu einem einzigen Durcheinander. Er hat seinem Vater nie verziehen. Und er hat nie auch nur ein einziges Rendezvous gehabt.

Mit der Aktentasche unter dem Arm verlässt er die Wohnung. Er hofft, zu dieser späten Stunde – oder ist es schon Morgen? – noch ein Taxi zu bekommen. Der Mond steht wie eine Sichel am Himmel. Der Himmel darum herum sieht aus wie Teer.

Er geht zielstrebig bis zum anderen Ende der Straße und winkt mit der freien Hand. Natürlich wäre es einfacher, mit dem Auto zu fahren, aber er hat keins. Auch keinen Führerschein. Das kam für ihn nie in Frage. Nicht, nachdem er gesehen hat, was ein Auto seiner Mutter angetan hat.

Szene 33: **Bande**

»Ich finde, wir sollten jetzt aufbrechen«, schlägt Charly vor. Selbstbewusst, mit festem Schritt geht er durch das Wohnzimmer und greift im Flur nach seinem Stock. »Komm schon, Bernie«, sagt er, »komm schon, Lewis. Je länger wir warten, desto schlimmer wird es für meinen Vater.«

Er ist der geborene Anführer. Lewis springt auf, bereit, ihm zu folgen.

»Warte«, sagt Bernadette. »Wir sollten uns besser vorbereiten. Wir müssen ein paar Sachen einpacken.«

»Das wird kein Picknickausflug«, widerspricht Charly. »Jetzt komm endlich.«

»Wir werden eine Taschenlampe brauchen«, beharrt Bernadette. »Und vielleicht etwas, womit wir graben können. Eine Schaufel oder einen Spaten oder so etwas. Meine Mutter hat einen kleinen Spaten auf dem Balkon. Komm zurück, Charly. Lewis, bring ihn zurück. Setz dich hin. Wir müssen gut organisiert sein.«

Typisch Jungs, denkt sie. Keine Ahnung, wie man etwas richtig plant. Wenn Gott ihn nicht deutlich gewarnt hätte, wäre Noah der Sintflut in einer Badehose entgegengeschwommen. Charly

dreht um und lässt sich widerwillig grummelnd wieder auf dem Sofa nieder.
»Kann ich noch schnell zu Hause anrufen?«, fragt Lewis.
»Klar, das Telefon ist in der Küche«, sagt sie und geht in ihr Zimmer. »Aber tritt nicht auf meine Mutter, wenn es sich vermeiden lässt.«
Bernadette leert den Inhalt ihres Rucksacks auf ihr Bett. Im Schrank hat sie eine funktionierende Taschenlampe. Sie wirft sie in den Rucksack. Was brauchen sie noch? Eine zweite Taschenlampe wäre nicht schlecht. Etwas zu trinken. Verbandszeug? Eher nicht. Sie schnappt sich den Rucksack und geht zurück ins Wohnzimmer. Charly hat sich keinen Zentimeter bewegt.
»Beeil dich, Bernie«, drängt er.
»Mach ich ja.«
Sie geht in die Küche. Ihre Mutter liegt neben dem Kühlschrank auf dem Rücken und schnarcht leise. Neben ihr steht Lewis und wählt. In der Gerümpelschublade findet sie eine zweite Taschenlampe, allerdings ohne Batterien. In einer anderen Schublade findet sie welche, natürlich die falsche Größe. Als sie die richtigen findet und einsetzt, zeigt die Lampe immer noch kein Lebenszeichen. Sie wirft sie zurück in die Schublade. Stattdessen holt sie drei Packungen Saft aus dem Kühlschrank.
Lewis legt den Telefonhörer auf den Tisch.
»Da meldet sich niemand.«
Bernadette geht auf den Balkon und holt den Spaten, den ihre Mutter im Sperrmüll gefunden hat. *Wie kann man so etwas nur wegwerfen? Der ist noch vollkommen in Ordnung. Glaub mir, Bernadette, die Leute sind verrückt.* Natürlich hat sie ihn nicht ein einziges Mal benutzt.
Vom Balkon aus schaut Bernadette auf die Straße und auf den

Friedhof. Die Nacht ist kühl, der Mond zeigt sich als schmale Sichel zwischen den schnell vorüber ziehenden Wolken. Sie wünschte, auf der Straße wäre weniger los, sodass sie sicher sein könnten, unbemerkt auf den Friedhof zu gelangen. Da draußen ist alles viel lebendiger, als ihr lieb ist. Eine Bande Jugendlicher schart sich um eine Straßenlaterne in der Nähe. Schwaches Kichern dringt durch die kühle Nachtluft bis herauf in den fünften Stock. Sie will gerade wieder hineingehen, als eine vertraute Silhouette ihren Blick gefangen nimmt. Instinktiv zuckt sie zusammen und versteckt sich hinter dem Balkongeländer.

Lewis hat sich neben Charly auf das Sofa gesetzt.
»Warum sollte Mr. Underglow das Geld in der Gruft *neben* der seiner Familie verstecken?«, fragt er. »Warum nicht in seiner eigenen? Man sollte doch meinen, dass er das Geld in der Familie behalten will.«
»Vielleicht hat er Probleme mit seiner Familie«, antwortet Charly. »Ich weiß jedenfalls, dass er seinen Vater nicht mag.«
Bernadette tritt zu ihnen, setzt sich in den Sessel und schaut die beiden mit großen Augen an.
»Wir haben ein Problem«, sagt sie mit bemüht ruhiger Stimme. »Frank treibt sich unten auf der Straße rum.«
Charly faltet die Hände im Schoß, streckt sein Kinn nach vorn und runzelt die Stirn.
»Frank?«, fragt er ungläubig. »Frank aus unserer Klasse? Ich dachte, er hätte sich gewandelt. Ich dachte, er wäre ein bekehrter Schläger. Er hat sich sogar entschuldigt.«
»Er und seine Kumpel sind unten überall auf der Straße verteilt. Mindestens ein Dutzend Jungs. Und Frank hat ein großes Messer in der Hand, so groß, dass ich es von hier oben erkennen konnte.«

Lewis verschluckt sich an nichts. Mehr steht ihm im Moment nicht zur Verfügung. Es ist das Wort *Messer.* Er kann nicht anders, als an die Narbe auf Franks Hand zu denken.

Bernadette legt ihre Hand auf Charlys Arm.

»Ich weiß, dass jede Minute zählt. Und ich weiß, dass du jetzt aufbrechen willst. Aber ich glaube nicht, dass das besonders schlau wäre. Selbst wenn Frank und seine Bande uns nicht in die Mangel nehmen, werden sie uns sicher folgen und über uns lachen. Und das können wir jetzt überhaupt nicht brauchen.«

»Da hast du recht«, seufzt Charly.

»Wollt ihr, dass sie verschwinden?«, fragt Lewis. »Wir könnten die Polizei anrufen und so tun, als wären wir ein paar verängstigte alte Damen. Polizisten lieben sie. ›Oh bitte, Herr Kommissar, tun Sie doch etwas gegen diese furchtbaren Jugendlichen vor unserem Haus.‹ Was grinst du denn so, Bernadette?«

»Schon gut. Du gibst wirklich eine sehr gute verängstigte alte Dame ab.«

»Sehr witzig.«

»Wird sich die Polizei um so was kümmern?«, fragt Charly. »Ich meine, auch wenn drei alte Damen anrufen. Schicken die für so etwas einen Wagen los? Herumlungernde Teenager sind kein Notfall.«

»Aber was machen wir dann?«, fragt Lewis. »Ich meine … es wird langsam spät.«

»Neun Uhr fünfundzwanzig«, sagt Charly. »Das ist noch nicht *so* spät.«

»Wir warten noch«, schlägt Bernadette vor. »In ein paar Minuten wird es ihnen langweilig und sie verschwinden sowieso. Solange können wir entweder fernsehen oder irgendetwas spielen.«

»Ich versuche noch einmal zu Hause anzurufen«, sagt Lewis.

»In Ordnung«, sagt Bernadette. »Und ich hole uns etwas zu essen und zu trinken.«
Draußen auf der Straße schiebt sich der Verkehr träge voran. Ein langes Hupen eines LKW hört sich an wie ein brüllender Elchbulle, grob und laut. Wie eine Antwort ertönt gleich darauf eine zweite Hupe in einer etwas höheren Tonlage; ein eher weiblicher Ton, mit einem leisen Anklang von Unzufriedenheit. Das lässt das tiefere Grollen nicht auf sich sitzen und erschallt noch einmal, wieder dicht gefolgt von dem höheren. Die Hupen brüllen sich gegenseitig an, während die beiden großen stählernen Ungetüme im Getümmel der Straße nach Erfüllung suchen.

Szene 33a: **Maynard**

Detective Perry nippt an ihrem Kaffee und beobachtet das Verhör durch die verspiegelte Scheibe. Im Zimmer nebenan wird Roger Fairmile vernommen. Er sitzt auf einem verbeulten Stuhl vor einem verbeulten Tisch, neben ihm Madeline Maynard, die auf ihre besondere Art ebenfalls etwas Verbeultes hat.
Nein, das ist nicht fair. Maynard ist nicht verbeulter als jede andere erfolgreiche Anwältin, die ständig mit der Polizei zu tun hat. Zumindest ist sie ehrlich. Als Steve Metworthy sie in einem Interview gefragt hat, warum sie sich des Strumpfmasken-Diebs angenommen hat, hat sie geantwortet: »Ich wollte diesen Fall einfach. Außerdem war mein Gesicht seit einem halben Jahr nicht mehr auf der Titelseite.«
Und da sitzt sie jetzt in ihren hochhackigen Schuhen, ihrem

kurzen schwarzen Kleid, mit funkelnd blauem Lidschatten und einem Kaugummi im Mund. Sie sieht aus wie ein Teenager bei seinem ersten Besuch in einem teuren Restaurant. Aber sie hat das Verhör fest in ihrer Hand. Captain Davicki mag vielleicht über Charme, eine langjährige Erfahrung und vernichtende Beweise verfügen, aber sein Geständnis bekommt er nicht.

»Der Taxifahrer hat sie identifiziert, Mr. Fairmile«, sagt er. »Und inzwischen haben wir auch die Tatwaffe gefunden. Das sieht alles nicht gut für Sie aus.« Davickis Kiefer malen aufeinander. Er hat sich für den wohlwollenden Ton entschieden.

Charlys Vater schluckt. »Vielleicht sollte ich Ihnen einfach die Wahrheit über …«

»Seien Sie still«, unterbricht die Anwältin ihn. Ihre hohe Sopranstimme dringt hervor wie aus einem dicken Klumpen von Kaugummi.

Aus den Protokollen des Taxiunternehmens geht hervor, dass es an dem Morgen des Überfalls eine Hin- und Rückfahrt gegeben hat: Von der Bank in der Grant Street zur Copernicus Street und wieder zurück. Charlys Vater hat ausgesagt, dass er an diesem Morgen zur Bank gefahren ist, aber laut Taxiunternehmen muss er erst nach Hause gefahren sein, und *dann* zurück zur Arbeit. Ein Widerspruch also – bislang der erste.

Detective Perry hat den Taxifahrer selbst als Zeugen vernommen. Er erinnerte sich daran, dass er den Kunden hat aussteigen lassen, um einen Spaziergang im Park zu machen, und dass er gleich darauf in großer Eile wieder eingestiegen sei. »Einer dieser typischen Anzug-und-Krawatte-Typen. Erst hat er alle Zeit der Welt und keine Minute später hat er es eilig wie sonst was und sagt mir, ich solle aufs Gas treten.«

Der Taxifahrer war ein glatzköpfiger Mann mit verschlafenen Augen und Hornbrille. Mrs. Perry wollte wissen, welchen Park er meinte.

»Sie wissen schon, der große Park in der Copernicus Street. Der mit dem Zaun.«

Perry fragte, ob er den Friedhof meine.

»Friedhof? Ja, genau. Mit den Steinen und den Kränzen. Genau der.«

Als man ihm Fotos von sechs hellhäutigen Männern mittleren Alters zeigte, tippte er mit dem Finger auf das von Charlys Vater.

»Das ist er, ich erinnere mich an den Anzug. Mann, ich bin sicher, der Typ will seine Axt zurückhaben.«

Mit ruhiger Stimme fragte Perry, von welcher Axt er spreche.

»Na, die, die er bei sich hatte, als er an der Straße stand. Ich habe sie zuerst gar nicht gesehen, weil er sie seitlich gehalten hat, wie einen Stock oder einen Schirm. Als ich erkannte, was er da hatte, wollte ich schon weiterfahren – ich meine … eine Axt! Aber dann dachte ich, na ja, immerhin trägt er einen Anzug, das wird schon in Ordnung sein. Am Abend fand ich dann die Axt, als ich den Wagen gesaugt habe. Ich habe sie in den Kofferraum gelegt, für den Fall, dass er sich melden würde. Hat er aber nicht getan.«

Die Befragung des Zeugen fand an diesem Nachmittag um 17 Uhr statt. Eine Stunde später wurde der Haftbefehl unterschrieben und eine weitere Stunde später wurde Roger Fairmile festgenommen – vor etwa zwei Stunden.

Szene 34: **Zombi-Köder**

Charly, Bernadette und Lewis sitzen am Wohnzimmertisch, essen Chips und spielen Monopoly. Hier und da hören sie ein Schnarchen aus der Küche. Charly rückt seinen Fingerhut acht Felder vor und betastet das Spielbrett mit den Fingerspitzen. Oben auf dem Feld steht in Braille-Schrift *Schlossallee.*

»Das kostet dich sechzehn Dollar«, sagt Lewis. Charly zählt die Scheine in seiner Hand ab.

Bernadette steht auf und geht auf den Balkon.

»Er ist immer noch da.«

Jetzt ist Lewis an der Reihe und würfelt. Er hat Pech und landet im Gefängnis. Sie spielen schon seit über einer Stunde und Lewis konzentriert sich auf das Spiel, damit er nicht daran denken muss, was wohl gerade bei ihm zu Hause passiert. Irgendwann hat er seine Mutter am Telefon erreicht, aber er konnte kaum verstehen, was sie sagte, da sein Vater im Hintergrund schrie wie ein Verrückter. Er sagte, dass er spät nach Hause kommen würde, worauf sie nur meinte, das sei eine gute Idee. »Am besten übernachtest du bei deinen Freunden. Ruf mich morgen früh an. Und vergiss nicht, dir die Zähne zu putzen. Du bist ja kein Tier; bei deinem Vater bin ich mir da nicht mehr so sicher.« Dann schrie sein Vater, sie solle die Klappe halten. Sie keifte zurück, er solle selbst die Klappe halten, und legte auf.

Der Zeiger auf Charlys innerer Uhr tickt immer weiter. 22:34 Uhr. Er tastet nach dem Tisch und stellt sein Glas ab.

»Ich musste gerade an etwas Furchtbares denken«, sagt er.

»Das kenne ich«, sagt Lewis. »Geht mir auch manchmal so. So was wie: Was ist, wenn dein Zimmer eigentlich ein Käfig ist,

in dem man dich gefangen hält? Was ist, wenn deine Kuscheltiere eigentlich gefährliche Monster sind? Oder deine Spielsachen könnten plötzlich lebendig werden und …«
Er bricht ab.
»Nein, das meine ich nicht«, sagt Charly.
»Kuscheltiere?«, fragt Bernadette.
Lewis läuft rot an.
»Es ist schon nach zehn«, sagt Charly. »Kommen wir überhaupt noch auf den Friedhof? Wird der nicht irgendwann geschlossen?«
»Das macht nichts, es gibt noch einen anderen Eingang«, sagt Lewis. »An einer Seite ist der Zaun aus Holz und da gibt es eine Stelle, an der ein Brett fehlt. Da bin ich gestern rausgekommen.«
Kaum hat er die Worte ausgesprochen, wünscht er sich auch schon, nichts gesagt zu haben. Um nichts in der Welt will er heute Abend noch auf den Friedhof.
»Das sind gute Neuigkeiten«, sagt Charly. »Ich hatte schon befürchtet, wir müssten über den Zaun steigen.«
Lewis lächelt zaghaft.
Bernadette geht noch einmal zum Balkon und kommt sofort wieder zurück.
»Frank und seine Bande sind weg!«
»Dann lasst uns gehen.« Zu allem entschlossen steht Charly auf und nimmt seinen Stock.
Unglaublich, denkt Lewis. Er ist sich seiner Sache so sicher. Als wüsste er genau, wie alles zu laufen hat. Lewis kann sich nicht gegen die Bilder aus allen möglichen Horrorfilmen wehren, die vor ihm auftauchen: Die beiden Helden und ihr Freund lassen sich auf eine gefährliche Aktion ein und am Ende erwischt es den Freund. So läuft es doch immer. Und der Freund, der alles

abkriegt, das bin ich. Je länger er darüber nachdenkt, desto sicherer ist er sich. Keine Rede mehr von den *Drei Musketieren*, er befindet sich mitten in einem Teeny-Horror-Streifen. Charly ist stark und sieht gut aus, wie geschaffen für einen Star. Noch dazu ist er verdammt noch mal blind. Ihn wird es also nicht erwischen. Bernadette ist vielleicht keine Schönheit – nicht so wie Rachel jedenfalls – aber sie ist intelligent und weiß genau, was sie will. Und sie ist Charlys beste Freundin, also ist sie ebenfalls in Sicherheit. Nein, denkt er, ich bin der dritte Freund. Ich bin der Köder für die Zombies. Das dumme, einigermaßen witzige aber überflüssige Anhängsel, das ist meine Rolle.

Bernadette hat ihre Haare mit einem Band nach hinten gebunden. Für einen ordentlichen Pferdeschwanz mit Haargummi sind sie zu dick und zu viele. Sie verteilt Kekse und fragt, ob noch jemand zur Toilette müsse. Lewis kann nicht fassen, wie ruhig sie ist.
»Habt ihr euch eigentlich schon einmal gefragt, was wir hier machen? Wir sind kurz davor, mitten in der Nacht auf den Friedhof zu gehen und an einer Familiengruft herumzubuddeln. Ist das nicht verboten? Und vor allem: Ist das nicht viel zu gruselig?«
Sie ignorieren seine Frage. Bernadette setzt sich den Rucksack auf. Lewis kommt sich vor, als hätten sie ihn völlig vergessen. Als stehe sowieso bereits fest, dass er den Zombies in der Gruft zum Fraß vorgeworfen wird, sobald es brenzlig wird.
»Echt blöd, dass wir nur eine Taschenlampe haben«, sagt Bernadette.
»Ich verzichte auf eine eigene«, erwidert Charly.
Bevor sie gehen, legt Bernadette eine Decke über ihre schlafende Mutter.

Sie führt Charly durch die Tür auf den Flur.
»So«, sagt sie. »Und jetzt erklär mir das Ganze mal: Warum hat Underglow das gemacht? Warum wurde er zum Strumpfmasken-Dieb? Er braucht doch gar kein Geld.«
Als sie stehen bleibt, bleibt Charly auch stehen. »Keine Ahnung«, antwortet er. »Vielleicht ist er einfach verrückt.«
Lewis ruft den Fahrstuhl. »Ich glaube schon, dass er Geld braucht«, sagt er.
»Aber wieso?«, fragt Bernadette. »Er ist Titus Underglow der Dritte. Sein Großvater hat den Papier-Tacker erfunden. Warum sollte er arm sein?«
Der Fahrstuhl ist ein kleines Stück zu weit gefahren. »Schritt aufwärts«, warnt sie Charly.
»Man kann auch reich sein und trotzdem noch mehr Geld haben wollen«, gibt Charly zu bedenken. »Wenn das nicht so wäre, dann würden die Reichen ja nie reicher.« Unter Stöhnen und mit kurzen Unterbrechungen bringt der Fahrstuhl sie nach unten, wie ein alter Mann, der sich ächzend auf einer Parkbank niederlässt.
»Keine Ahnung, ob er reich ist«, fährt Lewis fort. »Aber er scheint wirklich Geld zu brauchen. Als er zum ersten Mal in unsere Klasse kam, haben Wayne und ich gerade Münzendrehen gespielt, ihr wisst schon: Du nimmst eine Zehn-Cent-Münze und gibst mit den Fingern Schwung, damit sie sich so lange wie möglich auf dem Tisch dreht. Ganz witziges Spiel, vor allem bemerkt es niemand, wenn du es in der letzten Reihe spielst.« Er seufzt. Vorbei sind sie, die ruhmreichen Zeiten in der letzten Reihe. »Jedenfalls ist meine Münze vom Tisch gefallen und über den Boden gerollt. Und was macht Underglow? Sieht sie, bückt sich, reibt sie am Hosenbein sauber und steckt sie sich in die Hosentasche. Ich habe nicht schlecht gestaunt – das war ein *Zehner!*«

Charly stellt sich vor, wie die Polizisten Mr. Underglow in Handschellen abführen. Er denkt an seinen Vater, wie er nach Hause kommt und sich vor Erleichterung kaputtlacht. Er stellt sich seine Eltern vor, die sich in die Arme nehmen und küssen. Er stellt sich vor, wie sein Vater ihn und Bernadette zum Eisessen einlädt und sie danach nach Hause gehen und Karten spielen.

Bernadette denkt an Mr. Underglows schwarze Kniestrümpfe mit Strumpfbändern. Vielleicht ist er wirklich verrückt genug, der Strumpfmasken-Dieb zu sein.

■■■■■

Die Luft draußen ist kalt und feucht. Für den Ausflug zum Bowling-Club war Lewis richtig angezogen, aber inzwischen hätte er nichts gegen eine Jacke.

Bernadette bleibt neben einer Pinie vor ihrem Haus stehen. Das Licht einer Straßenlaterne flackert, als wollte es Signale von sich geben.

»Oh nein!«, stöhnt sie.

»Was ist denn los?«, fragt Charly.

»Da hat jemand Buchstaben in den Baum geritzt«, antwortet Lewis für sie. »Ich schätze, das sind Anfangsbuchstaben von Namen und sie sehen noch ziemlich frisch aus. Warte mal … *F.S. & B.L.*, oder Bernadette?«

Charly kann sich ein Grinsen nicht verkneifen. »F.S. & B.L.? Das ist doch super, findest du nicht auch, Bernadette?«, kichert er. »Und werden die Buchstaben von einem Herzen eingerahmt, wie es sich gehört?«

»Halt die Klappe, Charly«, brummt Bernadette. »Halt einfach die Klappe.«

›F.S. & B.L.‹, denkt sie. Frank Sponagle & Bernadette Lyall. Dafür hat er also das Messer gebraucht.

Charlys Hand liegt noch immer an ihrem rechten Ellbogen. Mit der freien linken Hand schnappt sie sich Lewis. »Los geht's. Du bist der Anführer, zeig uns den Weg«, sagt sie und drängt ihn auf die Straße. Er stolpert und wird fast von einem Auto erwischt. Nicht gerade ein gelungener Start für den dritten Freund.

Er führt sie über die Straße und dann nach links, die Copernicus Street entlang. An der nächsten Ecke biegt er rechts ab. Jetzt sind sie auf einem Fußweg, der Friedhofszaun ist hier aus Holz. Charly und Bernadette folgen ihm. Sie hat die Taschenlampe, was beiden Jungen nicht wirklich weiterhilft. Keiner spricht ein Wort.

Man sagt, dass die Seeleute es spüren, wenn sich ihr Schiff dem Land nähert, egal wie nebelig oder dunkel es ist. Lewis spürt, dass sich rechts von ihm die Gräber nähern. Doch nichts vermittelt ihm das Gefühl eines ewigen Friedens oder der Nähe des Himmels. Er zittert am ganzen Körper.

Ein Sportwagen donnert die nahe gelegne Straße entlang, blau getönte Scheinwerfer bohren sich durch die Finsternis wie Spieße durch rohes Fleisch. Ein verkrüppelter Baum, gekrümmt und buckelig wie eine Hexe im Märchen, taucht kurz aus dem Nachtschwarz auf und verschwindet wieder, als der Wagen sich entfernt. Lewis erinnert sich an den Baum. Gleich müssen sie bei dem Loch im Zaun sein.

»Licht«, flüstert er. Bernadette richtet die Lampe auf den Zaun und findet die Stelle mit dem fehlenden Brett. Einer nach dem anderen quetschen sie sich hindurch. Als sie es geschafft haben, stehen sie am Fuß des Hügels. Es geht steil hinauf und die Luft ist feucht von Gras und Schlamm.

»Und? Wohin jetzt?«, fragt Charly.

»Da rauf.« Die Familiengrüfte auf der Anhöhe zeichnen markante schwarze Linien vor dem von Sternen schwach erleuchteten Himmel. Lewis klettert voran, sein Ziel ist die Gruft, die ihnen am nächsten steht. Der Boden ist glitschig und es geht steil bergauf. Er rutscht aus und versucht mit den Händen Halt zu finden. Hinter ihm führt Bernadette Charly den Hügel hinauf. Der Strahl ihrer Taschenlampe flackert unruhig über den Boden, während sie sich bemüht, nicht das Gleichgewicht zu verlieren.
Charly folgt ihr ohne jede Mühe.
Als Lewis das Rumoren hört, bleibt ihm das Herz stehen. Es scheint aus dem Boden unter ihm zu kommen – ein ächzendes, knarrendes Geräusch.
»Hört ihr das?« Kann man gleichzeitig schreien und flüstern? So hört sich Lewis jedenfalls an. »Habt ihr das Geräusch gehört? Das kam von da.« Wild gestikulierend zeigt er auf den Boden.
»Ich hab auch was gehört«, sagt Bernadette. »Aber es ist schon wieder vorbei.«
»Das klang wie ein Erdbeben!«
»Kommt weiter«, sagt Charly.
Sie setzen den Weg fort. Die Gruft ist in den Hang gebaut, wie ein Terrassenhaus an einem steil abfallenden Berg. Als Lewis das Fundament erreicht hat, bleibt er stehen.
»Hier ist der Hund mit dem Geld im Maul rausgekommen«, flüstert er.
Bernadette richtet die Lampe auf die Wand der Gruft.
»Da ist ein Loch im Boden, gleich neben der Mauer«, erklärt sie Charly. »Ziemlich scharfe Kanten, aber ungefähr so groß wie ein Basketball. Kein Problem für Casey also.«
»Aber das ist nicht die Gruft der Familie Underglow, oder?«, fragt Charly.

»Ich weiß nicht, wie die Familie heißt, der diese hier gehört«, sagt Lewis. »Die von Underglow steht daneben.«
»Bist du dir ganz sicher?« Charly bemerkt, dass er sich anhört wie seine eigene Mutter.
»Ja, ganz sicher.« Lewis führt sie an der Seite entlang zum oberen Teil der Gruft. Der Boden wird immer glitschiger und Bernadette nutzt die Wand, um sich daran festzuhalten. Der Rucksack wird ihr langsam zu schwer.
In einiger Entfernung flimmern Lichter in den Wohnungen wie tief hängende Sterne. Bernadette beleuchtet die einzelnen Grüfte. »Lewis hat recht, Charly. Die Underglows sind die Nachbarn. Ist doch eigenartig, oder? Wie oft sind wir hier schon vorbeigelaufen, aber auf die Namen habe ich noch nie geachtet. Die hier ist von einem … Pater. Ganz schön runtergekommen«, fährt sie fort. »Sieht so aus, als hätte sich seit Jahren kein Mensch darum gekümmert. Die von Underglow dagegen ist sehr gepflegt. Auf dem Boden davor liegt sogar ein großer Kranz.«
»Ist sie abgeschlossen?«
»Ja«, sagt Bernadette. Ihre Stimme kommt aus einiger Entfernung. Sie hat sich die Türen der beiden Grüfte genauer angesehen. »Beide sind mit Schlössern und Ketten verriegelt.«
»Also gut.« Charly macht einen sehr besonnenen Eindruck. »Dann lasst uns so weitermachen, wie wir es geplant haben. Casey muss durch dieses Loch gegangen sein und von dort aus den Weg in die Underglow-Gruft gefunden haben. Ist das Loch groß genug oder müssen wir den Spaten verwenden?«
Lewis legt eine Hand auf Charlys Arm. »Hast du denn keine Angst?«, fragt er ihn. »Ich meine, hast du überhaupt kein bisschen Angst? Vielleicht spuken ja die Geister der Familie Pater in der Gruft.«

»Vergiss es, Lewis«, erklärt Bernadette. »Ich kenne Charly, seit ich denken kann. Es gibt nichts, wovor er Angst hat.«
»Aber warum nicht?«, will Lewis wissen. »Warum hast du nie vor etwas Angst, Charly? Immerhin befinden wir uns mitten in der Nacht auf einem Friedhof, mein Herz hüpft von einer Krampfattacke zur nächsten – und du siehst aus, als wärst du ein Fotomodel für ein Wellness-Hotel oder so was.«
»Pass auf, Lewis. Stell dir mal die Frage, warum dieser Friedhof dir so große Angst einjagt. Und dann versetz dich in meine Situation. Vielleicht findest du dann heraus, warum ich keine Angst habe. Zumindest fürchte ich mich nicht vor den gleichen Dingen wie du. Ja, ich habe auch Angst, und zwar davor, dass mein Vater vielleicht für ein Verbrechen ins Gefängnis kommt, das er gar nicht begangen hat. Der Gedanke daran jagt mir eine Höllenangst ein. Und jetzt sollten wir das Loch genauer untersuchen. Die Zeit wird langsam knapp.«

Das Loch – oder vielmehr: der Tunnel – erstreckt sich ungefähr so weit in den Hügel, wie Charlys Stock lang ist, und biegt dann scharf nach links ab. Nicht einmal mit der Taschenlampe ist viel zu erkennen. Bernadette und Lewis gehen vor dem Loch in die Hocke und schauen skeptisch hinein.
»Ich kann nirgends Geld entdecken«, sagt sie. »Und ich kann auch nicht erkennen, wie lang der Tunnel ist. Was ist mit dir, Lewis?«
»Ich?« Lewis schüttelt den Kopf.
»Wie breit sind deine Schultern? Glaubst du, du kommst da rein?«, fragt sie ihn.
»Ich?« Er starrt weiter in den Tunnel. Seine Brille rutscht ihm von der Nase und er rückt sie wieder zurecht. »Ich?« Die Aussicht, unter den verwesenden Überresten einer toten Familie durch einen

Tunnel zu kriechen, überfordert ihn. Das wäre so etwas wie eine 365-Tage-Alptraumsituation. »Ich?«, fragt er noch einmal.
»Ich könnte reingehen.« Bernadette versucht das Zittern in ihrer Stimme zu verbergen. Sie will ihrem besten Freund helfen. Sie will auf keinen Fall, dass er wegziehen muss. Aber eigentlich will sie auch um keinen Preis in dieses finstere Loch kriechen.
Charly hockt sich neben die beiden. Er kann sein Gleichgewicht besser halten als sie, indem er seinen Stock als dritten Fuß verwendet. »Nichts zu erkennen, oder Bernadette? Und du Lewis? Was siehst du?«
»Ich?«, fragt Lewis.

■■■■■

Ein großes Insekt, irgendeine Käferart, flattert genau durch den Strahl der Taschenlampe und gibt ein tiefes Brummen von sich. Panisch macht Lewis einen Satz rückwärts. Der Käfer hört sich an wie ein Flugzeug beim Starten. Er taumelt durch die Luft und knallt zuerst gegen das Glas der Taschenlampe, dann in Bernadettes Gesicht. Sie schreit und lässt die Lampe fallen.

Szene 34a: **Madeline**

Die Haare kleben Charlys Vater auf der Stirn. Detective Perry betrachtet ihn aus einem kleinen Raum durch die verspiegelte Scheibe und findet, dass er jünger aussieht, als er ist. Jünger und verwundbarer. Captain Davickis hellblaues Hemd ist mit dunklen Flecken übersät. An Madeline Maynard zeigt sich kein einziger Tropfen Schweiß. Sie muss sich am ganzen Körper mit einem Deodorant eingesprayt haben, bevor sie in ihr Kleid geschlüpft ist.

Charlys Vater erklärt – noch einmal –, wie er das Taxi vor dem Friedhof stehen sah.

»Aber Mr. Fairmile«, stöhnt Davicki. »Merken Sie denn nicht, wie unglaubwürdig diese Geschichte ist? Sie wollen wirklich behaupten, der Strumpfmasken-Dieb sei aus dem Taxi gestiegen und Sie seien gleich darauf eingestiegen, ohne dass der Fahrer den Unterschied bemerkt hätte? Und dann soll der Bankräuber die Axt unter dem Vordersitz versteckt haben, aber der Fahrer hat geglaubt, es sei Ihre gewesen?« Davicki lächelt sein gelbes Lächeln. »Auf der Axt befindet sich ein Stempel mit dem Namen des Geschäfts. Der Laden, in dem Sie sie gekauft haben, erinnern Sie sich? *Solarskis Eisenwaren*. Sie kennen den Laden, oder?«

»Beantworten Sie die Frage nicht.« Madeline Maynard fingert einen kleinen Papierumschlag aus ihrer perlenbesetzten Handtasche, spuckt ihren Kaugummi hinein, faltet das Papier zusammen und steckt es wieder in die Tasche.

»Jetzt kommen Sie schon, Roger, geben Sie es zu. Das ist *Ihre* Axt. Sie haben sie gekauft und dann auf dem Weg von der Bank nach Hause unter dem Sitz versteckt. Und danach fuhren Sie wieder zur Arbeit.« Davicki wischt sich die Stirn am Hemdsärmel ab. »Sagen Sie doch mal selbst? Hört sich das nicht viel besser an? Keine seltsamen Zufälle, keine an den Haaren herbeigezogenen Verwechslungen. Alles ganz einfach, das Prinzip von Ursache und Wirkung.«

Väterlich legt er die Hand auf die Schulter des anderen.

»Kommen Sie schon, Roger. Wo haben Sie das Geld versteckt? In ihrer Wohnung? Wenn es dort ist, werden wir es finden.«
»Fassen Sie meinen Mandanten nicht an«, sagt Maynard.

Szene 35: **Mit Charlys Augen**

Die Wände des Tunnels pressen sich eng an seine Schultern, so wie bei einem der zu kleinen Wintermäntel, die er heute Nachmittag anprobiert hat. Charly presst sich an die Seite, um ein Stück weiterzukommen. Seit sechs Minuten befindet er sich jetzt im Tunnel. Er ist allein da unten und konzentriert sich ganz auf die Geräusche, das Gefühl der feuchten Erde, das leise Rascheln seiner Kleidung an den Wänden und den beißenden Geruch in seiner Nase. Der Boden unter ihm ist weich, hier und da ein bisschen Ton, manchmal ein paar kleine Steine. Es ist alles andere als leicht, voranzukommen. Er ist nicht so klein wie Mrs. Jodelschmidts Hund.

Es ist nur logisch, dass er die Aufgabe übernommen hat, in den Tunnel zu krabbeln und sich wie ein Maulwurf hindurchzuwühlen. Natürlich, für jemanden, der sehen könnte und eine Taschenlampe hätte, wäre es einfacher. Aber sie sind nun einmal wegen Charly hier. Es ist sein Vater, den man ins Gefängnis stecken will. Außerdem hat die Taschenlampe den Sturz nicht überstanden. Es gab also nur noch zwei Möglichkeiten: Sie konnten aufgeben und wieder nach Hause gehen oder Charly in den Tunnel schicken.

Er denkt an die arme Bernadette und den armen Lewis da draußen, umgeben von Leichen und Finsternis, zu Tode geängstigt durch die Vorstellung, was alles hinter den Grabsteinen lauern könnte. Manchmal kann Blindheit auch ein Segen sein.
Aber Moment! Was ist da unter seiner Hand? Zuerst hält Charly es für einen Stein, aber es bewegt sich. Es krabbelt über seine Hand und weiter seinen Arm hinauf. Ein Wurm ist es nicht, dafür ist es nicht glitschig genug. Es ist trocken und sehr beweglich – ein Käfer. Charly schüttelt ihn von sich ab. Da kommt noch einer, auch den schüttelt er ab. Und noch einer. Er ballt die Hände zur Faust und krabbelt langsam weiter. Unter ihm knirscht es. Käfer! Jede Menge Käfer. Igitt!
Weiter! Er muss weiterkommen. Denk an Papa im Gefängnis. Nach allem, was in den letzten Tagen geschehen ist, können Käfer kein wirkliches Problem sein. Charly kämpft sich weiter durch den Tunnel. Jetzt müsste er langsam die erste Gruft hinter sich gelassen haben und allmählich die Underglow-Gruft erreichen. Vorausgesetzt, er bewegt sich in die richtige Richtung. Er streckt seine Hände nach vorn, füllt sie mit Erde und zieht sich weiter nach vorn. Dann noch einmal. Und noch einmal. Seine Arme beginnen zu schmerzen, Schweiß läuft ihm in die Augen. Weiter! Der Boden wird wieder feuchter und es riecht … erdiger, wenn das überhaupt noch möglich ist. Noch einmal greift er nach vorn, und diesmal gerät er mit seinen Händen an eine harte Lehmschicht. Er tastet nach rechts und links. Noch mehr Lehm, und jetzt befinden sich Scherben mit scharfen Kanten darin. Es geht nicht weiter. Nur Scherben! Keine Kammer mit Bündeln von Geldscheinen und keine Möglichkeit, sich weiter voranzuschieben. Der Tunnel endet in einer Sackgasse.
Was jetzt?

Charly verschwendet keine Sekunde an den Gedanken, jetzt einfach aufzugeben. Er ist mit Leib und Seele entschlossen, sein Ziel zu erreichen: mit seinem Herzen, seinen Gedanken und seinem ganzen Willen. Wie also soll er weiter vorgehen?

Noch ein Käfer – er muss von der Decke des Tunnels gefallen sein. Er versucht, ihn mit der anderen Hand wegzuwischen, aber um ihn herum ist es so eng, dass er sich nur sehr langsam bewegen kann. Als er die zweite Hand schließlich bewegen kann, hat der Käfer sich bereits unter seinem Ärmel hinauf bewegt. Auch gut, sagt er sich, und bemüht sich, das Kitzeln einfach zu ignorieren. Komm schon, ermuntert er sich selbst. Casey ist aus dem Tunnel gekommen und hatte das Maul voller Geld. Wenn er es geschafft hat, schaffst du es auch. Er mag ein *Gelehriger Hund* sein, aber du bist ein zu allem entschlossener Junge. Denk nach. *Denk nach!*

»Au!« Ein brennender Schmerz in seinem Rücken. Der Käfer sticht ihn. »Au!«, ruft er noch einmal und windet sich. Keine Chance, das Ding mit der Hand zu verscheuchen. Der stechende Schmerz wandert seinen Rücken hinab, der Käfer scheint Gefallen an Charly Fleisch gefunden zu haben. Er schreit laut auf und versucht, seinen Peiniger loszuwerden, indem er seinen Rücken an der Wand reibt, bis es ihm schließlich gelingt, den Käfer zu zerdrücken und den Schmerz zu betäuben. (Am nächsten Tag prangt ein roter Streifen auf seinem Rücken, der sich vom linken Schulterblatt fast bis zur Hüfte erstreckt, als hätte man ihn ausgepeitscht.) Sein Schrei dröhnt durch den Tunnel und hallt in einiger Entfernung wider.

Moment mal. Was war das? Er hallt wider? Aber von wo?

Charly versucht sich zu konzentrieren. Wohin kann das Geräusch entweichen, wenn der Tunnel eine Sackgasse ist? Moment mal!

Warum ist die Luft hier plötzlich so frisch?
Es gibt nur eine Antwort. Vorsichtig hebt Charly eine Hand und tastet … nach oben.
Feuchter Stein. Er hat das Fundament erreicht, über ihm befindet sich der Boden der Nachbargruft. Charly tastet weiter, bis er nach einiger Zeit eine scharfe Kante findet. Tatsächlich! Eine Öffnung nach oben. Dorthin konnte seine Stimme also entweichen – und von daher kommt die Luft.
Mit Mühe gelingt es ihm, sich hinzusetzen. Noch einmal streckt er die Hand aus und sie endet in der Underglow-Gruft.

Seit Charly um die erste Biegung des Tunnels gekrochen ist und sie ihn nicht mehr sehen können, laufen Bernadette und Lewis unruhig vor dem Loch auf und ab. Bernadette hält Charlys Stock in der Hand wie einen Taktstock. Immer wieder stolpert sie über Wurzeln. Die alten Bäume ächzen im Wind. Sie versucht, sich gegen die Gefühle von Schuld und Erleichterung zu wehren: Schuld, weil sie es zugelassen hat, dass Charly sich allein durch die Erde unter ihr wühlen muss, Erleichterung, weil nicht sie es ist, die diesen Job übernehmen musste.
»Wie spät ist es?«, fragt sie Lewis.
»Weiß nicht«, antwortet er. »Hast du keine Uhr?«
»Ich verlasse mich da ganz auf Charly. Er weiß immer, wie spät es ist.«
»Vielleicht kann man von hier aus die Uhr der Polnischen Kreditbank hören. Die schlägt zu jeder Viertelstunde. Von meinem Zimmer aus kann ich sie hören«, sagt Lewis.
»Ich habe einen Wecker auf meinem Nachttisch. Bevor der morgens läutet, höre ich gar nichts.« Abgesehen von Mama, dem Fernseher und der Klospülung.

Das Loch im Boden der Gruft ist so klein, dass Charlys Kopf und Schultern nicht hindurchpassen. Er streckt seinen linken Arm nach oben und lässt den Kopf folgen. So weit, so gut. *Gut?* Na ja, nicht wirklich.

Inzwischen kniet er auf dem Boden. Jetzt hat er immerhin den linken Arm und den Kopf durch das Loch geschoben … aber dann … Endstation. Weiter kommt er nicht. Die scharfen Kanten der Öffnung schneiden ihm in den Rücken. Gar nicht gut. Ein paar Sekunden lang verharrt er in dieser Haltung und versucht dann, auch die rechte Schulter nach oben zu pressen. Keine Chance. Vielleicht zuerst die Hand? Mühsam versucht er, seine rechte Hand durch das Loch zu strecken und sich von unten mit den Beinen nach oben zu drücken. Nichts. Es ist nicht genug Platz.

Mitten in der Bewegung bricht Charly ab und hebt den Kopf empor. Sein ganzes Leben lang hat er das zu hören bekommen. *Es ist nicht genug Platz. Quetsch dich hinein. Press dich zur Seite. Lass ihn oder sie vorbei …* Immer wieder hört er das. *Es ist nicht genug Platz.* Warum ist eigentlich nie genug Platz? Warum kann nicht ein Mal, nur dieses einzige Mal, genügend Platz sein?

Und plötzlich, wie durch ein Wunder, ist Platz da. Jede Menge Platz. Die Enge um seine Schultern verschwindet und weicht dem Gefühl von Weite und Offenheit. Er kann beide Arme ohne Hindernis bewegen. Ungestört kann er in jede Richtung greifen und seinen Fingern und Zehen freien Lauf lassen, wie in einer weichen Sanddüne. Ein unbegrenzter Raum öffnet sich um ihn herum. Wind fährt ihm durch die Haare und er hört das Geschrei von Möwen. Er holt tief Luft und atmet frische, salzige Meeresluft ein. Eine Welle bricht sich am Ufer und er weiß, dass sie ihren

Weg durch den riesigen Ozean genommen hat, um schließlich hier anzukommen. Was für eine Weite ...
Sein ganzer Körper gerät in Bewegung und seine Hände und Arme fühlen keine Grenzen mehr. Der Moment ist gekommen, er ist soweit. Er sammelt sich, zieht seine Schultern zusammen und kehrt zurück in die Realität.

Sein Kopf, seine linke Schulter und der linke Arm befinden sich in der Gruft. Der rechte Arm, der Oberkörper und die Beine sind im Tunnel. Mit aller Kraft versucht er, sich durch das Loch zu pressen. Es ist nicht einfach, der Widerstand ist zu groß. An den Stellen, an denen der Käfer zugestochen hat, schmerzt der Rücken. Er versucht, sich zu entspannen. Er erinnert sich daran, irgendwo einmal gelesen zu haben, dass Muskeln weniger ausgedehnt sind, wenn man sie entspannt. Vielleicht könnte er sich durch das Loch quetschen, wenn es ihm irgendwie gelänge, seine Muskeln zu lockern.
Auf keinen Fall wird er einfach hinnehmen, dass er hier feststeckt und weder vor noch zurück kann. Er wird sich nicht damit abfinden, in einer Gruft voller vermodernder Leichname gefangen zu sein. Nein, das wird er nicht!
Er lenkt sich von dem Gedanken daran ab, indem er sich auf die Gerüche konzentriert, die ihn umgeben. Das hat er als kleines Kind schon getan: erst die Nase putzen und dann verschiedene Düfte in der Wohnung wahrnehmen. Er erinnert sich daran, wie peinlich es seiner Mutter war, als er die halb aufgegessene Tafel Schokolade im Badezimmerschrank fand. »Ich weiß auch nicht, wie die hierher gekommen ist«, sagte sie und ließ sie schnell verschwinden.
Jetzt spielt er das gleiche Spiel: Mit der freien Hand hält er sich

abwechselnd beide Nasenlöcher zu, presst die Luft heraus und atmet dann tief ein. Er nimmt verschieden Düfte wahr. Stein, Staub, Schimmel, Wachs, Hund …
Stop! Was war das? Wachs?
Charly holt noch einmal tief Luft. Ja, ganz eindeutig. Es riecht nach Wachs. Irgendetwas zwischen Kerzenduft und Butter. Genauso, wie in Mrs. Jodelschmidts Wohnung.
Seine Gedanken überschlagen sich. Kann es sein, dass Underglow mit ihr unter einer Decke steckt? Charly versucht sich daran zu erinnern, was Underglow von seiner Familie erzählt hat. Er hat einiges von seinem Großvater berichtet, wollte aber aus irgendwelchen Gründen nicht über seinen Vater sprechen. Gab es Probleme zwischen Vater und Großvater? Hat er vielleicht etwas von einer falschen Frau gesagt, die er geheiratet hat? Könnte Mrs. Jodelschmidt diese falsche Frau gewesen sein?
Ist das die Lösung? Ist Mrs. Jodelschmidt vielleicht Underglows Mutter? Der Gedanke ist so abenteuerlich, dass Charly unwillkürlich einen langen Pfeifton von sich gibt.

Weißt du, was passiert, wenn man einen langen Pfeifton von sich gibt? Versuch es mal. Noch einmal. Merkst du was? Deine Lungen leeren sich vollständig. Alle Luft weicht aus deinem Körper und die Muskeln werden schlaff. Und mit einem Mal kann Charly beide Schultern durch das Loch nach oben drücken.

Zehn Sekunden später steht er aufrecht in der Gruft, reibt sich die schmerzenden Schultern und wünscht sich, er hätte eine Vorstellung davon, wie groß die Gruft ist. Er *muss* das Geld finden. Eine leise, klägliche Stimme in seinem Inneren winselt: *Wie willst du hier jemals wieder herauskommen?*

Er ignoriert die Stimme.
Sei ehrlich, fährt sie fort. *Das Loch ist verdammt klein. Was machst du, wenn du nicht mehr zurückkannst?*
Er sagt der Stimme, sie solle die Klappe halten.
Na klar, sagt die Stimme. *Jetzt nur keine schlechten Nachrichten. Aber ich kann nichts dafür, und das weißt du genau. Ich wünsche dir ja, dass du hier wieder rauskommst. Aber wie soll das gehen?*
Das spielt jetzt keine Rolle. Zuerst muss das Geld gefunden werden. Charly lässt sich auf alle viere nieder und krabbelt langsam vorwärts. Es sind genau dreizehn Minuten vergangen, seit er in den Tunnel gekrochen ist.

Szene 35a: **Taschenlampe**

Bernadette und Lewis sitzen auf einem quadratischen Grabmal ein paar Schritte vom Eingang des Tunnels entfernt, als sie das Licht bemerken. Diesmal ist es kein Autoscheinwerfer. Auch kein Feuer, eher so etwas wie ein flackernder Lichtkegel, der aus einiger Entfernung in ihre Richtung strahlt. Das Licht kommt von der Nordseite des Friedhofs und ist noch außerhalb des Holzzauns. Also aus der Richtung, aus der sie auch gekommen sind. Und er bewegt sich auf die Stelle mit dem fehlenden Brett zu. Bernadette greift nach Lewis' Arm.
»Da kommt jemand!«, flüstert sie und lässt sich von dem Grabstein gleiten.
PETER GRINDSTONE steht darauf geschrieben. Er ist letztes

Jahr gestorben. Die beiden verstecken sich hinter dem Stein und spähen an ihm vorbei zum Zaun.
Jetzt hat das Licht das Loch im Zaun hinter sich gelassen und bewegt sich flackernd in ihre Richtung. Es muss eine Taschenlampe sein. Der Strahl kommt langsam den Hügel hinauf, er tänzelt unruhig über den Boden.
Bernadette hört, wie Lewis irgendetwas über einen *dritten Freund* vor sich hin wimmert und deutet ihm an, still zu sein.
Das Flackern kommt weiter den Hügel hinauf und hält plötzlich inne. Der Mond hat sich hinter einer Wolke versteckt. Bernadette verharrt hinter Grindstone, Lewis verharrt hinter Bernadette.
Jetzt ist das Licht genau vor der Pater-Gruft. Der Eindringling legt einen Gegenstand in der Größe einer Aktentasche auf den Boden und zieht irgendetwas Kleines aus der Hosentasche.
Bernadettes Gedanken schlagen Purzelbäume. Was geht da vor sich? Was will diese Person bei der Pater-Gruft? Warum Pater und nicht Underglow? Und wer ist das? Ist es Mr. Underglow?
Eins ist zumindest klar: Es ist nicht Mrs. Jodelschmidt.
Um besser sehen zu können, rückt sie ein Stück vom Grindstone-Grab ab. Der Fremde hat sich die Lampe in die Armbeuge gesteckt, damit er beide Hände frei hat, um sich an dem Schloss zu schaffen zu machen. Bernadette hört, wie die Kette gegen die Tür schlägt. Ziemlich laute Dinger, solche Ketten.
Jetzt hat Bernadette gute Sicht auf den mysteriösen Fremden. Er hat eine eher schmächtige Figur, weder groß noch dick. Größe und Figur würden zu Underglow passen, aber weder sein Gesicht noch die Haare sind zu erkennen.
Plötzlich hält er in seiner Bewegung inne. Er dreht sich um und leuchtet mit der Taschenlampe die Umgebung ab. Bernadette gelingt es gerade eben noch, hinter ihren Grabstein zu flüchten.

Lewis kauert neben ihr, an den Grabstein gepresst, und vibriert wie eine Stimmgabel.
Als der Strahl sich weiterbewegt, linst Bernadette wieder zu dem Fremden hinüber. Und sie beobachtet, wie er das Schloss der Tür öffnet. Da trifft sie eine Entscheidung.
»Wir sollten die Polizei rufen«, flüstert sie und schnappt sich Lewis' Arm. »Das ist das einzig Sinnvolle in dieser Situation. Einer von uns …«
»Ich mach's«, erwidert Lewis und steht auf.
»… sollte gehen«, beendet sie ihren Satz. »Ich wollte eigentlich vorschlagen, dass du hier bleibst, aber ich schätze, du willst nicht.« Sie gibt ihm ihre Schlüssel. »Geh zu mir und ruf von da aus an. Du weißt ja, wo das Telefon ist. Sag ihnen, dass …«
Aber die letzten Worte hört er nicht mehr. Lewis ist schon weg.
Der Mond verschwindet hinter der nächsten Wolkendecke und Bernadette sinkt das Herz in die Hose. Mitten in der Nacht, umgeben von zu schwarzem Teer geronnener Finsternis, befindet sie sich allein auf einem Friedhof. Neben ihr summt eine Mücke. Sie muss sich auf die Lippen beißen, um nicht zu schreien.

■■■■■

Müde nippt Detective Perry an ihrem Kaffee und fragt sich, wie lange sie wohl noch hierbleiben muss.
Scheinbar nicht mehr sehr lange. Madeline Maynard verliert langsam die Geduld.
»Captain Davicki!«, faucht sie. »Ich stelle fest, dass es ein Fehler war, mich auf dieses unsinnige Verhör einzulassen. Mir ist inzwischen klar geworden, dass sie meinem Mandanten und mir nichts Neues zu sagen haben. Was mich betrifft, können wir alles

Weitere auf morgen, nach der angekündigten Pressekonferenz, verschieben. Und Roger, denken Sie daran, sich zu rasieren. Es ist in Ordnung, wenn sie vor den Kameras nervös wirken, aber Sie dürfen auf keinen Fall schmuddelig aussehen.«
»Entschuldigen Sie«, flüstert ein Polizist Perry zu.
»Was gibt's denn?«, fragt sie, ohne sich umzudrehen.
»Culverhouse ist am Telefon. Er sagt, es sei dringend.«
Perry steht so schnell auf, dass sie einen Teil ihres Kaffees verschüttet. Culverhouse hatte den Auftrag, das Haus der Fairmiles den ganzen Abend über im Auge zu behalten. Es war nicht ihre Entscheidung, ihn für diese Aufgabe einzuteilen, da sie ihn für einen kompletten Idioten hält, aber Davicki bestand darauf. Außerdem ist Culverhouse der Neffe der Polizeipräsidentin.
Ob er etwas herausgefunden hat? Kaum vorstellbar.
»Leiten Sie den Anruf auf mein Handy weiter«, bittet sie den Beamten.
»Soll ich Ihnen einen Lappen bringen? Der Kaffee könnte hässliche Flecken hinterlassen.«
»Danke, nicht nötig.« Mit einer Hand hält Perry den Stoff ihrer Hose vom Bein.

Szene 35b: **Särge**

Charly wird unruhig. Er hat jeden einzelnen Zentimeter der Gruft untersucht, aber keine Spur vom Geld gefunden. Seine Knie sind aufgeschürft, sein Gesicht ist voller Spinnweben. Er hat sechs Särge gezählt. Sie sind übereinander gestapelt

wie Stockbetten. Einer der unteren Särge befindet sich in einem maroden Zustand, die Griffe sitzen nur noch sehr lose am Holz. Einer von den oberen ist sehr klein.
Er bemüht sich, nicht an vermoderndes Fleisch und zerbröselnde Knochen zu denken, und schiebt die Gedanken an Maden und sich ablösende Körperteile von sich. Der wächserne Geruch der Knochen ist schon schlimm genug. Er würde nicht von Gestank sprechen, aber der Geruch hängt ihm unangenehm in der Nase.
Zwischen zwei weiteren Reihen von Särgen sinkt er auf den Boden. Er ist mit seinen Kräften am Ende, geistig und körperlich. Sein Rücken tut noch immer weh und die Vorstellung, die Särge zu öffnen und zu durchwühlen, überfordert ihn. Er kann es nicht! Tief in seinen Gedanken, wie eine Schildkröte auf dem Grund eines stillen Sees, breitet sich die Vorstellung aus, in der Falle zu hocken. Er will gar nicht daran denken, sich den ganzen mühsamen Weg zurück durch den Tunnel zu quetschen.
Da hört er das Rasseln hinter sich. Jemand bearbeitet das Schloss an der Tür. Im ersten Moment ist er schockiert. Dann stellt er sich vor, es müsse Bernadette sein. Sie und Lewis müssen angefangen haben, sich Sorgen zu machen. Immerhin sind inzwischen … vierundzwanzig Minuten vergangen. Die Armen. Sie haben keine Taschenlampe. Im Moment sehen sie also nicht viel mehr als er.

Das Rasseln hält an. Charly presst ein Ohr gegen die Innenseite der Tür. Von draußen dringt ein Geräusch zu ihm herein, das sich anhört, als käme es von einer Kette. Ein Rasseln und Klirren. Charly schluckt und tritt von der Tür zurück. Er weiß, wie unsinnig das ist, doch kann er sich nicht dagegen wehren, an einen Geist zu denken, der schwer an seinen Sünden vergangener

Tage zu tragen hat und jetzt in die Gruft zurückkehrt, um unerwünschte Eindringlinge zu bestrafen.
Rassel. Klirr.
Er macht noch einen weiteren Schritt ins Innere der Gruft, stolpert über irgendetwas und landet unsanft hinter einem Stapel von Särgen auf dem Boden. Wieder hört er die Kette, und jetzt auch noch das Knarren eines rostigen Scharniers. Die Tür öffnet sich. Charly bleibt reglos auf dem Steinboden hinter den Särgen liegen. Irgendetwas bohrt sich in seinen schmerzenden Rücken.
Er spürt Licht auf seinen Augenlidern. Instinktiv rutscht er ein Stück zurück, um sich vollständig hinter den Särgen zu verbergen. Aber worauf liegt er da? Es fühlt sich lang, dünn und hart an. Er greift danach.
Ein Knochen. Groß. Wahrscheinlich ein Oberschenkelknochen. Charly hält den Knochen eines Menschen in der Hand. So leise es geht, legt er ihn wieder zurück. Der eigenartige Geruch nach Wachs ist hier viel stärker als in der Wohnung von Mrs. Jodelschmidt. Aber es ist der gleiche Geruch. Menschliche Knochen.
Pfui, Casey.

Culverhouse, Sergeant dritten Grades, ist tollpatschig und eifrig. Keine sehr gelungene Kombination. Zum Glück hat seine Tante ihn unter ihre Fittiche genommen – und die ist niemand Geringeres als die Polizeipräsidentin. Was wird er wohl zu berichten haben? Perry versteht ihn nur sehr schlecht auf ihrem Handy. Er erzählt irgendetwas von einem Jungen und einem Notfall.
»Wo sind Sie, Culverhouse?«
Die Verbindung ist miserabel. Immer wieder werden sie unterbrochen, manchmal durch lautes Knacken, dann durch kurze

Phasen, in denen Perry gar nichts hört. Sie versucht, sich einen Reim auf das Wenige zu machen, was deutlich bei ihr ankommt.

»... diesen Jungen, Ellieff im Flur gesehen ... seltsame Geschichte ... Mädchen und Roger Fairmiles blindem Sohn ... auf dem Friedhof.« Für einen kurzen Moment wird die Verbindung glasklar. Sie hört Culverhouse laut und deutlich: »Die drei Kinder haben die Beute des Strumpfmasken-Diebs gefunden.«

Seine Worte schlagen ein wie ein Blitz. Perry reißt die Augen weit auf. Sie schnappt sich ihre Jacke und rennt durch den Flur der Polizeiwache.

»Lassen Sie diesen Jungen nicht weggehen«, schreit sie in ihr Handy, während sie den Arm ausstreckt, um beim Laufen in die Jacke zu schlüpfen. Jetzt hat sie den Gruppenraum erreicht. »Was sagten Sie? Wie heißt der Junge? Ellieff? Halten Sie ihn fest! Ich bin schon auf dem Weg, Culverhouse!«

Die Verbindung bricht komplett zusammen. Detective Perry wirft das Handy in ihre Handtasche. »Schicken Sie sofort eine Streife in die Copernicus Street, gegenüber dem Eingang zum Jamestown Friedhof!«, ruft sie dem Fahrdienstleiter zu. »Ich treffe die Kollegen dort in fünf Minuten!« Sie läuft zur Tür hinaus.

»Ellieff?«, wundert sich ein zweiter Polizist im Gruppenraum. »Hat sie gerade Ellieff gesagt? War da nicht vorhin schon ein Anruf? Die öffentliche Ruhestörung in der Grant Street?«

»Muss wohl ein anderer Ellieff sein«, murmelt der Fahrdienstleiter.

Szene 36: **Zurück zu Junior**

Der Eindringling beginnt zu sprechen. Das verwirrt Charly, da er doch allein hereingekommen ist. Jedenfalls hört er nur ein paar Füße und nur eine Stimme. Als Charly die ersten Worte hört, schüttelt es ihn. Die Stimme klingt schmerzverzerrt. Aber nicht nur das, es ist auch Wut darin, und gleichzeitig etwas Triumphierendes und irgendwie Verrücktes.

»Da wären wir also, Daddy. Warte noch einen Moment, ich muss dich noch auspacken.«

Charly hört, wie die Ketten auf den Boden fallen. Dann folgen Geräusche von zerreißendem Papier und schließlich ein leises Klirren, als würde eine Vase auf einen Tisch gestellt.

»Du machst dich wirklich gut in dieser Gruft, umgeben von all den toten Paters. Hervorragend!« Der Eindringling lacht laut auf. Charly schüttelt es wieder. Beim ersten Mal durchfuhr es ihn, als er die Stimme hörte und ihm klar wurde, dass es nicht die von Underglow ist. Und jetzt läuft es ihm kalt den Rücken hinunter, als er erfährt, dass er sich nicht in der Underglow-Gruft befindet. Falscher Mann, falscher Ort. »Habe ich überhaupt irgendetwas richtig gemacht?«, murmelt er lautlos.

»Ich habe mich wegen des Namens für diese Gruft hier entschieden. Verstehst du, mein *pater familias*? Ich dachte, das passt doch gut. Die ganze Familie, alle echten Paters sind tot. Genau wie du. Früher waren sie reich und jetzt sind sie tot, da bist du doch in guter Gesellschaft. Du wirst dich hier sehr wohlfühlen, bei all den Toten und all dem Geld.«

Charly spürt das Licht auf seinen Augenlidern. Er hört das Hallen von Schritten, erst rechts von ihm, dann links, dann wieder rechts. Das Gespenst schreitet in der Gruft auf und ab.

»Weißt du eigentlich, wann mir klar wurde, was ich zu tun hatte, Daddy? Weißt du das? Es war kurz nach deinem Tod, als ich Einsicht in deine Bankkonten bekam. Ich stand in der kleinen Bankfiliale in der Round Valley Road, ganz in der Nähe deines Ladens, als ein gepanzerter Wagen vorfuhr und der Geldautomat neu aufgefüllt wurde. Ich sah zu, wie sich die Vorderseite der Maschine öffnete und das Geld hineingeladen wurde. Da war es mir klar! Ich wusste plötzlich, was ich tun wollte, und auch wie und warum.«
Seine Worte klingen echt, er scheint sehr bewegt zu sein. Sein Vater ist offensichtlich tot, aber der Eindringling spricht mit ihm, als könnte er ihn trotzdem hören.
»Das *Wie* war einfach. Ich bin einfach in dein Geschäft gegangen und kaufte eine Axt. Das habe ich für dich gemacht, du solltest an all dem teilhaben.«
Ein wirres Lachen. Allein dieses Lachen könnte Charly Angst machen, aber so schnell bekommt man keine Angst vor jemandem, den man mag. Und auf eine gewisse Weise mag Charly ihn ja.
»Was ist los mit dir, Daddy? Warum bist du so schrecklich schweigsam? Zitterst du etwa? Fürchtest du dich vor der Ewigkeit hier im Kreise der Paters? Sei nicht dumm. Du wirst es hier unten richtig gut haben, sobald ich die Taschen mit dem Geld gefunden habe. Also, in welchem Sarg habe ich sie versteckt?«
Oh nein, denkt Charly. Das hört sich gar nicht gut an.

■■■■■

Detective Perrys Fuß liegt wie ein Stein auf dem Gaspedal. Ihr Tacho zeigt 100 km/h – in einer Tempo-30-Zone. Zum Glück sind die Straßen um diese Zeit so gut wie leer. Sie braucht kein Blaulicht und will auch die Sirene nicht einschalten. Mit quietschenden Reifen biegt sie von der Grant Street auf die Copernicus ab. Der Streifenwagen steht bereits vor dem Haus von Roger Fairmile. Perry parkt direkt dahinter, springt aus dem Auto und läuft zu dem Polizisten, der mit einem Handy am Ohr neben seinem Wagen steht. Er begrüßt sie mit einem kurzen Nicken.

»Ist das Culverhouse?« Perry zeigt auf sein Telefon. »Haben Sie Culverhouse dran? Sagen Sie schon!« Der Polizist hebt einen Finger, um ihr anzudeuten, sie solle noch kurz warten. Er presst das Handy gegen sein Ohr und hört angestrengt zu.

»Weiß Culverhouse, dass er hierher kommen soll? Hat er den Jungen bei sich?«

Der Polizist nickt. Er ist jung, ruhig, breitschultrig und sehr klein. Der Schlagstock in seinem Gürtel reicht ihm fast bis ans Knie. Wenn es noch die alten Größenbestimmungen gäbe, hätte er es nie bis zum Dienst in einem Streifenwagen gebracht, denkt Perry. Sie wünscht sich, er wäre größer. Oder dass er noch einen Kollegen bei sich hätte, aber für solche Gedanken bleibt jetzt keine Zeit. Sie überprüft, ob ihre Waffe geladen ist. Adrenalin rast durch ihren ganzen Körper.

Der Polizist steckt sein Handy in die Tasche. Er nickt noch einmal kurz.

Ein paar Meter entfernt von ihnen schläft ein alter Mann auf einem Stück Pappe hinter der Bushaltestelle. »Was ist los?«, fragt er und schaut sie misstrauisch an. Der uniformierte Polizist deutet ihm mit einem kurzen Winken an, er könne weiterschlafen.

Perry atmet tief ein. Wenn der Moment gekommen ist, die Stunde Null, fühlt es sich immer gleich an.

»Los geht's«, sagt sie knapp.

■■■■■

Im Kino würde die Szene von einer immer dramatischer werdenden Musik begleitet. Mit jedem Sarg, den der Eindringling durchsucht, mit jedem Schritt, den er dem Helden in seinem Versteck näher kommt, würde sich die Spannung steigern. Plötzlich spürt Charly, wie das Licht der Taschenlampe direkt auf ihn gerichtet ist.

»Was ist denn das?«

Der Schein der Lampe jagt auf und ab. Die vertraute Stimme entfernt sich – er ist ein paar Schritte zurückgetreten.

»Hey! Diese Brille … Ich kenne dich doch. Charly?«

Mühsam setzt er sich auf.

»Hallo Mr. Floyd.«

»Ayy, Charly! Schön, dich zu sehen, Mann!«

Für einen Moment klingt er ganz normal – der coole Lehrer. Charly hört das Lächeln in seiner Stimme. Aber es ist nur eine schwache Imitation. Wie ein leises Echo der Rolle, die er im Klassenzimmer spielt.

Charly steht auf. Mit dem Rücken hält er Kontakt zur Wand, nutzt sie als Stütze.

»Dann sind Sie also der Strumpfmasken-Dieb. Sie haben den ganzen Sommer lang Banken ausgeraubt. Wissen Sie eigentlich …« Er könnte ihm noch eine Menge Dinge sagen, aber alles verblasst vor dem einen Gedanken. »Wegen Ihnen wurde mein Vater verhaftet!«

Er antwortet nicht. Charly hört, wie es um ihn herum rumort.

»Wo ist Hugo?«, zischt sein Gegenüber. »In welchem Sarg liegt er?«

Charly fällt wieder ein, wie Mr. Floyd am ersten Tag verspätet und etwas durcheinander in die Schule kam. *Ich wurde aufgehalten*, hatte er gesagt.

Er hört ein paar heftige Schläge mit einem Werkzeug, das Geräusch von splitterndem Holz und ein paar Flüche von Mr. Floyd. »Ich habe sieben große Müllsäcke voller Geld am Kopfende von Hugos Sarg versteckt. Für jeden Bankautomaten einen. Aber es sind nur noch vier da. Charly, steckst du dahinter? Das ist Diebstahl. Diebstahl an Daddy. Und was ist das hier? Igitt! Tiere waren auch in der Gruft!«
Charly tastet sich an der Wand entlang. Die Tür müsste links von ihm sein. Er bewegt sich einen kleinen Schritt darauf zu. Dann noch einen …
»Oh nein. Vergiss es! Komm zurück.«
Ein harter Schlag gegen seine Brust. Darauf war er nicht vorbereitet. Charly kippt nach rechts, sein Rücken schrammt an der harten Steinwand entlang. Als er auf dem Boden aufschlägt, beginnt das Rumpeln wieder.

Die ganze Gruft erbebt. Charly spürt, wie sich der Boden unter ihm bewegt. Unter ihm ächzt und knarrt es – das Bauwerk schwankt und droht, in sich zusammenzustürzen. Der Boden unter ihm senkt sich ab. Von dem Staub, den er einatmet, muss er husten. Das Ächzen und Knarren kennt er. Es ist das gleiche Rumoren, das er vorhin zusammen mit Bernadette und Lewis gehört hat. Jetzt befindet er sich mitten drin. Ein großer Brocken von irgendetwas Schwerem landet auf dem Holzsarg neben ihm und macht Feuerholz daraus. Die Wand hinter ihm bewegt sich. Mr. Floyd ruft laut nach seinem Vater. Viel leiser und aus einiger Entfernung hört Charly, wie jemand seinen Namen ruft. Er krabbelt voran, egal wohin, nur um etwas zu tun. Über ihm befindet sich irgendein großer Gegenstand, der ihn aufhält und am Aufstehen hindert.

Charly fühlt, wie die Sekunden in Zeitlupe voranschreiten. Das ist ungewöhnlich. Sein Leben lang hat er die Zeit immer als eine konstante Größe erlebt. Jetzt, da er einen Moment lang in sich hinein horcht, hört er, wie alles in einem anderen Tempo abläuft: 22:57:58 … 22:57:59 … 22:58:00. Zwei Minuten vor elf. Er gehört schon lang ins Bett.

Er hört die Stimme seines Vaters, die ihm sagt, er müsse sich keine Sorgen machen. Er hört seine Mutter, die ihn fragt, ob er auch wirklich sicher sei. Er hört Alf, den Busfahrer, der ihm sagt, er solle einsteigen. Er hört die eintönige elektronische Stimme von PAMS, die ihn daran erinnert, dass er mit einem Doppelklick fortfahren könne.

Er will PAMS fragen, ob er am unteren Ende der Seite angelangt ist, aber er kann seine Hand nicht bewegen, um den Doppelklick auszuführen. Es fällt ihm nicht ein, welche Funktionstaste er für die Hilfe drücken muss. Wenn schon, denkt er.

Er hört ein fernes Läuten wie von Glocken und in seinem Hals zieht sich alles zusammen.

Dann hört es auf.

Szene 37: **Lucy**

Die Gruft der Familie Pater liegt in Trümmern. Ihre vollständige Zerstörung verlief in Windeseile: nur zwei Minuten vom Beginn bis zum Ende. Als der Boden begann, in den Tunnel zu stürzen, wurde die erste Mauer mitgerissen. Das brachte das Dach zum Einstürzen und gleichzeitig fiel eine zweite Mauer in sich zusammen. Dann folgte der Rest des Bodens, gemeinsam mit einer Vielzahl an Särgen. Übriggeblieben ist lediglich ein Abschnitt der nordöstlichen Ecke der Gruft – der am weitesten vom Einstiegsloch entfernte Teil. Die Anhöhe und der steile Abhang sind von Trümmern übersät. Und von Geld. Große Mengen von Staub wirbeln durch die Luft. Und Geldscheine. Alles Zwanziger. Herabstürzendes Mauerwerk hat die Müllsäcke aufgeschnitten, den Rest besorgte der Ostwind. Wie Laubblätter flattern die Geldscheine durch die Luft und werden vom Friedhof in Richtung Copernicus Street geweht.

Culverhouse und der uniformierte Polizist wühlen sich durch den Steinschutt. Detective Perry telefoniert mit Captain Davicki und ordnet weitere Einsatzwagen und eine Umleitung des Verkehrs an der Copernicus Street vorbei an. Lewis und Bernadette haben sich auf das Grindstone-Grab gesetzt, ein paar Meter vom Geschehen entfernt. Lewis – sehr ungewöhnlich für ihn – ist schweigsam und verschlossen. Bernadette – sehr ungewöhnlich für sie – ist tränenüberströmt.

Noch nie im Leben hat sie eine solche Katastrophe erlebt. Charly ist tot, von herabfallenden Steinen erschlagen, als der Tunnel einstürzte. Sie hat ihren besten Freund verloren. Ihren einzigen Freund – Lewis zählt nicht wirklich. Wie soll sie das seinen Eltern erklären?

Wie wird ihr Morgen aussehen, wenn sie sich um niemanden zu kümmern hat? Und ihr Übermorgen und die Tage danach? Es ist noch schlimmer als damals, als ihr Vater sie verlassen hat. Damals hatte sie ja noch Charly. Jetzt hat sie niemanden mehr. Charly ist tot und alles ist ihre Schuld. Wenn sie die Taschenlampe nicht hätte fallen lassen. Wenn sie nicht darauf bestanden hätte, dass sie noch länger warten. Wenn.

Der Strumpfmasken-Dieb ist ihr egal. Das Geld ist ihr egal. Sie ist verzweifelt. Da hört sie die Musik. Ein volltönender Choral, wie von einem Kirchenchor. Sie versteht nur ein einziges Wort: *Siehe!*

■■■■■

Der uniformierte Polizist bemerkt den Kleinkindsarg auf einem Haufen herumliegender Steine. Die kleine Lucy Pater, eine reiche Kriegswaise, im Jahr 1919 an Influenza gestorben. Ihre Tante Lynn, das letzte Familienmitglied der Paters, kaufte einen mit Blei beschlagenen Sarg und ließ ihn in der Gruft beisetzen, ehe sie nach Washington ging, wo sie einen trotteligen Baron heiratete und bis in die 1960er Jahre lebte. Der kleine bleierne Sarg thront auf zwei unbeschädigten Steinsäulen. Der Polizist hebt ihn aus den Trümmern, und darunter liegt Charly, wie eine Schnecke zusammengerollt und unverletzt. Nicht einmal seine Brille ist zerbrochen. Der Polizist lächelt ihm zu und winkt Bernadette herbei.

Als Charly aufwacht und die Musik hört, setzt er sich auf. Er befindet sich nicht mehr in der Gruft, aber noch immer umgibt ihn der Geruch von Tod und feuchtem Stein. Die leisen Töne der Musik verlieren sich in der kühlen Nachtluft. Er erkennt die Musik. Er weiß, dass er irgendwo in der Nähe sein muss.
»Gideon?«, fragt er. Dann wird er abgelenkt, er hört, wie Bernadette wieder und wieder seinen Namen ruft. Noch etwas wackelig steht er auf.
»Charly! Charly!« Sie prallt gegen ihn, läuft ihn fast um. »Charly, du lebst!« Er lächelt. Sie hat ihre Arme um ihn geschlungen. Sie

riecht nach Staub und Tränen. »Ich dachte, du wärst tot«, sagt sie. »Ich dachte, du wärst irgendwo da unten.«

»Da war ich auch. Der Tunnel führte direkt in die Gruft«, erzählt Charly. »Es war nur nicht die, die ich dachte. Es war nicht die von Underglow.«

»Ja, ich weiß«, sagt Bernadette und umarmt ihn noch einmal, so heftig, dass sie ihm fast die Rippen bricht. »Ich dachte, du wärst tot. Und dann war da auf einmal die Musik. Du weißt schon, welche ich meine. Aber wo ist er eigentlich?« Sie lässt Charly los und tritt einen Schritt zurück. »Das war seine Musik, oder? Du weißt doch, wen ich meine.«

»Gideon?«, fragt der uniformierte Polizist, der direkt neben ihr steht.

Bernadette dreht sich zu ihm um. Es ist Gideons Stimme, aber neben ihr steht ein Polizist. Sie starrt ihn an. Die Dunkelheit, die Uniform … schwer zu sagen.

Er nimmt die Mütze ab. Kurzgeschnittene Haare, ein schelmisches Grinsen – er ist es wirklich.

»Aber du … du bist doch kein Polizist«, flüstert sie. »Oder doch?«

Er zwinkert.

Lewis und Detective Perry kommen zu ihnen.

»Sie haben ihn also gefunden«, sagt sie. »Gute Arbeit, Officer …«

»Gideon«, sagt Gideon.

»Gideon.« Sie runzelt die Stirn, offensichtlich verwirrt. »Sie sind aber nicht vom 52. Revier, oder? Ich kenne Sie gar nicht. Sie kommen aus einem Innenstadtrevier, oder?«

»Klar«, sagt Gideon.

Für einen Moment – nur einen ganz kurzen Moment lang – herrscht vollkommene Stille um sie herum. Da dringt mitten in diese unerwartete und eigenartige Ruhe ein Glockenläuten, das

Bernadette fast nie in ihrer Straße hört. Eine Turmuhr, die zur vollen Stunde schlägt.
»Elf Uhr«, sagt Charly.
»Ist das eine Kirchturmuhr?«, fragt Perry.
»Die polnische Kreditbank«, erklärt Lewis. »Drüben in der Farn Avenue. Die höre ich auch von meinem Zimmer aus.«
»Detective Perry!«
Culverhouse winkt ihr mit seiner Taschenlampe von der letzten verbliebenen Ecke der Gruft aus. »Ich glaube, ich hab hier jemanden getötet.«
»Ach, Culverhouse«, sagt Perry leise.
»Tut mir leid, Detective. Ich habe nur die Wand abgeklopft. Und dann ist plötzlich ein Stück vom Gemäuer abgebrochen und auf diesem Kerl hier gelandet.« Er beugt sich über ihn. »Männlich, weiß, dunkle Kleidung. Mitte vierzig, würde ich sagen. Und er liegt nicht in einem Sarg.«
»Nichts anfassen, Culverhouse. Ich komme!«
Perry eilt zu ihm hinüber. Gideon heftet sich an ihre Fersen. Er scheint sich kaum zu bewegen, und dennoch hält er mit ihr Schritt.
»Das muss der Mann mit der Taschenlampe sein«, sagt Bernadette.
»Es ist Mr. Floyd«, sagt Charly.
»Was? Mr. Floyd?« Bernadette blinzelt.
»Ja, ich habe da drinnen mit ihm gesprochen. Bring mich zu ihm, Bernie. Er ist der Strumpfmasken-Dieb.«
»*Was* hast du gesagt?«, schreit Lewis, mit einem Mal aus seiner Stille gerissen.
»Schnell, Bernie. Bring mich zu ihm. Vielleicht ist er gar nicht tot.«

»Mach ich.« Sie beeilt sich, ihn zu ihm zu führen. Die Vorstellung, dass Mr. Floyd der Strumpfmasken-Dieb sein soll, ist vollkommen verrückt. Aber es ist ihr egal. Charly lebt.
»Mr. Floyd? Unser Lehrer? Bist du sicher?« Lewis kann es nicht fassen. »Das kann doch gar nicht sein!«
»Beeil dich«, sagt Charly.
Ein paar Augenblicke später sind sie bei ihm, aber sie kommen zu spät. Culverhouse und Perry stehen vor ihm und versperren ihnen den Weg.
»Lassen Sie mich mit ihm reden«, sagt Charly und versucht, an ihnen vorbeizukommen. »Wenn er ein Geständnis ablegt, müssen Sie meinen Vater freilassen. Bitte, lassen Sie mich mit ihm reden.«
»Tut mir leid, Charly. Aber es ist zu spät.«
»Sie sind Detective Perry, oder? Ich erkenne Ihre Stimme. Sie haben Bernadette und mich auf die Wache gefahren. An dem Tag haben Sie mir gesagt, dass meine Hausaufgaben nicht mein größtes Problem seien. Erinnern Sie sich?«
»Ja, Charly«, sagt sie freundlich.
»Und jetzt habe ich *Ihre* Hausaufgaben gemacht. Oder besser: Wir. Lewis, Bernadette und ich. Wir haben das Geld und den Strumpfmasken-Dieb gefunden. Wird mein Vater jetzt freigelassen?«
Sie antwortet nicht.
»Was ist denn? Haben Sie etwa noch nicht genug Beweise? Hat Mr. Floyd nicht gestanden?«
»Er starb, ohne ein Wort zu sagen.«

Charly ist unendlich müde. Er tastet nach einem geeigneten Platz und setzt sich auf den Boden. Bernadette kniet sich neben ihn. Lewis, der dritte Freund, bleibt stehen.

»Warum ausgerechnet Mr. Floyd?«, stöhnt er. »Ein ganzes Jahr lang hätten wir den coolen Lehrer gehabt. Jetzt kriegen wir bestimmt irgendeinen Trottel, der noch bei seiner Mutter wohnt.«
Sie hören das kurze Aufheulen der Sirene eines Krankenwagens, der bei Rot über eine Kreuzung rast. Hilfe ist unterwegs.

■■■■■

Perry und Culverhouse stehen flüsternd nebeneinander. »Ich habe alles vermasselt, oder? Glauben Sie mir, ich wollte ihn nicht umbringen. Ich habe mich nur kurz gegen die Mauer gelehnt, und … na ja …«
»Und dann ist sie auf ihn gestürzt. Er hätte wohl noch ein paar Minuten länger gelebt und noch etwas sagen können, vielleicht sogar ein Geständnis abgelegt. Aber jetzt …« Perry seufzt.
»Es tut mir leid, wirklich.« Culverhouse starrt reglos auf den toten Mr. Floyd. »Glauben Sie, das war der Bankräuber? Oder ist es doch Fairmile?«
Perry zuckt mit den Schultern. »Auf alle Fälle nehmen wir von diesem hier die Fingerabdrücke. Vielleicht passen sie zu denen auf der Axt. Ich weiß es nicht. Ein Geständnis wäre jedenfalls sehr hilfreich gewesen.«
»Der blinde Junge ist Fairmiles Sohn, oder? Wissen Sie, was er heute Nacht getan hat? Das Mädchen hat mir alles erzählt. Er ist ganz allein in einen dunklen Schacht gekrochen, in eine Gruft voller Särge. Und das alles, um die Unschuld seines Vaters zu beweisen. Starker Kerl.« Culverhouse zittert am ganzen Körper.
Perry nickt. »Da haben Sie recht. Meistens hält man die Vorlauten mit den dicken Muskeln für stark, aber das stimmt nicht. Ich

kenne nicht viele Muskelprotze, die sich das zugetraut hätten, was Charly heute Nacht getan hat.«
Nach allem, was passiert ist, geht sie davon aus, dass Roger Fairmile vor Gericht gute Chancen haben wird. Vor allem mit einer Verteidigerin wie Madeline Maynard. Es wird natürlich trotzdem viel Trubel geben und sie weiß, wie lange solche Dinge in den Köpfen der Menschen bleiben. Aber verurteilt wird er wahrscheinlich nicht. Wahrscheinlich. Vor Gericht – das weiß sie aus Erfahrung – ist alles möglich.

■■■■■

Charly sitzt noch immer mit gesenktem Kopf auf dem Boden. Er tut Bernadette leid. Aber noch lebt ein Fünkchen Hoffnung in ihr. Wahrscheinlich, weil sie vorhin so verzweifelt war und Charly dann doch noch lebte. Noch nie im Leben hatte sie sich so leer gefühlt. Sie legt ihm eine Hand auf die Schulter. Niemand spricht ein Wort. Und plötzlich hört Bernadette – mitten in der vollkommenen Stille – ein leises aber sehr klares Geräusch, das sie in ihrer Straße fast nie bemerkt: eine Turmuhr, die zur vollen Stunde schlägt.
Elf Uhr.

Bernadette hat den Eindruck, als wäre ihr Verstand wie verklebt von all dem Staub, den sie eingeatmet hat. Elf Uhr? War es nicht vor ein paar Minuten schon elf?
Detective Perry schaut auf ihre Uhr. »Hmm, ich dachte, es wäre schon später. Aber scheinbar ist es doch erst elf Uhr«, murmelt sie.
»Nein, es ist 23:14 Uhr«, sagt Charly.

»Wie meinst du das?«, fragt Bernadette. »Hast du die Uhr gerade nicht gehört, Charly?«
»Die polnische Kreditbank«, erklärt Lewis. »Drüben in der Farn Avenue. Die höre ich auch von meinem …« Lewis schluckt. »Moment mal. Das habe ich doch gerade schon gesagt, oder?«
Bernadette starrt ihn an. »Genau wie am ersten Schultag«, sagt sie. »Weißt du noch, Lewis? Als Mr. Floyd die Anwesenheitsliste durchging und plötzlich Gideon als Letzter reinkam. Alle Uhren standen auf neun Uhr, aber Charly sagte, es wäre später.«
»Es ist jetzt elf Uhr«, meldet sich Culverhouse zu Wort. »Ja, genau elf. Meine Uhr hat ein phosphoreszierendes Zifferblatt und ich stelle sie jeden Morgen nach dem Radio.«
»23:14 Uhr, gleich viertel nach elf«, sagt Charly.
»Nein, nein.« Culverhouse runzelt die Stirn. »Es ist elf. Aber warte mal, ich habe den Eindruck … irgendwie … habe ich diesen Moment schon einmal erlebt.«
»Déjà-vu«, sagt Gideon.
Charly, Bernadette und Lewis starren ihn an.
»Interessant, dass Sie dieses Phänomen erwähnen«, sagt Perry. »Ich hatte vor einer Minute das gleiche Gefühl. Jetzt lässt es langsam nach.«
»Hey!«
Die Stimme, sehr leise aber deutlich, kommt aus den Trümmern hinter ihnen.
»*Heyy!*«
Mr. Floyd!

In einem Kreis stehen sie um ihn herum. Die Lichter mehrerer Taschenlampen flackern über das Gesicht des Toten. Aber er ist nicht tot.

»Mr. Floyd?«, fragt Charly. »Sie müssen … mein Vater ist …« Er lässt seinen Stock fallen und faltet die Hände flehend zusammen. »Sie müssen alles erzählen.«
Er lebt, weil es noch einmal elf Uhr ist, denkt Bernadette. In vierzehn Minuten wird er tot sein, aber jetzt lebt er, wie auch immer Gideon das angestellt hat. Bei der Vorstellung, dass er wieder tot sein wird, läuft es ihr kalt den Rücken hinunter.
»Hey, Charly«, sagt er sanft.
Der Schein einer Lampe fällt auf einen kleinen, bunten Gegenstand, der neben ihm zwischen den Steinbrocken liegt. Ein Flummi. Einer von der Sorte, die man kleinen Kindern bei Geburtstagspartys schenkt. Bernadette starrt ihn fassungslos an. Lewis hebt ihn auf und steckt ihn sich in die Hosentasche.

Detective Perry fällt auf, dass Mr. Floyd aus dieser Perspektive – von oben betrachtet und mit dem Gesicht zur Seite gewendet – eine gewisse Ähnlichkeit mit Roger Fairmile hat. Einen bestimmten Zug um die Kieferknochen haben die beiden Männer gemeinsam. Sie sehen sich nicht zum Verwechseln ähnlich, aber es könnte ausreichen, um einen Taxifahrer, der nur kurz in den Rückspiegel schaut, zu täuschen.
In diesem Moment ist Perry von Roger Fairmiles Unschuld überzeugt. Jetzt hat sie das fehlende Puzzleteil, das sie noch gebraucht hat, um tatsächlich an einen Zufall zu glauben. Floyd fährt mit dem Taxi von der Bank zum Friedhof und bittet den Fahrer zu warten, da er das Geld in der Gruft verstecken will. Auftritt Roger Fairmile, der aus seinem Haus kommt und das Taxi auf der anderen Straßenseite stehen sieht. Er steigt ein und nennt dem Fahrer die Adresse der Bank. Der Fahrer erinnert sich an die Adresse, bemerkt aber nicht, dass es ein anderer Fahrgast ist.

Sie fragt sich, ob Charly die Ähnlichkeit zwischen den beiden Männern wohl bemerkt hat. Einen Augenblick später wird ihr bewusst, dass das natürlich nicht der Fall sein kann. Ohne zu wissen warum, macht sie das traurig. Sie räuspert sich und schaut in die Runde.

»Wir benötigen Klarheit. Können Sie stenografieren, Officer Gideon?«

»Klar«, sagt Gideon und zieht seinen Dienstblock aus der Tasche. Mr. Floyd schluckt einige Male, ehe er sprechen kann.

»Daddy ist nicht mehr da«, sagt er. »Ich habe ihn fallen lassen und er ist zerbrochen. Ich hätte … schon längst. Gleich nach seinem Tod. Ich wollte es ihm zeigen … so billig. Ich wollte … so fing alles an. Phantasie.«

Er macht eine Pause. Aber Bernadette bemerkt, dass er weiterreden will. Er muss seine Geschichte loswerden. Dieser Moment gehört ihm. Und Charly.

»Phantasie«, wiederholt er mit einem Lächeln. »Was ich … in den Sommerferien nicht erlebt habe.« Seine Schultern zucken auf und ab. Er lacht. Lewis schaut ihn entsetzt an. Charly nickt mitfühlend. Bernadette erinnert sich daran, was er Rachel gesagt hat: *Wenn die Wahrheit langweilig ist, dann erfinde eine neue.*

»Achtundzwanzigster«, fährt er fort. Dann runzelt er die Stirn und ergänzt: »Achtundzwanzigster Juni.« Er muss noch einmal schlucken. Sein Kehlkopf bewegt sich langsam auf und ab. »Herzlichen Glückwunsch zum Geburtstag … Daddy … Filiale in der Nordstadt«, sagt er deutlich, ehe er lang und tief einatmet.

»Haben Sie das?«, flüstert Detective Perry Gideon über die Schulter zu. »Am achtundzwanzigsten Juni fand in der Filiale in der Nordstadt der erste Überfall auf einen Geldautomaten statt.«

Gideon nickt und schreibt weiter.

Ein langes Ausatmen. Noch einmal. Seine Hand bewegt sich. Er greift sich tastend an die Brust. »Junior«, haucht er. »Junior ... liebt ...« Seine Augen sind geschlossen. Er scheint sich ganz auf seine tastende Hand zu konzentrieren. Perry richtet den Schein ihrer Lampe darauf. Ein groteskes Gebilde, unnatürlich verbogen. Wie eine verkrampfte Klaue liegt sie entstellt auf seiner Brust. Bernadette erträgt den Anblick nicht und schaut zur Seite. »... liebt ... dich ...« Er zieht den Gegenstand, nach dem er gesucht hat, aus seiner Brusttasche. Ein schwarzes, unförmiges Ding. Er hält es fest in der Hand.

»*Mami!*«, schreit er und richtet die Augen ausdruckslos zum Himmel. Es ist schmerzhaft, ihm zuzuhören. Das Wort ist Ausdruck einer tiefen Wunde, einer unerträglichen Sehnsucht. Culverhouse zuckt zusammen. Lewis hält sich die Ohren zu.

»*Mami! Sieh her!*« Die Sehnen an seinem Hals sind straff wie gespannte Drahtseile. Langsam hebt er die Hand, um auf etwas zu zeigen. Vielleicht zum Himmel, vielleicht auf seine Mutter. Er öffnet die verkrampfte Faust und das schlaffe Gebilde fällt heraus. Bernadette hat so etwas noch nie getragen – vielleicht wird sie es nie tun –, aber sie weiß, wie ein schwarzer Seidenstrumpf aussieht.

Charly ergreift ihren Arm und drückt ihn fest.

»Wie wird es jetzt wohl mit allen anderen weitergehen?«

Szene 38: **Alle anderen**

Miss Callaghan ist enttäuscht. Da sie später als normal aufgestanden ist, erfährt sie, dass die Polizei am frühen Morgen vor ihrem Haus Tausende von Geldscheinen aufgesammelt hat. »Ich wette, *du* hast dir einige geschnappt, Desiree«, sagt sie zu ihrer Freundin, Mrs. Danton. »So ist es doch immer.«

Detective Perry hat alle Hände voll zu tun. Sie geht davon aus, dass die Akte des Strumpfmasken-Diebs bald geschlossen werden kann.

Officer Gideons Aufzeichnungen sind sehr hilfreich. Sie hatte gar nicht mitbekommen, wie umfangreich Junior Floyds Geständnis ausfiel. Er hat sogar gestanden, zusammen mit der Axt bei Eisenwaren Solarski ein Schloss und eine Kette für die Gruft gekauft zu haben. In Perrys Bericht findet sich kein Wort von Culverhouse und seinem Missgeschick.

Der Busfahrer Alf liegt im Gartenzimmer eines Beerdigungsinstituts in der College Street. Die Chefärztin der Abteilung Immunologie am Mount Sinai Hospital hat in ihrem Bericht vermerkt, dass sie noch nie eine Blutvergiftung erlebt hat, die sich in so rasantem Tempo vom Zeh zu den lebenswichtigen Organen ausgedehnt hat. Besuchszeit ist heute Abend von 18 bis 20 Uhr. Die Bestattung findet morgen statt. Es wird gebeten, von Blumen-

spenden abzusehen. »Alf war immer ein Mensch der spontanen Entscheidungen.« Darin sind sich seine Kollegen einig.
Uria ist reich.
Titus Underglow III. ist verärgert. »Niemand kann sich vorstellen, wie ich mich gefühlt habe, als ich den Namen meiner armen Großmutter in den Nachrichten gesehen habe. Wo ihr doch die Privatsphäre immer so wichtig war.« Er leiht Charly einen Kriminalroman. »Du scheinst ja sehr talentiert zu sein, wenn es darum geht, Rätsel zu lösen. Aber wie bist du nur darauf gekommen, ausgerechnet Mr. Floyd zu verdächtigen, Charles? Meiner Meinung nach wäre ich mindestens genauso gut in Frage gekommen.«
Bei diesem Gedanken muss er lächeln – und er wundert sich, warum der Junge plötzlich so betreten schweigt.

Die Polizeipräsidentin ist eine Bohnenstange mit mächtigen Kieferknochen und kurzen silbrig-grauen Haaren. Sie trinkt Whisky, liebt Fußballwetten und nimmt ihre Kinder mit auf die Jagd. So wie die anderen Kerle. Sie lehnt sich in ihrem mächtigen Ledersessel zurück, balanciert eine Tasse Kaffee auf den Beinen und versucht, die ganze Geschichte zu verstehen.
»Jetzt noch einmal ganz langsam, Davicki«, sagt sie. »Bei dem Strumpfmasken-Dieb handelt es sich also nicht um Roger Fairmile, sondern um einen gewissen Junior Floyd. Und dieser Floyd hat seinen Vater gehasst, weil …«
»Arthur, Frau Präsidentin.«
»Wie bitte?«
»Sein Name ist Arthur Junior Floyd. Sein Vater hieß ebenfalls Arthur.« Davicki lehnt sich aus seinem Ledersessel nach vorn. Seine Kaffeetasse steht auf einem Untersetzer auf dem Tisch der Präsidentin.

»Also gut. Juniors Vater verbietet seiner Frau aus Geiz, mit dem Taxi zu fahren, sie stirbt bei einem Unfall und Junior macht seinen Vater für ihren Tod verantwortlich. Stimmt das so?«
»So steht es in Perrys Bericht.«
»Perry? Ach ja, Detective Perry, ich erinnere mich. Aber lassen Sie uns jetzt bei Junior bleiben. Zusehen zu müssen, wie die eigene Mutter überfahren wird, ist eine schreckliche Sache, einverstanden. Das kann einen schon ein bisschen aus der Bahn bringen. Also hasst Junior seinen Vater. Aber er unternimmt nichts. Er kommt nicht mit dem Gesetz in Konflikt, schließt sich keiner kriminellen Bande an, nimmt keine Drogen oder macht sonst etwas, was in seiner Situation verständlich wäre. Oh nein. Stattdessen wird er Lehrer und alles läuft normal. Bis sein Vater stirbt. Und jetzt schwappt plötzlich seine ganze Wut an die Oberfläche und er beginnt, Banken auszurauben.«
»Ja, Frau Präsidentin.«
»Aber warum?« Sie wirbelt mit ihrem Stuhl herum, stellt die Tasse auf den Tisch und donnert mit den Handflächen auf die Tischplatte. »Das verstehe ich nicht. Was haben ausgeraubte Bankautomaten mit seinem Vater zu tun? Geht es um das Bargeld? Geht es darum, etwas Verbotenes zu tun? Geht es um die Macht, die man hat, wenn man mit einer Axt so einen Automaten zerstört? Weil man damit eine höhere Autorität zerstört?«
Sie nimmt ihren Kaffee wieder in die Hand. Er ist inzwischen kalt, aber sie trinkt ihn trotzdem.
Davicki zuckt mit den Schultern. »Ich glaube, er wollte das schon vorher machen, als sein Vater noch lebte, um ihm zu beweisen … keine Ahnung, was er ihm beweisen wollte. Aber das konnte er nicht. Also hat er gewartet, bis der Vater tot war und wurde erst dann tätig. Eine Phantasie, eine Wunschvorstellung. Und

wir dürfen nicht vergessen, dass sein Vater *wirklich* geizig war. Wahrscheinlich hat er ihm in seiner Phantasie Dinge gesagt wie: *Dir werde ich's zeigen, alter Geizkragen. Mit deiner eigenen Axt werde ich mir unendlich viel Geld beschaffen, nur damit ich dich darin begraben kann.*«

»Er hat die Axt seines Vaters benutzt? Wirklich? Das wusste ich nicht. Sehr interessant. Wir haben die Axt gefunden, oder?«

»Ja, Frau Präsidentin, sie lag in dem Taxi.« Davicki setzt sich seine dicke Hornbrille auf und überfliegt seine Notizen. »Ja, da haben wir's. Der Taxifahrer hat sie gestern gefunden. Es befanden sich drei komplette Fingerabdrücke und ein unvollständiger darauf.«

»Und konnte man nachweisen, dass die Axt tatsächlich seinem Vater gehört hat?«

»Nein, sie war so gut wie neu. Sie hat sogar ziemlich sicher nicht seinem Vater gehört. Aber auf dem Stiel befindet sich ein Stempel des Geschäfts, in dem sein Vater achtzehn Jahre lang gearbeitet hat.«

Die Präsidentin runzelt die Stirn. »So, so, sie hat also nicht wirklich seinem Vater gehört.«

»Genau, sie war eher so etwas wie ein Ersatz. Wer weiß, vielleicht besaß sein Vater gar keine eigene Axt.«

»So weit, so gut. Und dann hat er vor, seinen Vater mit dem Geld in einer halb verfallenen Gruft zu beerdigen. Der Name auf der Familiengruft ist noch ein spannendes Detail, finden Sie nicht? *Pater.* So viel Latein verstehe ich gerade noch.«

»Ironie des Schicksals.«

»Heute wird an den Schulen kein Latein mehr unterrichtet, Davicki. Ich habe zu Hause einen Teenager sitzen, der einen *Paternoster* nicht von einem Wurstbrot unterscheiden kann. Aber

was soll's? Ich frage mich, wie viele vernachlässigte Grüfte es da draußen wohl gibt. Die Familien sterben aus, sogar die reichen. Wahrscheinlich rotten auf unseren Friedhöfen zahllose Grabstätten vor sich hin und warten darauf, irgendwann einfach einzustürzen. Also gut, unser Junior hat alles bis ins kleinste Detail geplant, will endlich seinen Vater loswerden und dann taucht plötzlich dieser blinde Junge auf und wirft seinen ganzen Plan über den Haufen.«
»Nicht ganz, Frau Präsidentin. Zuerst war da noch der Hund, der …«
Abwehrend hebt sie beide Hände. »Den Teil können wir überspringen, wenn Sie nichts dagegen haben. Ich fasse zusammen: Junior ist tot. Die Akte wird geschlossen. Jetzt müssen wir uns nur noch überlegen, wie wir um diese grauenhafte Madeline Maynard und um einen Prozess wegen der ungerechtfertigten Festnahme Roger Fairmiles herumkommen.«

Die Kassiererin Edna kann es nicht fassen. Sie hat ein Foto von Chantal Lyalls Tochter in der Zeitung gesehen. Sofort zeigt sie es ihrer eigenen Tochter. »Siehst du das, Anastasia? Ganz oben auf der Seite steht's: ›Mutige Teenager stellen den Strumpfmasken-Dieb!‹ Die Mutter dieses Mädchens ist eine Kundin von uns. Sie hat mir schon viel von Bernadette erzählt. Sie meint, sie sei wirklich anstrengend.« Anastasia findet einen der beiden Jungen auf dem Foto echt scharf. Nicht den Schlanken mit der dunklen Sonnenbrille. Aber der kleinere mit den Locken und der Brille gefällt ihr richtig gut.
Frank strotzt vor Selbstbewusstsein. Es ist das erste Mal, dass er Blumen klaut. Was ist, wenn jemand ihn damit sieht und auslacht? Er schnappt sich den größten Strauß, den er findet,

und rennt den ganzen Weg vom Gemüseladen bis zur Schule. Er legt die Blumen vor ihr Schließfach und macht sich aus dem Staub.
Gideon ist weg. Sehr merkwürdig. Bernadette ist ziemlich sicher, dass sie ihn ein paar Mal gesehen hat. Einmal meint sie, ihn am Fenster eines vorbeifahrenden Busses sitzen zu sehen, aber der Bus biegt ab, bevor sie genauer hinschauen kann. Am gleichen Abend sitzt sie vor dem Fernseher und zappt durch die Programme, bis sie bei einer Fashion-Show hängen bleibt. Gerade geht ein superberühmtes Model über den Laufsteg und neben ihr läuft – Gideon. Er steckt in weiten Lederklamotten und sieht ziemlich daneben aus. Aber er ist es. Sie zeigen ihn sogar in einer Großaufnahme, und ein paar Takte lang mischen sich Töne wie von einem Kirchenchor in die poppige Musik. Gideon zwinkert genau in die Kamera und ihr Herz schlägt höher.
Mrs. Jodelschmidt hat einen Last-Minute-Flug gebucht und ist mit Casey, ihrem Pelzmantel und einem geräumigen Koffer voller Zwanziger verreist.
Bernadette und Charly sind berühmt. Sie haben ihre Geschichte schon Dutzende Male erzählt: der Polizei, ihren Eltern, verschiedenen Anwälten, der Rechtsanwältin von Charlys Vater, noch einmal der Polizei und dann immer und immer wieder den Journalisten. Aus irgendeinem Grund sind alle ganz begeistert davon, dass Charly blind ist. Sie wollen die Dinge gern aus seiner Perspektive erfahren, um sie mit Charlys Augen zu sehen.
Die Bank hat Charlys Vater nicht gekündigt. Nächste Woche fängt er wieder an zu arbeiten. Er weiß, dass er seine Befreiung nur Charly zu verdanken hat. Das Zeitungsfoto, auf dem er und Charly sich vor der Polizeiwache die Hände schütteln, will er einrahmen lassen und an die Wand hängen. Da sein Sohn in diesen

Tagen so gefragt ist, haben er und Gladys die Wohnung oft für sich allein, worüber sie sich nicht beklagen.
Niemand hat vor, in der nächsten Zeit nach Winnipeg zu ziehen.

Bernadette genießt ihre erste Fahrt in einer Stretch-Limousine. Der Wagen ist filmstar-weiß und fast so groß wie ihr Zimmer. Der Fernsehsender, in dessen Show sie am Morgen einen Auftritt hatten, hat ihn ihnen den ganzen Tag lang zur Verfügung gestellt. Ihr Fahrer heißt Pierre und kommt aus Haiti. Er amüsiert sich über Charly und Bernadette, die die riesige Sitzbank im hinteren Teil als Trampolin nutzen. Als sie gerade eine große Straße in Richtung Bahnhof entlang fahren, sieht Bernadette ein bekanntes Gesicht.
»Charly, da drüben sitzt Monsieur Noël auf einer Bank. Er sieht aus, als gehe es ihm nicht besonders. Pierre, können Sie bitte anhalten? Da ist unser Französisch-Lehrer. Vielleicht können wir ihn irgendwohin mitnehmen.«
Pierre ist einfach klasse. Er lenkt den Wagen auf die andere Seite, ohne sich darum zu kümmern, dass er den Verkehr hinter ihnen aufhält. Er steigt aus, öffnet Bernadette und Charly die Tür und geht mit ihnen zu der Bank. Sie befinden sich in einem Teil der Stadt, der von vielen Touristen besucht wird. Kopfsteinpflaster, breite Gehwege und quietschbunte Schaufenster. Außer ihrer sind noch einige ähnliche Limousinen unterwegs. Monsieur Noël starrt den Wagen an, starrt die beiden an und lächelt mit schiefem Blick.
»Ach, hallo«, sagt er.
Bernadette hat den Eindruck, als würde sich ihr Herz zusammenziehen. Trocken reibt es an ihren Rippen. Jetzt wünscht sie sich, sie hätte ihn nicht gesehen und sie wären weitergefahren.

Pierre stellt ihm eine Frage auf Französisch. Auch ihm schenkt Monsieur Noël einen abwesenden Blick. »Ach, hallo.«
»Vielleicht er 'at Problem mit meine Akzent?«, fragt Pierre.
»Nein, er spricht kein Französisch«, erklärt sie ihm. »Das ist nicht unser Lehrer.« Sie atmet tief ein. »Das ist mein Vater.«
Aufmerksam betrachtet sie ihn. Ihre Augen wandern über sein fettiges Haar, den zerschlissenen Mantel, die vernarbten Handgelenke und die riemenlosen Schuhe. Sein Hals ist von verkrustetem Dreck dunkelbraun gefärbt. Wird man ihn jemals wieder sauber bekommen?
Er schaut auf das weiße Auto. »Schön«, stößt er mit einem Rülpser hervor.
»Möchtest du vielleicht, wir sollen ihn irgendwo'in mitnehmen?«, fragt Pierre skeptisch. »Er scheint nicht er selbst zu sein.« Pierre ist sehr höflich.
»Doch«, erwidert Bernadette. »Er ist genau der, der er ist.«
Sie tritt einen Schritt zurück. »Wiedersehen, Dad«, sagt sie.
Er zwinkert. In seinen Mundwinkeln erscheint so etwas wie ein Lächeln. »Ach, Wiedersehen.«
Bernadette geht langsam zum Auto zurück. Pierre eilt um sie herum, um ihr die Tür zu öffnen. Gerade will sie einsteigen, da fällt ihr Charly ein. Mit seinem Stock hat er den Weg zur Bank allein gefunden und seitdem geduldig gewartet. Sie geht zu ihm zurück und führt ihn zum Auto.
»Einsteigen, und pass auf deinen Kopf auf«, sagt sie. Pierre schließt die Tür hinter ihnen. Als Bernadette wieder auf der breiten Rückbank sitzt, bricht sie in Tränen aus. Charly versucht, ihr den Arm auf die Schulter zu legen, aber als der Wagen anfährt, rutscht sie von ihm weg und seine Bewegung endet als leichter Schlag gegen ihren Hals.

»Tut mir leid«, sagt er.
Immer noch schluchzend nimmt sie seine Hand und legt sie sich auf die Schulter. Den Rest der Fahrt verbringen sie schweigend, weinend und aneinandergelehnt.

Der frisch gebackene Detective Culverhouse ist sehr zufrieden. Für seine hervorragenden Leistungen bei den Ermittlungen bekommt er am Ende des Monats die Medaille für ehrenhaftes Verhalten verliehen.
»Das sind ja tolle Neuigkeiten, Tantchen«, jubelt er. Die Polizeipräsidentin sagt ihm, er solle endlich aufhören, sie *Tantchen* zu nennen.
Lewis wohnt vorübergehend bei seiner Tante Mary Lee, solange seine Eltern versuchen, ihre Meinungsverschiedenheiten zu klären. Die Polizisten, die nach dem Anruf wegen öffentlicher Ruhestörung am Freitagabend zu den Ellieffs fuhren, fanden die beiden in der Küche, wo sie sich gegenseitig mit einem Messer und einer Bowlingkugel bedrohten. Die beiden haben inzwischen mit einer Paartherapie begonnen und Lewis teilt sich das Schlafzimmer im Haus seiner Tante mit einer stämmigen Bulldogge namens Winston.

Sidney Reynolds bringt seiner Mutter das Frühstück ans Bett. Mr. Reynolds ist der neue Lehrer der Klasse 7f an der Colfax Middle School. Er ist ein humorloser Pädagoge, der an die traditionellen Unterrichtsmethoden glaubt. Er trägt Strickjacken mit Reißverschluss, bis oben zugeknöpfte Hemden und ist ein Vertreter des Mittelscheitels, sauberer Fingernägel und eines personifizierten Gottes. Seine Mutter, dreiundneunzig Jahre jung und mit einem dankbaren Lächeln im Blick, sitzt in ihrem Morgenmantel aufrecht im Bett. »Ein weiterer wunderschöner Tag, meine Liebe«, sagt er lächelnd, als er das Tablett neben ihr abstellt.

Bernadette schaut blinzelnd aus einem Paranuss-braunen Auge auf das Bild in ihrem rissigen Badezimmerspiegel. Zum ersten Mal in ihrem Leben verwendet sie einen Eyeliner. Sieht ziemlich gut aus, findet sie selbst. Sie tut es nicht für Charly – verständlicherweise – oder für ihre Mutter oder sonst irgendjemanden. Sie tut es nur für sich.

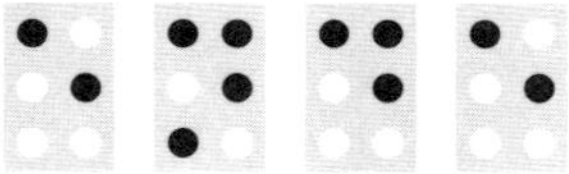

Über die Blindenschrift

Die Blindenschrift wurde von dem Franzosen Louis Braille (1809–1852) erfunden. Im Alter von vier Jahren führte eine Augenverletzung dazu, dass er sein Augenlicht vollständig verlor. Da er sich nicht mit dem Gedanken abfinden wollte, nie wieder lesen zu können, begann er, über die Entwicklung einer Blindenschrift nachzudenken. Mit 16 Jahren hatte er ein System entworfen, das bis heute Gültigkeit hat. Man nennt seine Schrift die *Braille-Schrift* oder *Punktschrift,* da jedem Buchstaben und jeder Zahl ein bestimmtes Punktmuster und ein Zahlenwert zugeordnet sind.

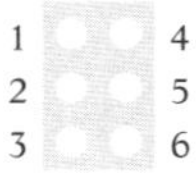

Die Blindenschrift-Zeichen werden aus einem Raster von 6 Punkten gebildet. Diese Punkte werden von 1 bis 6 durchnummeriert. Die Punkte 1 bis 3 stehen auf der linken Seite und die Punkte 4 bis 6 auf der rechten Seite; jeweils übereinander.
Das Alphabet ist in mehrere »Gruppen« aufgeteilt, die aus jeweils zehn Zeichen (auch Formen genannt) bestehen. Zusätzlich gibt es Zahlzeichen und vereinfachte Zeichen für häufig vorkommende Buchstabenkombinationen, sowie Satzzeichen. Da fast alle Buchstaben und Zeichen durch Variationen der ersten Reihe von zehn Buchstaben gebildet werden, vereinfacht sich das Erlernen neuer Buchstaben.

Das deutsche Braille-Alphabet

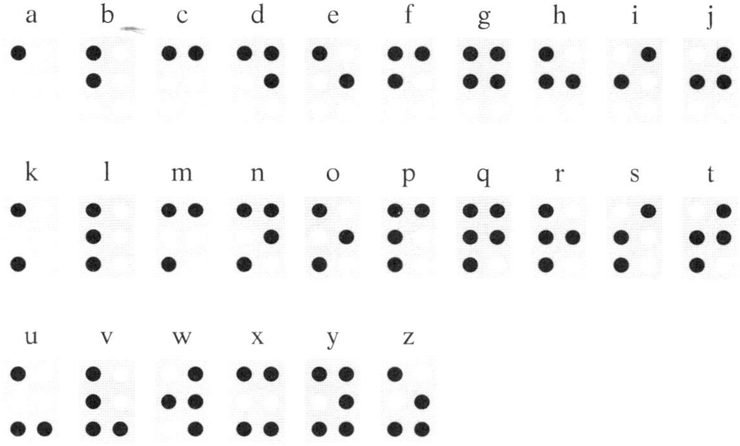

Zahlen

Die Zahlen werden durch die Buchstaben a bis j mit vorangestelltem Zahlenzeichen gebildet

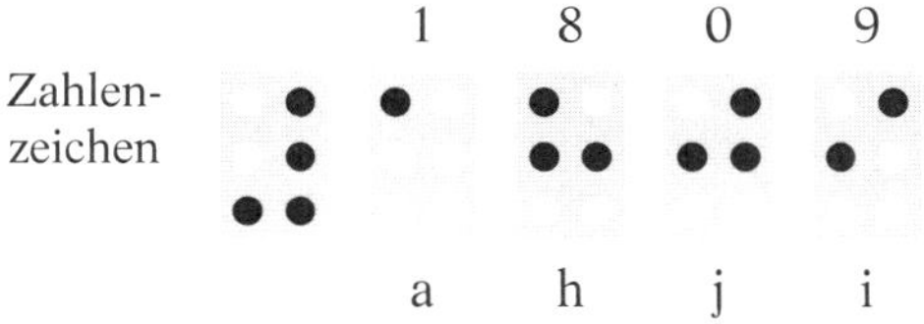

Der Autor

Richard Scrimger wurde 1957 in Montreal geboren und verbrachte den größten Teil seiner Kindheit in Scarborough am Lake Ontario. Er studierte Englisch und Geschichte und verbrachte nach der Universität ein Jahr in Europa, wo er mit dem Schreiben begann. Seither hat er zahlreiche Kinder- und Jugendbücher veröffentlicht, darunter *Wo bitte geht's nach Schenectady?* und *Flussfahrt in die Nacht.* Seine vier Kinder bezeichnet er als seine schärfsten Kritiker. Wer mehr über ihn erfahren will:
www.scrimger.ca

Ulrike Fiedler

Das dreizehnte Tagebuch

Ricos erster Fall

126 Seiten, gb.

Da geht man *einmal* ins Museum und schon passiert so was! Ihr könnt euch vorstellen, wie schnell ich draußen war. Aber was dann passierte, kann sich keiner vorstellen. Ein berühmtes Bild, »Die rote Mauer«, war plötzlich verschwunden – und man verdächtigte *mich*! Als ich ein paar Tage später den Mann sah, den ich für den Dieb hielt, verfolgten Bruno, Julia und ich ihn durch halb Barcelona. Wir fanden eine ganze Menge über »Die rote Mauer« heraus. Nur wem es eigentlich gehörte, wusste niemand. Um das zu erfahren, brauchten wir das ominöse Tagebuch des Malers – aber wo war dieses Tagebuch?

RICO

URACHHAUS